suhrkamp taschenbuch 1552

Magda Szabó, 1917 in Debrecen, einer alten Universitätsstadt im Osten Ungarns, geboren, lebt heute in Budapest.
1. Moses 22 erzählt, wie Abraham seinen einzigen Sohn Isaak opfern wollte. Abraham war seinem Gott gehorsam. Und Isaak? Über ihn berichtet die Stelle nur: er wurde gebunden und, da Gott auf das Opfer verzichtete, losgebunden.
Magda Szabó berichtet über das Verhältnis von Eltern und Kindern in Ungarn. Budapest 1966: die Gáls, Apothekenbesitzer, nach dem Krieg enteignet, gehören jetzt zu den »Gezeichneten«. Die Bartos, ehemals biedere Handwerker, haben jetzt ein Dienstauto, sie sind Stützen der Gesellschaft geworden. Für die Kinder beider macht dies keinen Unterschied. Über die Köpfe der Eltern hinweg sind sie Freunde geworden. Die Welt der Eltern ist ihnen gleichgültig geworden. Diese Söhne und Töchter einer neuen Generation versuchen ihr eigenes Leben zu führen, sie leben zusammen, lieben und heiraten sich, auch wenn es der Konvention widerspricht. Isaak ist nicht mehr zum Opfer bereit.

Magda Szabó

1. Moses 22

Roman

Suhrkamp

Aus dem Ungarischen übertragen
von Henriette Schade und Gréza Engl
Der Band erschien als suhrkamp taschenbuch 142
erstmals 1973

suhrkamp taschenbuch 1552
Erste Auflage 1988

Lizenzausgabe mit freundlicher
Genehmigung des Insel Verlags
Frankfurt am Main
Suhrkamp Taschenbuch Verlag

Druck: Nomos Verlagsgesellschaft, Baden-Baden
Printed in Germany
Umschlag nach Entwürfen von
Willy Fleckhaus und Rolf Staudt

1 2 3 4 5 6 – 93 92 91 90 89 88

1. Moses 22

Nachdem dieses geschehen war, prüfte Gott den Abraham und sprach zu ihm: Abraham, Abraham! Er aber antwortete: Hier bin ich. Und Gott sprach zu ihm: Nimm deinen einzigen Sohn, den du liebest, Isaak, und zieh ins Land des Gesichtes und opfere ihn daselbst zum Brandopfer auf einem der Berge, den ich dir zeigen werde. Also stand Abraham des Nachts auf, gürtete seinen Esel und nahm mit sich zwei Knechte und seinen Sohn Isaak. Und als er das Holz zum Brandopfer gespalten, zog er nach dem Orte, den Gott ihm anbefohlen hatte. Am dritten Tage aber erhob Abraham seine Augen und sah den Ort von ferne. Und er sprach zu seinen Knechten: Wartet hier mit dem Esel; ich und der Knabe wollen dorthin eilen und zu euch zurückkehren, wenn wir angebetet haben. Er nahm auch das Holz zum Brandopfer und legte es auf seinen Sohn Isaak; er selber aber trug das Feuer und Schwert in seinen Händen. Und als beide miteinander gingen, sprach Isaak zu seinem Vater: Mein Vater! Dieser aber antwortete: Was willst du, mein Sohn? Siehe, sprach er, hier ist Feuer und Holz, wo ist das Schlachtopfer zum Brandopfer? Abraham aber sprach: Gott wird sich ein Schlachtopfer zum Brandopfer ausersehen, mein Sohn! Also gingen beide miteinander. Und sie kamen an den Ort, den Gott ihm gezeigt hatte; daselbst baute er einen Altar und legte das Holz darauf. Und als er seinen Sohn Isaak gebunden hatte, legte er ihn auf den Altar über die Lage des Holzes. Und er streckte seine Hand aus und ergriff das Schwert, um seinen Sohn zu schlachten. Und siehe, der Engel des Herrn rief vom Himmel und sprach: Abraham, Abraham! Dieser antwortete: Hier bin ich.

Und er sprach zu ihm: Strecke deine Hand nicht aus über den Knaben und tu ihm nichts; denn nun erkenne ich, daß du Gott fürchtest und auch deines einzigen Sohnes nicht geschonet hast um meinetwillen.

Isaak

Mädchen, kommt zum Hochzeitsfeste,
Burschen schmuck, in roter Weste,
Weite Ärmel, bunte Binde
Flattern froh im frischen Winde.

Mehrfach zusammengesetztes Satzgefüge, bestehend aus Sätzen, die ohne Bindewörter aneinandergereiht sind. Die Satzaussage des ersten Satzes – Aufforderungssatz ohne Satzgegenstand – ist das Zeitwort ›kommt‹ (Befehlsform) mit Dativobjekt (zum Hochzeitsfeste). Das erste Wort, ›Mädchen‹, ist eine mahnende Anrede. Der Satzgegenstand des zweiten Satzes ist ›Burschen‹, die Satzaussage ist das fehlende Hilfszeitwort ›sind‹ mit zwei Ergänzungen, einem Beiwort (schmuck) und einem Dativobjekt (in roter Weste). Der dritte Satz hat zwei Satzgegenstände: ›Ärmel‹ und ›Binde‹, beide mit Beifügungen, den Eigenschaftswörtern ›weite‹ und ›bunte‹; die Satzaussage ist das Zeitwort ›flattern‹, das wiederum mit zwei Ergänzungen versehen ist, dem Umstandswort ›froh‹ und dem Dativobjekt ›im frischen Winde‹, bestehend aus Verhältniswort, Eigenschaftswort und Hauptwort.

Gestern sind wir ungewöhnlich spät zu Bett gegangen. Jeder hatte sich für diesen letzten Abend zusammengenommen, wir saßen rund um Miklós' Blumenstrauß im Eßzimmer, und als wir mit dem Essen fertig waren, machten wir beim Mokka Konversation, als gehörten wir nicht alle zu einer Familie. Großmutter hatte Miklós und seine holde Braut, allen sichtbar, an einen kleinen Extratisch gesetzt auf die zwei unbequemsten Stühle, Frau Huszár lächelte in der Gegend herum,

aber der Löffel zitterte in ihrer Hand. Jeder tat so, als wüßte er nicht, womit sie uns vorher gedroht hatte, falls wir Miklós in diesen Irrsinn hineinmanövrierten, und daß Vater sie mit seiner komischen, nur von naiven Fremden respektierten Familienchefstimme angedonnert hatte, er würde, falls ihr Sohn nicht in Ordnung bringe, was er gegen die Familienehre verbrochen habe, zur Uni gehen, den Jugendverband und den Dekan über Miklós' unsittlichen Lebenswandel aufklären und ihnen klipp und klar mitteilen, daß Miklós eine unschuldige Gymnasiastin verführt habe. Frau Huszár brach mit dem Bräutigam zusammen nach Mitternacht auf, Vater begleitete sie bis zur Haustür, sie waren noch nicht auf der Treppe, da fingen die Frauen schon an aufzuräumen. Sie ließen Hugi nicht helfen, nicht weil sie sie schonen wollten, nur weil sie ›unkeusch‹ war. Ihr war es nur recht, sie war müde. Ich half statt ihrer abtrocknen, manchmal bin ich ganz gern in der Küche. Die Zeitung haben sie mir neben das Bett gelegt, zum Durchsehen, es könnte ja irgendeine aktuelle politische Frage aufgeworfen werden; ich lese gerade einen Roman, den legte ich oben auf die Grammatik.
Sowie sich eine Tür öffnete, waren die kleinen Geräusche zu hören, kaum anders als an anderen Abenden. Großmutter betete drohend, laut mit harter, wütender, geradezu beleidigender Stimme, ich kann mir vorstellen, wie lieblich es Gott in den Ohren klang. Vater spazierte im Eßzimmer herum, rief mir den einen und anderen Buchtitel zu, ob ich nicht hineinsehen wolle, ich antwortete lieber nicht. Mutter sprach mit sich selbst im Badezimmer, worüber sie sprach, war nicht zu hören, aber ich konnte es mir vorstellen: sicher formulierte sie die Ereignisse wieder auf irgendeine ge-

niale Weise so, daß sie im Mittelpunkt stand, ihre beleidigte Mutterschaft, ihr verpfuschtes Leben, ihr todwundes Herz; nicht ich mit dem, was mir morgen vormittag bevorstand: nicht ihre Tochter, die an diesem Tag zum letztenmal mit ihr unter einem Dach schlief. Großmutter war grimmig, Vater ein Trottel, Mutter egoistisch. Vater verteilte Tabletten an die Familienmitglieder, dem einen ein Schlafmittel, dem anderen ein schmerzstillendes. Zum Totlachen, denn es hätte ja wohl zuallererst von mir und Hugi die Rede sein müssen, aber um uns kümmerte sich niemand, sie dachten nur daran, ihren eigenen Schlaf, ihre geheiligte Nachtruhe zu sichern, die wir ihnen verdorben hatten.

Ich wartete darauf, daß sie endlich den Mund hielten. Vaters Ratschläge interessierten mich so wenig wie die widerlich aufdringliche Art, mit der Großmutter mich Gott empfahl, ihn in meinem Interesse bestürmte, er möge an mich denken und mich an diesem Vormittag während der schweren Prüfung nicht verlassen. Über Hugi sprach niemand, für Hugi betete niemand, sie taten so, als wäre Hugi schon vor Jahren gestorben, als wüßten sie nicht, daß an diesem schon begonnenen Tag ihre Hochzeit stattfinden sollte.

Nur Vater wagte es, zu mir ins Zimmer zu kommen. Er blieb aber auf der Schwelle stehen, räusperte sich, wartete auf Ermunterung, bekam sie aber nicht und sagte nur: »Also, Kopf hoch!« Halt du nur selbst den Kopf hoch, dachte ich, für dich ist es wichtig, nicht für mich. Wenn du irgendwann gewußt oder begriffen hättest, daß ganz anderes, als was du dir vorstellen kannst, mir wichtig ist, aber du hast je keine Phantasie, nie eine gehabt. Ich wußte, daß er mir Ratschläge geben, wieder mal am Bierzipfel seiner Jugend zupfen wollte, an diesem verregneten Lappen, und das hätte ich in dieser Stunde wahrhaftig schwer ertragen können. Ich log, ich müßte noch lernen, er solle jetzt nicht mit mir reden; er ersparte es mir auch und stolperte hinaus. Hätte ich gesagt, ich wünschte nichts, als allein zu sein, und brauchte weder sein Interesse noch seine Teilnahme, wäre er vielleicht in Tränen ausgebrochen. Seine Generation weint schnell. Das Buch langweilte mich, ich legte es weg, knipste das Licht aus; Großmutter betete brüllend, ich hatte keinen Augenblick das Gefühl, daß mein Schicksal ihr wirklich am Herzen lag, es machte ihr einfach Spaß, so lange und so intensiv mit dem Himmel Kontakt zu haben, ihr Gebet war etwa wie der heiße Draht zwischen zwei Staatsoberhäuptern, der Witwe Elemér Németh und dem Herrgott, in Sachen Adam Gál. Mutter hatte ihren Monolog beendet, nur das dumpfe Patschen war noch zu hören, mit dem sie allabendlich die Nachtcreme in ihre Gesichtshaut klopfte, dann hörte auch das auf, schließlich verstummte auch Großmutter, Vater knipste überall das Licht aus, das Haus schwieg. Als sich alle zur Ruhe begeben hatten und sie ganz sicher sein konnte, keinem Familienmitglied zu begegnen, das sie beweinen, verfluchen oder beschimpfen würde, erschien endlich Hugi bei mir.

Ich machte ihr Platz neben mir im Bett, sie kuschelte sich zu meinen Füßen und streckte die Hand nach einer Zigarette aus. Wir sagten nichts, wozu auch, wir wußten, was der andere dachte. Schweigend stellten wir fest, daß dies der letzte Abend sei, ab morgen würde für sie, aber auch für mich und für die zwei Bartos etwas unwiderruflich abgeschlossen sein in diesem Haus. Wir pafften. Als sie mir vor sechs Wochen gesagt hatte, daß es endlich soweit sei mit ihr, hatte es mich gewundert, wie ernst sie dabei blieb, daß sie es fertigbrachte, nicht zu kichern. Ich stellte mir das Gesicht von Frau Huszár vor, dann das Gesicht meiner Mutter und mußte so lachen, daß ich fast erstickt wäre.

Es war finster, vollkommen finster, eine mondlose Sommernacht, ich konnte ihr Gesicht nicht sehen und auch ihre schrecklich vielen zu einem Zopf geflochtenen Haare nicht, nur ihre Nähe spürte ich unter der Decke. Bartos ist mein Freund, mit Marta schlafe ich, aber noch niemals war ich einem von ihnen auch nur halb so nahe wie Hugi. Daß sie in anderen Umständen war, störte mich nicht, warum auch, es störte auch sie nicht, weder körperlich noch seelisch; als sie schon über das ›Geständnis‹ hinweg war und es so aussah, daß die Sache in Ordnung käme, und als sie auch schon mit Miklós gesprochen hatte, streichelte sie sich manchmal wohlgefällig den Bauch und besah ihn lange im Spiegel. Wir sprachen nicht über das, was mich erwartete, und auch nicht über das, was ihr bevorstand, aber wir fühlten wie in all unserer Zeit, daß wir auch jetzt auf irgendeine geheimnisvolle Weise einander halfen, dadurch, daß die bedeutsamen Daten unseres Lebens nun so zusammenfielen. Ich denke heute morgen mehr an sie als an mich, und Hugi analysiert im Augenblick nicht ihr eigenes Geschick, sondern meines. So ist es leichter für uns beide.

Vater glaubt, es gebe keinen so großzügigen und wunderbaren Vater wie ihn auf dieser Welt -- weil er seine Tochter nicht kurz und klein geschlagen hat. Hugi sah ihn nur an, während er von Tugend und Ehre brüllte und von der Schande, die sie über die Familie brachte, und manchmal zupfte sie unwillkürlich an ihrem Trainingsanzug, sie hat nämlich die Zwangsvorstellung, ihr Bauch stehe schon hervor. Angst hatte sie nicht, nicht im geringsten, als sei nicht von ihr die Rede, und ebenso wenig Angst hatte ich gestern im Bett, als ich daran dachte, daß ich heute hier vor diesen Leuten würde sitzen müssen, als spielte die Szene im Kino und ich säße unten im Zuschauerraum. Am liebsten würde ich den ganzen Tag lesen und Musik hören, Musik und Bücher, das einzige, was mir ganz große Freude macht, aber niemand wird mich meiner schönen Augen wegen erhalten, also muß ich etwas für meine Zukunft tun, ganz egal was, für wen, warum, wenn es nur gut bezahlt wird. Wenn das hier heute nicht gelingt, dann eben nicht, ich muß ja nicht unbedingt ein Akademiker sein. Wenn man irgendwo für Kanalreinigen oder Löcher-in-Makkaroni-Bohren sechstausend zahlt, reinige ich Kanäle und bohre Löcher in Makkaroni. Geld ist die große Freiheit. Alle sind Sklaven, wer aber viel Geld hat, ist es etwas weniger.

»Schlag wenigstens die Augen nieder!« brüllte Vater. Hugi sah ihn bloß an, fast gelangweilt. Wäre Vater nicht so feige, wäre er mit dem Brotmesser auf sie losgegangen, es war schon zum Abendessen gedeckt. Gestern nachmittag hat sich noch manches in uns angesammelt, was wir ihnen heimzahlen wollten; ich war schon gespannt gewesen, wie sie reagieren, was sie wohl machen würden, wenn sie einmal einen wirklich ernsten Grund hatten zusammenzuklappen und zu brüllen, sie gerieten ja sonst immer nur aus Gründen, die uns völlig idiotisch erschienen, aus dem Häuschen. Ich wünschte mir von Herzen, daß sie uns und sich selbst nicht immer nur die Pickel zeigten, die sie dann ausdrückten und mit Salbe einschmierten, sie sollten endlich mal richtige Geschwüre haben oder Lepra, eine wirkliche Krankheit, und Großmutter, wenn sie mit

Gott verhandelte, ihm gewichtige Probleme vortragen können. Seit wir da sind, sind wir in ihren Augen undankbare, lieblose, unverständige Geschöpfe, die ihre Güte mißbrauchen; seit wir auf die Welt kamen, haben wir vor ihnen noch nie bestehen können, außer wenn wir logen. Wenn Hugi oder ich geneigt waren, uns in das zu verwandeln, was Vater und Mutter einmal waren, wenn wir uns als zwei krepierte Vertreter einer krepierten Lebensform ausgaben, die sich unglaublich leicht rekonstruieren ließ, sie sprachen ja dauernd von sich, dann gab es Taschengeld, Geschenke und sogar Liebe, dann küßte man uns, lobte uns und stellte uns stolz zur Schau. Aber sobald wir es wagten, wir selbst zu sein, war damit Schluß.

Als wären wir nicht Fleisch von ihrem Fleisch, standen sie uns wie zwei infamen Fremden gegenüber. Ihre Hysterie begleitete uns wie ein treuer Hund überallhin, wie der Hund, den wir uns als kleine Kinder erträumt hatten, Hugi, ich und die Bartos', den wir aber nie bekamen, weil man für ihn Steuer hätte zahlen, ihn spazierenführen, für ihn sorgen müssen, aber wir seien unverantwortlich, sagten sie uns, zwei Tage würden wir uns um ihn kümmern, dann würde auch diese Last ihnen oder den alten Bartos' zufallen. Das war die Ideologie für Mutters Abscheu vor Tieren. Vater war nicht geneigt, einen Pfennig für etwas auszugeben, was nicht ihm Freude machte, die Bartos' brabbelten, Tierliebhaberei sei ein kleinbürgerliches Rudiment.

Hugi tastete im Dunkeln nach mir, ergriff meine Hand. Als Kinder gingen wir Hand in Hand, die Alten wünschten es so, wir mußten vor ihnen hergehen, zwei brave Geschwister, kleiner Junge, kleines Mädchen. Wir trippelten gesittet einher und amüsierten uns königlich über das, was hinter uns gesprochen wurde, denn alles, auch das scheinbar Allergescheiteste, klang wie das Geschrei von Idioten, wenn es unsere Eltern sagten. Was immer es war, für uns klang es grotesk und läppisch. Wir platzten vor Lachen über ihre Gefühlsduselei, ihre Ängste und ihre Probleme; ihr Entzücken an Hirngespinsten, ihre pessimistischen Zwangsvorstellungen brachten uns zum Bersten. Wir wieherten vor Wonne, während wir ihrem Geflüster zuhörten, und drückten einander die Finger.

»Küß mich!« sagte Hugi gestern nacht.

Sie wollte das selten; seitdem sie groß war, fast nie. Ich rutschte im Bett nach vorn und küßte sie. Ich verstand nicht, was sie aufwühlte, es war doch alles so gegangen, wie wir es hatten haben wollen, und morgen würden wir hier rauskommen, frei sein. Worüber weinte sie? Um wen tat es ihr leid? Sie liebte nur mich, sonst keinen in diesem Haus, und ich würde für sie da sein, solange ich lebe. »Was ist?« fragte ich flüsternd und wischte ihr mit der Hand die Tränen vom Gesicht. »Ich werde mir einen Hund anschaffen«, hauchte Hugi. Da kamen auch mir die Tränen.

Das Bild der Mutter in der ungarischen Dichtung des 20. Jahrhunderts.

Da werde ich vielleicht mehr produzieren als die Lehrer von mir erwarten. Ich erinnere mich an viele Gedichte, die nicht zum Lehrstoff gehören und auch nicht so allgemein bekannt sind. Wenn ich besser abschneide als der Durchschnitt, so ist das Hugis Verdienst. Sie vergöttert die Lyrik so sehr, daß sie sich die Gedichte, die ihr gefallen, in ein eigens dafür bestimmtes Heft abschreibt. Hugi kann ihre seelischen Erlebnisse nicht allein verkraften, sie muß sie wie eine Tafel Schokolade oder eine Handvoll Puffreis mit jemandem teilen. Sie kann, wenn sie nachts zu mir ins Bett gekrochen kommt, Viertelstunden damit zubringen, Gedichte aufzusagen. Sie deklamiert herzlich schlecht, sie weiß das, und ich weiß es auch, und doch bringt ihr Vortrag mir die Gedichte näher, als wenn ein noch so berühmter Rezitator sie spricht. Nie habe ich die Leistung eines Berufsrezitators als so unschuldig und selbstgenügsam empfunden, der Rezitator bekommt ein Honorar für sein Auftreten und probt vorher gründlich, in welcher Stimmlage, mit welcher Mimik, welchen Gesten er die größte Wirkung erzielen kann. Hugi trägt schlecht vor, ihre Stimme eignet sich nicht zum Deklamieren, aber sie klammert sich an die Zeilen wie ein Ertrinkender, für Hugi ist eine Strophe der Rettungsgürtel, den man der schwer mit den Wellen Kämpfenden zuwirft.
Hugi.

Liebe Hugi.

Mutter, das Leben ist nicht einen Bissen Brot wert – O die vielen Geheimnisvollen – Ein gewalttätiger, häßlicher Balg war ich – Oh, wär ich doch ein Zeisig – Lebte er in China, würden sie ihn zu den Drachen schicken – Gebar mich Borcsa Pöcze, es fraßen sie alle Übel – Ich danke dir für all die Lieder und die Märchen – Du hast mit deinen Armen wieder mich gekettet und hast mit deiner Schwäche mich beladen – Aurora hieß meine Mutter – Aus der Erde spricht die Stimme, ich denke an deinen Kaffee, an deine Tränen – Sie trug mich auf die alte Postwiese – Es holpert, es holpert der schlechte Provinzschund – Sechs Millionen Erzsäulen glühen, wer weiß, was noch alles glüht ...

Mutter, die Klavier spielt, die Bilder aus ihrer Jugend besitzt, auf der Brust ein Elfenbeinkreuz trägt. Eulalia, die lieblich plaudernde. Mutter Barbara auf der Bodentreppe mit dem Wäschekorb. Eine Mutter, zu der es den Sohn auch nach ihrem Tode hinzieht.

So haben es sich die Dichter gedacht, die die Verse schrieben? Mir ist es unvorstellbar, daß mich das Jugendbild meiner Mutter zu einem Gedicht inspirieren könnte oder daß ich Lust bekäme – nachdem ich endlich gestorben bin und in Frieden ruhe –, als Gespenst nach Hause zu gehen und ihr Herz zu küssen. Am ehesten kann ich noch Ady folgen, zwei Frauen tragen Blumen auf sein Grab – und Flüche, die eine wird die Mutter sein, das verstehe ich. Aber die Kinder sollen die Eltern überleben, umgekehrt ist es unnatürlich, und das Kind ist ja auch wirtschaftlich nötig, die Altersrente ist klein, in den staatlichen Altersheimen ist wenig Platz, jemand muß die alten Familienmitglieder unterstützen, wer soll denn die Einweisung in das Krankenhaus erledigen, das Krankenauto bestellen? Mutter.

Sie hat mich im Mutterleib empfangen, dafür gebührt ihr soundsoviel, sie hat mich neun Monate ausgetragen, dafür noch etwas. Sie hat mich gestillt, statt mich an die Wand zu knallen, sie hat über mir gewacht, als ich krank war, das muß fortwährend dankend erwähnt und registriert werden, denn das tun nur Menschenmütter, Tiere kümmern sich nicht viel um ihre Jungen, die können schnell auf ihren Füßen stehen und erben die Erfahrungen der Eltern. Die Erfahrungen gibt übrigens auch die Menschenmutter weiter, dafür gebührt ihr Sonderdank. Nicht auszudenken, was geschehen wäre, wenn Mutter uns ihre Erfahrungen nicht überliefert hätte. Was würde aus uns? Was würde aus Hugi?

Ich weiß noch, was das für ein Zirkus war, als wir die Wohnung tauschen wollten, woraus dann doch nichts wurde, und wieviel Angebote wir aus allen Bezirken der Stadt bekamen. Uns schickten sie zur ersten Besichtigung, zum Selektieren, Hugi und mir gefiel eine Wohnung ganz besonders, gegenüber dem Westbahnhof, die hatte eine himmlische Einteilung, war viel geräumiger und heller als unsere. Die Wohnung war so schön, daß ich ihretwegen sogar auf die Nachbarschaft der Bartos' verzichtet hätte, schließlich gibt es ja Autobusse. Mutter lachte uns aus, als wir begeistert erzählten, was wir gefunden hatten. »Westbahnhof!« sagte sie spöttisch und schlug die Hände zusammen. »Ausgerechnet beim Westbahnhof! Immer werden die Bahnhöfe zuerst bombardiert!« Verdutzt sah ich sie an, es war doch Friede, sie blinzelte schlau, ihre Miene sollte uns belehren, wie grenzenlos unbeholfen, wie unverantwortlich wir seien, und wir verzogen uns ins Eßzimmer, dort waren wir allein, standen am Fenster, Hugi summte, und wir sahen auf die Berge. Daß wir, wenn einer von uns sich eine halbe Stunde verspätete, mit einer phänomenalen Szene empfangen wurden, daran waren wir gewöhnt. Mutter *fühlte* es, daß wir tot, daß wir überfahren worden waren. Man trichterte uns ein, immer müsse ein Vorrat an Seife, Fett, Mehl, Zucker, ein Überfluß an Brot im Hause sein, denn es könnten ja alle Läden plötzlich geschlossen sein, »wenn etwas passiert«; millionenmal mußten wir uns sagen lassen, daß man sich auf keinen Fall Goldzähne machen lassen dürfe, was immer mit den Zähnen los sei, nicht weil sie scheußlich sind, sondern weil sie in den Konzentrationslagern sogar den Lebenden aus dem Mund gebrochen wurden – aber daß es in Mutters Vorstellung bei dem Stichwort Westbahnhof brannte und Bomben vom friedlichen Himmel fielen, das hätten wir doch nicht geglaubt. Was steckt in den Alten?

Als ich klein war, hing ich schrecklich an ihr. Hugi auch. Wir heulten, wenn sie nicht bei uns war, und jauchzten vor Glück, wenn sie nach ein paar Stunden Abwesenheit endlich wieder nach Hause kam. Dieses Gefühl begann sehr bald zu verflachen, eigentlich sofort, als wir merkten, daß sie uns mit ihrer unvernünftigen Leidenschaft zu körperlicher und seelischer Selbstversorgung zwang. Sie vergötterte uns, aber das war weder beglückend noch angenehm und wurde nach einiger Zeit unerträglich. Wenn uns diese Anbeterei nicht wild gemacht hätte, wären wir vielleicht nie so gute Geschwister geworden. Wenn uns das Geringste zustieß, fiel Mutter in Ohnmacht, begann zu heulen, beteuerte unter Tränen, es sei ihr Ende, wenn uns etwas passiere. Wir hatten Angst, sie könnte vor Sorge um uns sterben, und klagten nur noch unter uns über irgendwelche Wehwehchen. Wenn einer von uns erkäl-

tet war, nieste er ins Kopfkissen, erstickte den Husten in der Kehle, trotz Fieber gingen wir in die Schule, und wenn die Lehrerin uns nach Hause schickte, lagen wir mit schrecklichen Gewissensbissen im Bett, steckten das Thermometer unter die Achsel, voller Scham, daß wir ihr schon wieder keine Freude machen konnten. Als wir älter wurden, kurierten wir uns gegenseitig oder jeder sich selbst, die Hausapotheke befand sich im Badezimmer, wir wußten, welche Medizin nötig war, und sagten Mutter möglichst nichts, was sie hätte aufregen können. Aber nicht nur die Krankheiten, auch die Schulmiseren ertrug sie nicht, davon bekam sie Tachykardie, oder es wurde ihr schwindlig, ich unterschrieb also die Mahnzettel, wenn es sein mußte, Vater hat eine gräßliche Klaue, und sie glaubten, es sei sein Autogramm. Wir wurden Geheimniskrämer und Fälscher nicht etwa aus Freude daran, wir hätten es lieber gehabt, wenn uns jemand geholfen, uns angehört hätte, aber Mutter bekam bei jeder Gelegenheit irgendeinen Anfall. Wir waren ganz einfach überfordert, wer hätte denn die Nerven und die Kraft aufgebracht, auch noch ihre Wunden zu belecken oder wegen einer eitrigen Mandelentzündung um Verzeihung zu bitten. Als Großmutter zu uns zog, waren wir schon an Selbständigkeit gewöhnt.
Wir hätten sie enttäuscht, das war die häufigste Formulierung für das, was sie für ihre Kinder empfand. Wir bedauerten das aufrichtig, Hugi und ich, aber wir konnten der Armen nicht helfen, wir gaben zu, nicht so geworden zu sein, wie sich Eltern ihre Kinder vorstellen: Märchenprinz, Märchenprinzessin. Wir waren höflich genug, ihr nie zu sagen, daß auch wir von ihr enttäuscht seien, denn als wir noch klein waren, glaubten wir an das, was in den Büchern über löwenherzige

Mütter, immer fröhliche Mütter stand, und es war gar nicht so einfach, damit fertigzuwerden, daß wir keinen Kameraden, nur ein Familienmitglied mit schwachen Nerven hatten, das auch unserer Nöte und Sorgen wegen immer nur sich selbst bemitleidete. Wir konnten nichts dafür, daß wir ihren Ansprüchen nicht genügten. Und sie nicht den unseren.

»Mein Trost«! hat sie mir oft zugerufen, als ich klein war, und ich rannte in ihre Arme; ich verstand nicht, was sie sagte, was die Worte bedeuteten, aber ich rannte, denn jedes Kind, das ausgebreitete Arme sieht, eine lockende Stimme hört, strebt instinktiv in den schützenden Hafen. Damals war Hugi noch winzig, zählte noch nicht, mich verlockte die Stimme, der Ruf »Mein Trost!«, ich rannte zu ihr, aber ich wußte nicht, daß sie mir auch das einmal vorhalten würde: ich sei eine Zeitlang ihr Trost für ihr gescheitertes Leben, für Vaters Bedeutungslosigkeit, für die böse Welt und den ungetreuen Herrn Konrad gewesen. Später verlor ich die Eignung zu dieser Rolle, und jetzt bin ich längst nicht mehr geneigt, irgend jemandes ›Trost‹ zu sein. Als ich noch ›Mein Trost‹ war, begriff ich nicht, was ich tat, und ich wußte auch nicht, daß man nicht nur andere nicht trösten, nicht entschädigen kann, sondern auch sich selbst nicht.

Was würde sie sagen, wenn einmal nicht sie mich kritisierte, sondern ich ihr sagte, was ich von ihr denke? Sie würde es nicht glauben, wie viele Gesichter und wie unterschiedliche ich an ihr kenne, auch ihr listiges, verspieltes Gesicht, wenn sie uns manipulierte, als wären wir zwei kleine Kugeln auf einem Rechenschieber. Wie oft ist es vorgekommen, wenn Vater irgendeinen Blödsinn angestellt hatte, daß sie uns schnell ankleidete und keifend erklärte, sie gehe sofort, uns beide nehme sie mit, keinen Augenblick bleibe sie mehr in diesem Hause. Wir brüllten dann vor Angst, wir wußten ja nicht, daß das nur Rhetorik war, daß sie nirgends hingehen konnte, daß hier nur die Ouvertüre zu dem Drama ›Der gestrafte Vater‹ gespielt wurde, wir weinten also, zitterten, Hugi umschlang Vaters Beine. Wir waren noch klein und konnten nichts tun, es dauerte eine Weile, bis wir begriffen hatten, daß man ihre Szenen nicht ernst nehmen durfte; und wenn wir in unheilschwangeren Zeiten hörten, daß sie keine Jugend gehabt habe wegen des Krieges, und auch als Frau sei ihr keine Ruhe beschieden, weil Vater nicht garantieren könne, daß uns kein Unheil treffe, betrachteten wir teilnahmsvoll Vater, der schuldbewußt kuschte und sich offensichtlich schämte, weil er nicht mit männlicher Kraft und männlichem Mut gegen die außen- und innenpolitischen Ereignisse ankämpfte. »Wenn die nicht wären, wäre alles viel einfacher«, hörten wir Mutter oft sagen, dabei zeigte sie auf uns und weinte. Eingeschüchtert duckten wir uns, wir waren doch nun einmal da. Ich erinnere mich genau an 1956, ich war acht Jahre alt, und wir konnten nicht ›landesflüchtig‹ werden, denn Hugi lag mit Scharlach im Seuchenkrankenhaus. »Ich bin Mutter«, heulte und schluchzte unsere Mutter, »Sklave der Familie. Andere können gehen, ich nicht, ich bin Mutter.« Ich bohrte in der Nase, schämte mich, schwieg. Wäre Hugi nicht zäh wie eine Katze, sondern so nett gewesen, zur rechten Zeit an Scharlach zu sterben, hätten wir abhauen können.

Die Frau in der Apotheke, Vaters Geliebte, schaut uns so schwärmerisch an, daß sie uns immer leid tut; wenn Hugi sie sieht, schreit sie ihr über die Straße »Hallo!«

zu. Wir haben sie gern, sie ist eine brave Frau. Sie denkt bestimmt, daß sie viel verloren hat, weil sie nicht Vaters Frau ist; was sie bloß so anziehend an Vater findet? Sie ist keine schöne Frau, knochig und großnasig, mit einem strengen Blick, der nur weich wird, wenn sie uns beide sieht, sicher möchte sie ein Kind von Vater, oder sie stellt sich vor, wie es wohl sein würde, wenn wir ihre Kinder wären. Unsere arme Mutter, wenn sie wüßte. Seitdem Vater altert, ist er vergeßlich, unordentlich, oft muß man ihn decken, und zwar ziemlich umständlich, damit es ihn nicht beleidigt; ich kann nicht herausbekommen, was er mit seiner Geliebten anfängt. Und jetzt muß man ganz besonders aufpassen, denn seit Hugi in anderen Umständen ist, sucht Mutter auf einmal, durch welche Kapillargefäße die Liederlichkeit in ihre ehrenwerte Familie gekommen ist, und sie verdächtigt Vater. Das fehlte gerade noch, daß sie diese Frau entdeckt und beleidigt. Was kann denn die arme Therese dafür? Und dann – Vater als Geliebter; für ihn muß es doch ein verdammt großes Kunststück sein, in aller Eile ›der Liebe zu pflegen‹. Er wird alt.
Wie teilt er sich seine Frauen ein?
An Mutter kommt wohl selten die Reihe, dabei tut sie alles, um jugendlich auszusehen, sie färbt sich die Haare, geht zur Kosmetikerin, nachts schwimmt sie in Cremes. Hoffnungslos. Als Hugi sich mit einem Farbmittel die Haare wusch, bekam sie Ohrfeigen, und Hugi sah so himmlisch aus mit ihren plötzlich rötlich gewordenen blonden Haaren, so aufregend neu, jeder Mann drehte sich nach ihr um, und sie, die Ärmste, sieht mit ihren gefärbten Haaren viel älter aus, als wenn sie sie in Ruhe hätte grau werden lassen. Grausig sind diese Alten über vierzig, wenn sie anfangen,

gegen den Verfall zu kämpfen, ihre gekauften Zähne funkeln lassen, ihre schütteren Haare auf dem Kopf sortieren. Von den ganz Alten weiß man wenigstens, daß es bald zu Ende ist mit ihnen, aber die Vierzigjährigen halten noch eine Weile vor und werden vor unseren Augen schäbig und verfallen. Ihre Kleider, ihre Röckchen, ihre neckischen Hütchen, die dunklen Brillen; als wäre sie lichtempfindlich, nicht einfach kurzsichtig, trägt sie dioptrische Sonnenbrillen – wie ich das alles nicht ausstehen kann. Meine arme, närrische Mutter!

»Meine Tochter!« jammerte sie, als sie erfuhr, was Hugi passiert war. Sie sagte das so, als zähle es, wer von wem in die Welt gesetzt worden ist. Wie eine Kinderrassel rüttelte sie stolze Erinnerungen aus der Vergangenheit, nur Scham und Verzweiflung veranlaßten sie, vor uns, ihren Kindern, davon zu sprechen, daß der infame Herr Konrad sie einmal umgarnt habe, aber sie habe die Kraft besessen, ihn zurückzuweisen, dabei sei sie tödlich in ihn verliebt gewesen, und Konrad habe sich beschämt davongemacht. Sie habe sich nicht mit ihm hingelegt, obwohl sie es ruhig hätte tun können, denn sie seien ganz allein gewesen im Haus. Ich sah sie bloß an, was faselte sie da, wozu aus diesem Nichthinlegen einen Mythos machen, und warum maß sie ihrem gewissen, nicht besonders eleganten Organ eine solche außerordentliche Wichtigkeit bei. Ich nahm mich zusammen, hörte bis zu Ende zu, grinste nicht, und tief im Innern bedauerte ich sie vielleicht auch. Ich brachte ihr Beruhigungstabletten aus der Apotheke, Vater ergriff das Wort, er donnerte. Ich war barmherzig, sagte nichts von Therese, den Brief, den er morgens liegengelassen hatte, schmuggelte ich ihm in die Tasche zurück. Warum um alles in der Welt mußten

die miteinander korrespondieren, wo sie doch denselben Arbeitsplatz hatten?
Heute ist der erste wirkliche Sommertag, und hier fragen sie mich aus und legen mich auf die Waage, was wohl in mir steckt. Ich soll mich konzentrieren – wie mich das langweilt! Wie mich überhaupt alles langweilt! Gut wäre es, jetzt am Strand zu liegen, die Augen zu schließen, neben mir das Magno mit einer guten Musik. Wenn ich nach Hause komme, werden sie mich anschauen, meine Mutter kann so runde Augen machen wie eine Puppe, ihr Körper wird ganz dünn vor lauter Hoffen, und mit flehender und zugleich drohender Stimme wird sie sagen: Gelungen? Ja, nicht wahr, du hast bestanden, bist du sicher? Erzähl alles! Ganz genau, von Anfang an! Auch wenn ich wollte, könnte ich sie nicht beruhigen, denn ich selbst werde erst nach Wochen wissen, ob es gelungen ist. Ich glaube, zunächst habe ich Glück gehabt, es ging alles ganz gut, vielleicht sogar besser als bei den anderen, aber ich hasse dieses Rechenschaftablegen. Wir werden uns wieder zanken. »Mir sagt ihr nichts, mich schaltet ihr aus aus eurem Leben. Habe ich euch dazu auf die Welt gebracht?« Komischer Gedanke, daß sie mich geboren haben will, damit ich mich mit ihr unterhalte oder ihr Wort für Wort auseinanderklamüsere, was ich denke und was ich tue. »Du schweigst nur immer«, klagt sie, und dann kommt die Platte: »Herzlos wie sein Vater«, und zum tausendsten Mal zieht sie über Vater her, den Armen, zählt seine jämmerlichen Taten auf, wie er einberufen worden und an die Front gegangen ist, daß er im Frontlazarett, wo man ihn jeden Augenblick hätte umbringen können, Medikamente ausgeteilt hat, und wie die permanente Gefahr, in der er lebte, sie fortwährend aufgeregt hat. Und erst während der Be-

lagerung! da hat er sie allein gelassen, der Infame, ist in Kriegsgefangenschaft gewesen, hat neunundvierzig Kilo gewogen, als er nach Hause kam, und während dieser ganzen Zeit hätte sonst was mit ihr passieren können, gewalttätige Sachen und so; und wie er dann endlich doch nach Hause gekommen ist, hat man ihn aufpäppeln und pflegen müssen, denn er war halbtot und anfangs dauernd krank. Meine Mutter ist von der Geschichte dazu ausersehen, alles, was passiert, an ihren Nerven erleiden zu müssen. In Deutschland siegten die Nazis nur, damit sie durch den Krieg, den sie anzettelten, ihr die Jugend verbitterten, ihretwegen konnte sie ihr Tüllkleid nicht anziehen, und die Russen beschossen rings um sie die Stadt, weil sie mit den Deutschen Differenzen hatten, und die Apotheke räuberten die Ungarn aus, denn es gab keine Behörde und keine Polizei mehr, Verwundete und Tote lagen überall herum, und dann mußte man schwarz verkaufen, was sie einem gelassen hatten, damit man Vater etwas zu essen geben konnte, und dann, unerwartet, unbestellt, wurde ich geboren, ich, ein fürchterliches Kind, immer krank und jammernd, und dann kam Rákosi, um ihr die Nachtruhe zu rauben, die Apotheke zu verstaatlichen, nicht einmal die Trümmer sind im Besitz der Familie geblieben, und dann, als ich kaum stubenrein war, kam taktloserweise Hugi, meine kleine Schwester an, von der sie sich lange nicht erholen konnte, und später ruinierte der Oktober 1956 ihre Nerven vollends. Als endlich Ruhe eintrat, stellte sich heraus, daß Hugi und ich nur füreinander da waren, uns um nichts kümmerten, unsere eigenen Wege gingen, gleichgültig, herzlos. Unser Benehmen sei unerträglich, und sie habe uns ganz umsonst geboren.

Tausendmal habe ich mir vorgenommen, ich sage es

ihr, daß ich nicht bereit bin, täglich meinen Dank dafür auszusprechen, daß ich geboren wurde; ich bin nicht dankbar dafür, daß sie damals ebensowenig aufgepaßt hat wie Hugi jetzt. Ich sage es ihr offen, daß sie keine Rolle oder Bedeutung in unserem Leben hat. Praktisch ist Großmutter die Hausfrau, und wenn die Alte nicht kocht, essen wir eben Konserven. Wir hatten es uns seit langem abgewöhnt, irgend jemanden um Rat zu bitten, nicht etwa weil wir das gut und bequem gefunden hätten, besonders als wir noch klein waren, sondern weil sie nie die Wahrheit vertragen konnte; sie ertrug es auch nicht, wenn wir irgend etwas angestellt hatten, und auch das Schlimme nicht, das vielleicht passieren könnte. Aber am Ende zucke ich doch bloß immer mit den Schultern und schweige. Ich übersehe die in jedem Monat ein bißchen anders geratenen Haare, die funkelnden Ersatzzähne, auf die sie so stolz ist, weil ein sehr teurer Zahnarzt in der Innenstadt sie gemacht hat, und ich denke mir, sie ist nun schon sechsundvierzig Jahre, was hat sie noch vom Leben zu erwarten, und wie oft spricht sie mit sich selbst, und außer von angenehmen Sachen will sie einfach von nichts etwas wissen, und dann tut sie mir leid, und ich sage der armen Seele gar nichts.

Auf ihrem bizarren Haarknoten sitzt der Fluch, ich jagte sie ins Greisenalter – Noch schlossen die Deutschen und die Ungarn sie nicht in die Waggons ein – Auf daß in aufgeschreckten Elektronenorgien ich wiedersehe deinen Schreck . . .

A nö maga elé bámult a légbc.
»Kérem önt, Marie, legyen olyan jó, üljön ide ágyam mellé a kis asztalhoz, rajta van minden irószer. Irja fel ön, amit mondtam és még mondani fogok.«
A nö teéjesitette a parancsot. Mikor készen volt, a férj folytatá.
*»Ön hü és engedelmes nö volt teljaes életében, ön minden szavamat teljesitette, amit parancsoltam; én méh halálom után is ura fogok önnek maradni, ura, parancsolója, köszivü zsarnoka. Irja ön végszavamat! egy nagy müvet alkottam, amelynek nem szabad vel? Egytt összeroskadni. Irja ön, mi dolguk lesz fiaimnak halálom után.«**

A nö maga elé . . . Die Frau schaute vor sich in die Luft.

Sie schaute vor sich in die Luft. Immer *sie*.
Mutters Auftritte sind niemals pantomimisch, sie gibt ihre Ansichten über alles kreischend, in fürchterlichen Szenen bekannt, Vater ist immer bedeppert, Mutter aber weiß genau, was sie haben, was sie durchsetzen will. Es kommt fast nie so, wie sie es wünscht, und das Ende vom Lied ist ein Krach mit Weinen und Brüllen und dann die ewig wiedergekauten Vorwürfe: das unmögliche Leben, zu dem sie unseretwegen gezwungen ist. Als wir noch klein waren, hatten Hugi und ich manchmal ernste Gewissensbisse, wir dachten, wir seien nur auf die Welt gekommen, um ihr das Leben schwerzumachen.
Vater ist mir eine Zeitlang groß und stark vorgekommen, aber nur darum, weil ich damals klein und schwach war. Er nahm mich auf die Schulter oder warf

* Anfang des Romans ›Die Baradlays‹ von M. Jókai.

mich in die Luft, und alles Gute hing von ihm ab, man konnte ihn leichter rumkriegen als Mutter oder Großmutter. Er kaufte mir Bonbons, wenn ich darum bat, eine Salzbrezel, ein Taschenmesser, einen Ball, was mir die anderen nicht gekauft hätten, und wenn der Hausmeister, im Nebenberuf Scherenschleifer, unten im Hof Messer schliff, und das gräßlich kreischende Geräusch – vor dem ich als Kind, ich weiß nicht, warum, zitterte und beim ersten Ton zu weinen anfing – bei uns auf dem Gang zu hören war, ging er mit festen Schritten zu dem schleifenden Hausmeister und forderte ihn auf, die Messer in der Wohnung und nicht auf dem Hof zu schleifen, weil sein Sohn Adam sich vor dem Geräusch fürchte, und wenn er dann zurückkam, schmiegte ich mich an ihn, überzeugt, daß er mächtig war, mir half, und ich liebte ihn.

Kérem önt, Marie ... Ich bitte Sie, Marie, seien Sie so gut und

Ein paar Jahre nach Hugis Geburt, zu Weihnachten – es ist fast meine erste Erinnerung an die Eltern – hatte er zum Fest eine Krippe oder so was fabriziert, in die legte er Hugi, Mutter setzte er neben sie unter den Baum, sie war an diesem Abend sehr schön, so geheimnisvoll gerührt, um die Stirn hatte sie etwas wie einen Heiligenschein aus dem Stanniolpapier einer Arzneischachtel. Ich begriff weder, wer die Dame in blauem Tuch war, als die sich Mutter verkleidet hatte, noch was der glitzernde Schmuck auf ihrem Kopf bedeuten sollte. Das Grammophon spielte, Glocken läuteten, Großmutter murmelte, jemand werde uns denunzieren wegen dieser Bethlehemspielerei, dann könnten wir einpacken, Vater würde endgültig aus der Apotheke fliegen. Wann kann das gewesen sein? Anfang der fünfziger Jahre. Vater wurde rot in seinem Schafpelz, den er mit der Fellseite nach außen angezogen hatte, und stützte sich auf den Regenschirm. »Ein schöner heiliger Joseph ist mir der Herr Provisor«, sagte Großmutter, die alle Feiertage mit uns verbrachte, auch als sie noch nicht ständig bei uns wohnte, aber sie murrte umsonst, wir waren alle sehr ergriffen, als hätten wir irgendeiner heiligen, geheimnisvollen, wundersamen Handlung beigewohnt. Ich stand bloß da, ich fühlte, daß sie mächtig und mutig waren, weil sie sich gegen etwas empörten, das rätselhaft, verboten und unverständlich war.

... üljön ide ágyam ... setzen Sie sich hierher neben mein Bett

Dann wurde ich größer, wurde wie eben Jungen sind, und fing an, mich mit anderen herumzukeilen, und einmal vermöbelte ich den Bartos-Jungen nach Strich und Faden. Er verhaute mich auch, und ich kam mit geschwollenem Gesicht, aber glücklich nach Hause. Hugi bewunderte mich, betastete meine Backe, Großmutter und Mutter schimpften mich aus und jammerten, sie verstanden überhaupt nicht, wieso ich glücklich war. Ich war felsenfest überzeugt, mein Vater, wäre er nur zu Hause, würde es verstehen: man schlägt sich, weil es einem wohltut, und weil das ein Beweis dafür ist, daß man mutig und stark ist. Schließlich kam er nach Hause, hörte sich an, was die Frauen ihm vorjammerten, und dann packte er mich und verprügelte mich, zum erstenmal in meinem Leben. Er war erwachsen, konnte geschickter zuschlagen als Gyuri, er schlug mich so, daß ich vor Schmerzen heulte. Er sagte, ich solle mir merken, daß ich den Bartos nicht anrühren dürfe, und wenn der auf mich losgehe, solle ich es sofort der Lehrerin melden, die würde den Streit schon schlichten. Ich fand, was er da sagte, so hundsgemein – wer geht denn zur Lehrerin petzen, man verschafft sich selbst Genugtuung und damit hat sichs. Schließlich sagte er noch, der alte Bartos könne ihm schaden, wir gehörten zu den ›Gezeichneten‹, weil wir eine Apotheke besessen hätten, ich solle mich klein machen in der Schule, mich ducken, so wie er es in der Gilead Apotheke tun müsse. Ich sah ihn bloß an. Damals war in der Schule noch nie mit besonderem Nachdruck davon gesprochen worden, wer wessen Kind ist, ich kümmerte mich auch nicht um Gyuris Eltern. Ich fand das so infam, daß ich Gyuris Püffe einstecken sollte, weil mein Vater vor seinem Vater Angst hatte, daß ich erst einmal aufhörte zu weinen. Ich fing an, ihn zu beobachten, ich fing an, jeden zu beobachten, eigentlich habe ich es Gyuri Bartos zu verdanken, daß ich seitdem auf alles aufpasse. Ein kleines Kind sollte nicht erfahren dürfen, daß sein Vater sich fürchtet.

Gyuri ist mein bester Freund, ich dachte immer, Hugi würde zuerst mit ihm ins Bett gehen, aber dann kam alles anders. Als wir schon sehr gut befreundet waren und aufrichtig miteinander sprachen, war es schrecklich, draufzukommen, daß auch sein Vater sich zur selben Zeit vor etwas gefürchtet hatte und nur darum so großschnäuzig gewesen war, weil er Angst hatte. Es hat damals auch bei Bartos' Familienzirkus gegeben, und Gyuri ist ebenso verhauen worden wie ich, weil man nicht durch Keilereien in der Schule die Aufmerksamkeit der Leute auf sich lenken dürfe, und was er sich denn eigentlich einbilde, wozu er geboren sei, nur damit er das Leben seiner armen unglücklichen Eltern noch schwerer mache? Wir beide, Bartos und ich, saßen auf dem Gang zwischen den Mülleimern, analysierten die Welt, hätten gerne klargesehen, brachten es aber nicht so weit. Bartos hatte keine Angst vor mir. Ich hatte keine Angst vor Bartos. Das, worüber die Alten redeten, war für uns so etwas wie ein hirnrissiger Traum. »Rindviecher«, sagte Gyuri, »mein Alter duckt sich.« – »Meiner auch«, antwortete ich. Hugi stand neben uns und kaute an den Fingern.

... a kis astalhot ... zu dem kleinen Tisch. Darauf sind alle Schreibmaterialien

Die Bartos' hatten damals viel Geld, als wir kaum noch etwas besaßen, aber Gyuri bekam aus Prinzip nichts, denn da beide, Vater und Großvater Bartos, eine elende Jugend gehabt hatten, meinten sie, Gyuri sollte nur lernen, daß das Leben nicht rosig ist. Gyuri stahl also von klein auf, wie ich es auch gern getan hätte, aber wo nichts ist ... Nicht weil er kleptomanisch war oder amoralisch, er hatte einfach Wünsche und das Gefühl, einem manischen Feigling ausgeliefert zu sein. Gyuri war ein Bettler, obwohl sein Vater ganz groß verdiente; ich war ein Bettler, weil mein Vater damals kaum etwas nach Hause brachte. Bartos stahl also für uns beide, schließlich für vier, für Hugi und für seine Schwester Marta. Dem alten Bartos war es zuwider, wenn wir zu ihnen hinüberkamen, er hatte Angst vor dieser Freundschaft; meinem Alten war es zuwider, wenn die Bartoskinder zu uns kamen, aus demselben Grund; da man uns nun einmal nirgends haben wollte, gingen wir von zu Hause weg, in den

Keller, in die Waschküche, auf die Straße, denn wir verspürten nicht die geringste Lust, irgendeine Rechnung zu bezahlen, die uns nichts anging. Von unseren Vätern sprachen wir nur mit Bedauern, die Bartos' mit ihrem Dienstwagen waren genauso bemitleidenswert wie meine Eltern ohne Auto in ihrer verworrenen materiellen Lage. Ich glaube, auch Gyuri begann sich damals zu besinnen, als er bemerkte, daß sein Vater sich fürchtete. »Nein!« sagte der alte Bartos. »Nein!« sagte mein Vater. Sie kamen uns vor wie Riesenmünder, die zwischen den Felsbrocken der Zähne und über das Gletschermassiv der Zungen Verbote donnerten, und zwischendurch sahen wir sie nackt, und wir sagten es einer dem andern, wie sie sind, und wir kamen dahinter, daß sie beide aus gänzlich anderen Gründen, aber vor derselben Sache zitterten. »Wenn ich gewagt hätte, so mit meinem Vater zu sprechen«, hörte ich zu Hause, »hätte ich mein Bündel schnüren können.« Ich konnte nicht anders, als ihm ins Gesicht zu lachen. Einen Paß besaß ich nicht, und wenn ich ohne den hätte abhauen wollen, würde ich unter polizeilichem Geleit nach Hause befördert und womöglich auch noch eingesperrt werden. Sollte ich vielleicht wegen meiner unverschämten Manieren »mein Bündel schnüren«? Von Herzen gern täte ichs, ich war noch nie im Ausland. »Bündel schnüren!« Ich liebe ihre Redensarten. »Mein Vater hat mich wöchentlich einmal verprügelt, und so ist ein Mann aus mir geworden«, tobte der alte Bartos. »Und Makarenko?« fragte Gyuri und brachte es fertig, nicht zu lachen. »Hast du Makarenko nicht gelesen? Man darf Kinder nicht schlagen, das könnte ein Trauma bei mir verursachen. Frag doch in der Schule, wenn du's nicht glaubst.«

Irja fel ön ... Schreiben Sie auf, was ich sagte und sagen werde

Ihm gaben sie kein Geld, bei uns gab es keins, Gyuri wußte so gut wie ich oder Hugi und Marta, daß wir alle im gegebenen Augenblick schutzlos dem Kommenden gegenüberstanden. Gyuri halfen sie aus Prinzip nicht, mir aus Mangel an Möglichkeiten, wir hatten vom Leben nur das, was wir uns füreinander beschaffen konnten. Es gab kein Stück Brot, keinen Riegel Schokolade, den wir nicht teilten, wir vier gehörten zusammen, und weil man es uns verbieten wollte, erst recht. Die Väter grüßten uns von oben herab, und jeder bat unabhängig vom andern die Lehrerin, uns nicht nebeneinander zu setzen; aber alle Verbote waren vergebens, wir trafen uns nach der Stunde, in der Pause, zu Hause, auf der Straße, überall. Wir nahmen heimlich Religionsunterricht, meldeten auch die Bartoskinder an, ich schrieb das Einverständnis ihrer Eltern mit der Maschine, und sie haben es sehr genossen. Ich glaube, an keinem Lehrstoff hatten sie so großen Spaß wie am Religionsunterricht. Kolossale Geschichten konnte man da lernen. Die zwei Bartos' wollten auch konfirmiert werden, aber der Pfarrer war ein Bürokrat, er verlangte die Taufscheine, da mußten sie wegbleiben, sonst hätte sich herausgestellt, daß sie als nicht Getaufte konfessionslos waren.

A nö teéjesitette ... Die Frau folge dem Befehl

Nie bitten wir unsere Eltern um Rat, die zwei Bartos' ebensowenig. Vater Bartos ist wie eine Parteibroschüre, als schliefe er zu Hause nicht im Pyjama, sondern in einem aus Zitaten zusammengestückelten Nachthemd; Frau Bartos tut fast nie den Mund auf, eigentlich wohnt sie gar nicht zu Hause, sie hat enorm viel Arbeit im Bezirk. Unser Vater duckt sich, er bezieht nicht gern Stellung; Mutter ist noch am mutigsten in ihrem dauernd aufgeregten Zustand, in jedem Augenblick ausbruchbereit wie ein menschlicher Vulkan, aber ich vertrage auch sie nicht, denn sie bedauert und schont nur sich. Vater wegen irgend etwas um Rat zu fragen, wäre ebenso vergeblich und lächerlich, wie die Basilika anzusprechen; was kann er schon sagen, der Waschlappen? Geld hat er nicht, wo ich in Zukunft unterkomme, hängt nicht von ihm ab – daß man mich im Gymnasium aufgenommen hat, war nicht einmal mein Verdienst, weder mein Fleiß noch meine Zeugnisse hatten damit etwas zu tun und ganz sicher nicht der Wille meines Vaters –, meine Möglichkeiten sind vorausbestimmt, nicht familiäre, ganz andere Kräfte fördern oder hindern meine Laufbahn. Enterben kann Vater mich nicht, die Apotheke gehört ihm ja nicht mehr, und wenn es irgendwann zu wirklich ernsten Konflikten zwischen uns kommt, hinter mir stehen Kräfte, hinter ihm keine, das ist klar. Ich brauche ja nur einmal zum Jugendverband zu gehen und um Hilfe bitten, das genügt, um nicht mehr schutzlos zu sein, denn ich bin schon in diese Welt hineingeboren, und aus mir kann – im Prinzip – noch ein nützliches Mitglied dieser Gesellschaft werden; hinter meinem Vater steht niemand. Er ist nicht liebenswert und auch nicht bedeutend genug, als daß ich ihn um seiner selbst willen schätzen könnte; seit ich denken kann, verdunkeln seine Ängste meine Tage, nichts hängt von ihm ab, außer ein paar Groschen Taschengeld und den momentanen Verboten, die ich sowieso nicht beachte, ich lache ihn wegen seiner Wichtigtuerei höchstens aus. Wie und womit könnte er mich beeinflussen?

Mikor kézsen volt ... Als sie fertig war, setzte ihr Mann fort

Bei den Bartos' war es genauso, aber mit umgekehrten Vorzeichen; Bartos wußte, auch wenn er den Mund nicht aufmachte, würde man ihn nicht durchfallen lassen; mit seinem Kaderblatt gehörte er in die Kategorie, die in den fünfziger Jahren nicht durchfallen durfte. Bartos war ein kluger Junge; aus Scham darüber, daß er ohne jeden Beweis, einfach von Amts wegen »als begabt zu gelten hatte«, ochste er wie verrückt. Gyuri litt darunter, daß er zur »Aristokratie« gehörte, sein Vorrang peinigte ihn erheblich mehr als mich mein X auf dem Kaderblatt. Für die Mädchen war es leichter, sie dachten nicht an Politik, nur an Heiraten, Kino und Liebe. Frau Bartos ist in der Bewegung tätig, sie sieht ihre Kinder selten, wenn aber doch, läßt sie sie gewähren, ich würde sie herzlich gern mit meiner Mutter vertauschen. Sie ist ein angenehmer Elternteil; wenn der Wagen sie von den vielen aufklärenden Vorträgen, die sie hält, endlich nach Hause bringt, ist sie so müde, daß sie die Familie in Ruhe läßt. Die zwei Bartos-Kinder sind nicht sentimental, sie sind sehr zufrieden mit ihr, sie sehen und hören genug von meiner Mutter, wenn sie ihr unseretwegen empfundenes heiliges Leid hinausschreit, sie haben keinen Bedarf an einer bürgerlich-privaten Mutter. Sollte ich einmal alt sein, was sehr unwahrscheinlich ist, unsere Generation gehört kaum zu denen, die ihren Enkeln erzählen, wie es einmal war, werde ich meine Jugend sicher nicht als Kummerzeit empfinden, obwohl mir weder eine bezaubernde Mutter noch ein imposanter Vater zur Seite stehen, denn es gibt ja Gyuri und Marta und natürlich Hugi, vor allem sie, und alle die anderen. »Meute, Bande, Rotte Korah«, sagt meine Großmutter. Mag sie sich die Zunge wetzen, was sollten wir junges Volk wohl ohne einander machen?

Ön hü és engedelmes nö volt ... Sie waren eine treue und gehorsame Frau in Ihrem ganzen Leben, Sie haben alles getan, was ich Ihnen befahl. Ich werde Ihr Gebieter bleiben auch nach meinem Tode

Nicht einmal zu seinen Lebzeiten kümmere ich mich darum, was er will. Seit ich denken kann, »spielt er nicht mit«, wen interessiert es schon, was er brabbelt, der Ärmste. Er akzeptiert alles, erst weiß für schwarz, dann schwarz für weiß, ganz nach Bedarf. Was zählt er schon, was zählt der alte Bartos? Den habe ich 1956 gesehen, da hatte er die Hosen voll, und wie ehrerbietig er plötzlich meinen Vater grüßte; und ich habe auch meinen Vater gesehen, aufgeplustert wie einen Truthahn, wie glücklich, wie verklärt er war. Gyuri stahl sich auf den Gang hinaus, nicht durch die Tür, die war fest verschlossen, er stieg durch das Fenster des Mädchenzimmers, in dem vor dem Einzug seines Großvaters die Genossin Juci gewohnt hatte, sie mußte mit ›Genossin‹ angeredet werden, wusch aber den Bartosschen Dreck genauso weg, wie sie es ohne diese ehrenvolle Bezeichnung getan hätte, und die sie dann wegschickten, als sie den Großvater zu sich nahmen, der seitdem ihren Haushalt führt. Auch Marta stahl sich zu uns hinaus, da standen wir zu dritt, Hugi lag im Krankenhaus. Marta war damals sechs, wir beide acht Jahre alt. Wir hatten nichts mit den Sachen der Erwachsenen zu tun, überhaupt mit nichts, was geschah, aber wir sorgten uns um unsere Eltern. Die ›Genossin‹ traute sich kaum aus dem Haus hinaus, die Bartos' hatten nichts zu essen, die Kinder waren hungrig. Ich brachte ihnen von uns Brot und Käse, wir futterten zu dritt, und ich beschloß, wenn man das Fehlende suchen sollte, zu sagen, Mutter habe es aufgegessen, erinnere sich nur nicht mehr. Draußen, weit weg, wurde geschossen, wir fanden, Soldat sein müsse scheußlich sein, und fanden überhaupt alles, was man tun muß, scheußlich. Ich hatte mehr Angst um meinen Vater als Bartos um seinen, denn ich wußte, daß hinter seiner stolz geschwellten Brust nichts steckte, daß er innerlich schrecklich schwach war. Als alles zu Ende war, fand wieder jeder zu seiner früheren Form zurück. Der alte Bartos hatte seinen Dienstwagen wieder, mein Vater einen großen Dreck, er zog die Brust wieder ein und beeilte sich, wieder schön als erster zu grüßen. Einen Unterschied aber gab es: Von da an ließen sie uns Freunde sein, sie blieben sogar auf dem Gang stehen, wechselten ein paar Worte, als hätten sie beide, der Genosse Bartos und mein Vater, einer Sache, einem Etwas gegenübergestanden, das sie noch nie gesehen, nie bedacht hatten, und dieses Etwas hätte ihnen gesagt, daß die Aufgeblasenheit des einen genauso hirnrissig war wie die zusammengebissenen Zähne des anderen. Nichts als Quatsch.

ura parancsolója . . . Ihr Herr, Gebieter, Tyrann mit steinernem Herzen. Schreiben Sie mein Testament. Ich habe ein großes Werk geschaffen, das mit mir nicht untergehen darf.

Als Marta und ich zum erstenmal zusammen schliefen, war bei den Bartos' niemand zu Hause, die Alten und der Großvater waren nicht in der Stadt, Gyuri war zum Match gegangen, hatte uns, wohl etwas ahnend, allein gelassen. Marta legte sich in ihr Bett, sie winselte ein bißchen, dann ließ sie es sein, und als wir fertig waren, rauchten wir. Marta sah mich an und fing an: »Jetzt werde ich dir meine Leiden vortragen.« Das war ein Stichwort, nun sollten die Leiden im Stil unserer Eltern folgen, wie wir das zu Hause dauernd zu hören bekamen. Marta klagte in demselben Ton wie ihr Großvater oder meine Mutter: »Du bist gekommen, hast dich auf mich gelegt, und ich habe gelitten.« – »Und ich etwa nicht? Ich habe auch noch arbeiten müssen«, antwortete ich. »Und sie haben die Apotheke verstaatlicht, und immer mußten wir Angst haben.« – »Oh«, sagte Marta im Tone ihres Großvaters, »Hitler, Verfolgung, Hunger.« – »Das ist nichts«, antwortete ich, »Krieg, Belagerung, Kriegsgefangenschaft.« – »Gefängnis«, sagte Marta, »die Deutschen.« – »Front«, knurrte ich, »die Russen.« – »Rákosi«, sagte Marta. »Stalin«, sagte ich, »Rajkprozeß.« – »Aber alle sind rehabilitiert worden. Auch die Toten«, so Marta. »Was, wenn wir Tote wären!« antwortete ich. »Wir werden es sein«, tröstete Marta, »es kommt das Atom.« – »Ist das gut für uns?« fragte ich sie. »Nein«, sagte Marta, »aber darum kommt es doch.«
Was hat wohl Hugi damals zu Miklós gesagt? Nichts. Hugi ist ein ziemlich stilles Mädchen, und Miklós ist nicht von der Art, mit dem man so reden kann. Hugi hat sich sicher nur gegeben, sie hat auch nicht gewinselt, sie verdirbt einem Freund nicht die Freude, und Miklós war sicher viel zärtlicher als ich, vielleicht sogar auch noch dankbar. Er konnte keine Ahnung davon

haben, daß Hugi ihm auch dankbar war, weil er sie mit diesem einen Akt über die karierten Hefte und das Schulkleid hinausgehoben und ihr die Sicherheit gegeben hatte, Mutters ausgiebige Jeremiaden als Gleichrangige anzuhören. Und er konnte nicht wissen, wie dankbar wir alle ihm waren.

Irja ön, mi dolguk lesz fiaimnak ... Schreiben Sie, was die Arbeit meiner Söhne nach meinem Tode sein wird

Das Besitzverhältnis

Das Besitzverhältnis, zu wem oder zu was eine Person oder ein Gegenstand gehört, in wessen Besitz er, sie, es sich befindet, wird im Ungarischen durch ein an den Besitzer ausgehändigtes Suffix ausgedrückt; an den Besitz wird eine besitzanzeigende, mit der Zahl und Person des Besitzers (der Besitzer) übereinstimmende Endung angefügt.

Hugi wird gut zu ihm sein.
Das ist sie schon lange.
Eine ganze Weile dachte ich, es sei gar nicht so leicht für sie, lieb zu sein, sie zwinge sich nur dazu, denn Hugi war nie fürs Schmarotzen; ich dachte, sie übererfüllt ihr Soll aus Anständigkeit, sie zahlt für uns alle, weil Miklós uns immer so viel zu trinken gibt, wenn wir bei ihm sind, und uns in seinem Wagen herumfährt und es duldet, wenn seine Mutter ihm unseretwegen einen Zirkus macht. Als Hugi mit ihm ins Bett ging, dachte ich noch nicht, daß sie ihn liebte, ich meine, mehr als wir alle ihn mochten, denn Miklós hat uns die ganze Zeit über sehr anständig freigehalten, auch die Bartos' haben Geld von ihm bekommen, von uns gar nicht zu reden, Hugi und ich haben ihn ganz regelmäßig geschröpft. Nach dem Examen dann, als er sich wieder einmal, um mit Auszeichnung zu bestehen, verrückt gearbeitet hatte und so erschöpft war, daß er in Martas Schoß einschlief, lachten wir uns scheckig über sein Schlafgesicht, anfangs lachte Hugi sogar mit uns. Wir feierten das bestandene Examen bei Huszárs und hatten Miklós zur Feier des Tages besonders gründlich gerupft, den letzten Heller hatten wir ihm weggenommen. Marta zog die Schleife aus Hugis Zopf

und befestigte sie mit einer Spange im Haar des ermatteten Prüflings cum laude. Mir tat schon vor Lachen der Bauch weh, ich stellte mir vor, wie es wäre, wenn Frau Huszár etwa zufällig früher aus den Ferien nach Hause käme und ihren vielgeliebten Sohn hier fände. So. Dann sagte uns Hugi, wir sollten uns gefälligst zum Teufel scheren, wir hätten den armen Jungen genug gepeinigt. Wir hofften, daß sie das vielleicht nicht ohne Grund sagte, und machten uns aus dem Staube. Vorher aber aßen wir alles auf, was wir in der Speisekammer fanden, nur ein paar Scheiben Pariser Wurst ließen wir für Hugi übrig, sie könnte je zwischendurch Hunger bekommen. Zu Hause sagte ich, sie käme spät, sie müsse im Schulchor zur Einweihung eines Kulturhauses singen. Aber sie kam verhältnismäßig früh nach Hause geschlichen, so gegen zehn Uhr war sie schon da; ich glaube, ich unterließ aus Aberglauben die unter uns sonst üblichen Fragen. Sie spülte das Geschirr, angewidert wie immer, wenn man sie in die Küche befahl, dann setzte sie sich an das Magno, nahm das Mikrophon und begann hineinzusingen. Töne ohne Worte, mit dünner, rührender Stimme, immer wieder die selbst erfundene Melodie, ein trauriges Lied. Großmutter rief ihr so etwas zu wie: Na, sticht man das Schwein schon ab? Hugi hörte auf zu singen und sagte ein ordinäres Wort, worauf Großmutter aus dem Zimmer flüchtete und sich in der Küche bei Mutter weinend beklagte. Hugi beugte sich wieder über das Magno und begann von neuem zu singen, dieselbe Totenklage, das Klagelied über Miklós' Hinscheiden. So gab sie mir zu verstehen, daß es geschehen war. »Oh, der Märtyrersohn«, psalmodierte Hugis dünne Stimme, »das Kind eines Verurteilten, unglücklicher Fröner. Frau Huszár zieht die Trauerkleider niemals aus, weil man sonst nicht sofort sieht, daß sie trauert, trüge sie etwas Farbiges, würde ja keiner im Erholungsheim, keiner der Gesellschaftsreisenden sie fragen: Ist etwas Schlimmes passiert? Und sie könnte dann nicht zehnmal, hundertmal, Tausende Male erzählen, daß ihr Mann, ihr guter Seliger, in einem konstruierten Schauprozeß ... Nichts ist mir geblieben, nur mein Sohn, mein Einziger. *Mein* Sohn. *Mein* Kind. *Mein* Waisenkind. *Mein* Stolz ... Jetzt hat sein Körper Frieden«, sang Hugis Lied, »er ist nun ruhig, er denkt jetzt an nichts, ist allein zu Hause und schläft. Wenn er dann aufwacht und aus dem Hause geht, werden die Bewohner ihm nachschauen, noch immer blikken sie ihm nach, wenn er durchs Treppenhaus eilt, denn er ist ein Kuriosum, einer, dessen Vater man unschuldig gehenkt, dann wieder aus dem Grab herausgeholt, rehabilitiert und von neuem begraben hat, Ehrenbegräbnis, Staatsbegräbnis, wundervolles Grabmal, und deshalb sind Miklós' Tage vorausbestimmt durch jemanden, von dem ihm nur ganz nebelhafte Erinnerungen geblieben sind, denn er war sechs Jahre, als er den Vater verlor, und seinetwegen kann er nie so leben wie andere, wie wer immer, die Bartos', ich oder du. Frau Huszár hat ihren Mann vergöttert und kann das Vergöttern nicht lassen, sie ist verhältnismäßig jung Witwe geworden, und statt ihres Mannes oder eines anderen Mannes ist ihr der Sohn, ihr Miklós, geblieben, der gute kleine Miklós, ihr Schadenersatz, Sinn ihres Lebens. Kleinmiklós mußte lernen, denn ein Huszár-Sohn lernt gut, Kleinmiklós mußte bei der Papiersammelaktion mitmachen, er mußte einen Eisenofen auf dem Karren schieben, wenn altes Eisen gesammelt wurde. Großmiklós mußte sich morgens, mittags und abends beispielhaft benehmen, denn er ist

Frau Huszárs einziges Glück. Miklós steht wie eine Bohnenstange ein wenig erschrocken da, verbeugt sich, grüßt, reicht die Hand, ist artig und lernt sich krumm und bucklig, denn auch Miklós ist stolz wie Gyuri Bartos, er will gute Zensuren nicht umsonst haben, und er rennt mit dieser fürchterlichen Frau herum, versucht, ihr Leben irgendwie zurechtzurücken. Frau Huszár stützt sich auf seinen Arm, immerfort, hält ihn eisern neben sich, schleppt ihn mit in die Oper, überallhin. »Miklós«, tönte Hugis eintöniger Singsang, »der Priester Miklós, der heilige Miklós, Kind meines guten ermordeten Mannes, Sohn einer unglücklichen Mutter. Miklós. MIKLÓS!«

Besitzverhältnis. Miklós Huszár ist Frau Pál Huszárs Besitz. Meine Rechtfertigung. Meine Wiedergutmachung. Mein. Mein.

Er ist vier Jahre älter als ich, aber man könnte glauben, er sei jünger als wir alle. Als wir ihn bei den Bartos' kennenlernten, hatte er seine Mutter hinbegleitet; Frau Bartos schickte ihn in Gyuris Zimmer, vom Sehen kannten wir ihn schon lange, hatten aber nie mit ihm gesprochen. Damals geschah es zum erstenmal, daß Herr Bartos uns nicht wie sonst, wenn Gäste kamen, nach Hause schickte, offenbar hielt er uns nicht mehr für gar so aussätzig; es war anfangs peinlich für Miklós, denn Hugi kannte keine Gnade; Hugi und Marta waren damals, Schülerinnen der ersten Klasse, noch unverschämter als heute, und sie fanden es rasend komisch, daß ein Jurastudent im sechsten Semester seine Mama begleitet, weil es draußen glatt ist und sich verbeugt, wenn er sich vorstellt, und so spricht wie ein Nationalklassiker, und so fromme Augen hat wie ein Hund. In der ersten Zeit hielten wir ihn für leicht verblödet; unsere Witze und Anspielungen verstand er nur halb, und wenn er sie doch verstand, wurde er sichtlich verlegen, er wurde rot, wenn eins der Mädchen etwas Gepfeffertes sagte, trinken wollte er nicht, er müsse den Wagen fahren. Als er schließlich ging, sprachen wir lange über ihn, hielten ihn für doof, so gar nicht synchron mit seinem Vater, zumindest nicht mit der Vorstellung, die wir von Pál Huszár hatten. Später waren wir beide, Gyuri und ich, irgendwie stolz darauf, daß wir Pál Huszárs Sohn kannten, und wie altväterisch lebensfremd Miklós auch war, wir riefen ihn an, redeten ihm zu, sich mit uns zu treffen, und nahmen uns vor, ihn bei der nächsten Gelegenheit gründlich zu beschnüffeln, wir wollten herausbekommen, wie dieser Junge nun wirklich war. Wir kamen wieder bei den Bartos' zusammen, und er gab sich genauso wie beim ersten Mal: still, höflich, bereitwillig, ein wenig verschämt.

Frau Huszár freute sich nicht über die Annäherung zwischen uns und Miklós. Die Familie Bartos war ihr sympathisch, die kannte sie seit langem, aber mit den Kindern des einstigen Apothekenbesitzers Gál wünschte sie keine Verbindung. Hugi ging ihr besonders auf die Nerven; zugegeben, Hugi tat alles, was sie nur konnte, sich unbeliebt zu machen. Wir fanden Frau Huszár rasend komisch, genossen, daß Miklós über einen Wagen und fast grenzenlose Mittel verfügte, und ein ganz besonderes Vergnügen machte uns der Gedanke, daß wir Frau Huszárs Geld verplemperten, die uns nicht ausstehen konnte, und die wir nicht ausstehen konnten wegen ihrer aufdringlich zur Schau getragenen Trauer, die nicht so sehr dem Toten galt, als vielmehr ihrem Verlangen diente, jedermanns Aufmerksamkeit in jedem Augenblick ihrer Anwesenheit ausschließlich für sich in Anspruch zu nehmen. Nach dem bewußten Nachmittag, als sie endlich zusammen ins Bett gegangen waren, amüsierten wir uns noch oft über Miklós, aber Hugi machte plötzlich ein ernstes Gesicht, wenn über ihn gesprochen wurde, und einmal, als sie sich bei mir aufs Bett hockte wie so oft zur Schlafenszeit, sprach sie ganz unvermittelt davon, wie himmlisch wir es im Vergleich zu Miklós hätten. Ich war so wütend, daß ich sie fast aus dem Bett gestoßen hätte; da waren Gyuri und Marta und sie und ich und die zwei Familienporträts, und auf der anderen Seite Miklós mit so vielen Vorteilen in jeder Beziehung, die wir den Mädchen wahrhaftig erschöpfend erklärt hatten, als wir knobelten und das Los auf Marta fiel, und da kam sie mir mit solchen Sprüchen. Hugi wollte nicht mit mir streiten, schwieg, ließ mich allein, und von da an sprach sie niemals mehr über Miklós, nichts Gutes, nichts Schlechtes, außer der negativen Antwort auf unser regelmäßiges Befragen, ob es passiert sei. Erst bevor sie mit der Klasse zum Camping nach Bánkut fuhr, sagte sie mir: Jetzt ist es soweit, ich bin schwanger. Ich sollte aber zu Hause noch nichts sagen, die Alten erst alarmieren, wenn der Autobus schon unterwegs war, und da sie fast fünf Tage wegbleiben wollte, dachte sie, das ärgste Gewitter würde sich inzwischen entladen haben, und sie könne sich die langweilige Brüllerei ersparen.

Den Text hatte ich mir längst zurechtgelegt, die Ausdrucksform war schnell gefunden; Vater löste Kreuzworträtsel, ich stand hinter ihm und gestand verlegen aber männlich, was meiner armen kleinen Schwester widerfahren war und wie Miklós Huszár die ehrenwerte Familie Gál in den Kot getreten hatte. Meine arme kleine Schwester, in welcher Seelenangst sie nun diesen Schulausflug verbringen müsse, und ihre einzige Hoffnung sei, daß ihr Vater ihr Schicksal in die Hand nehme, denn wenn sie vor der Kommission erscheinen müsse, würde sie vor Scham sterben.

Ich dachte, er überlebt es nicht, sein Kreislauf ist nicht in Ordnung, aber er riß sich zusammen, sprang auf und rannte aus dem Haus. Ich glaube, er lief zu Fuß zu Huszárs, merkte in der Aufregung gar nicht, daß er mit der Straßenbahn schneller dagewesen wäre. Was mag er wohl der Frau Huszár gesagt haben, als er ihr mit der Tür ins Haus fiel und zu drohen anfing, und was mögen da so alles für Ausdrücke zwischen ihnen gefallen sein, bis endlich am fünften Tag der Beschluß gefaßt wurde, daß Miklós Huszár kein Verführer, nur ein Freier sein, und eine Gál nicht vor die Abortkommission treten, höchstens mit Sondergenehmigung heiraten könne. Hinterher, als Frau Miklós Huszár, konnte sie sich das Kind dann sofort wegnehmen lassen, es war ja dann so gut wie nichts geschehen.

Niemals werde ich Hugis Gesicht vergessen, als sie von ihrem Ausflug zurückkam. Der Fahrstuhl ging nicht, sie mußte zu Fuß die Treppen hinaufklettern mit dem großen Rucksack; ich erwartete sie draußen vor der Tür, ich wußte, wann ihr Autobus ankam. Sie riß den Oberkörper zurück, ihre Lippen öffneten sich, sie kniff die Augen zusammen; daß ich draußen auf sie wartete, konnte ja nur bedeuten, daß der Skandal viel größer war, als sie erwartet hatte; sie blickte hinüber zu den Bartos und überlegte sich wohl, ob es für sie nicht am besten wäre, gleich dort in Deckung zu gehen, bis sich die Leidenschaften gelegt haben würden; sie hatte Marta sowieso seit Tagen nicht gesehen, Marta war wegen einer Magenvergiftung zu Hause geblieben. Hugi konnte ja nicht ahnen, daß Vater inzwischen schon soviel erledigt und Frau Huszár nach hartnäckigem Kampf von Miklós abgelassen hatte. Hugi war sicher auf alles mögliche gefaßt gewesen, nur nicht darauf, daß die Insel schon so gut wie vorhanden und sie so glatt Braut geworden war. Wir waren ja auf ein langes, häßliches Geplänkel vorbereitet gewesen, sogar auf eine komplette Schlappe, hatten uns aber vorgenommen, es auf jeden Fall zu versuchen, weil es doch auch gelingen konnte.

Ich habe Tränen gelacht vor Vergnügen, als ich ihr berichtete, es werde eine richtige Hochzeit geben mit Brautkleid, wenn auch – mit Rücksicht auf Frau Huszárs Ideologie – nicht in der Kirche, dafür aber im allerschönsten Eheschließungssaal der Stadt, und ich schlug Hugi vor, sich doch mal die Hochzeitsgesellschaft auszumalen, die wir abgeben werden, und sich das Gesicht von Frau Huszár vorzustellen, die nicht einkalkuliert hatte, daß Miklós auch Geschlechtsorgane besitzt, sie hatte ja nur seinen Charakter entwikkelt. Nie habe ich so aus voller Kehle gelacht, ich war einfach hingerissen von dieser Vorstellung, ich malte mir auch aus, wie ich mich auf dieser Hochzeit benehmen werde, wenn der perfide Verführer uns mein einziges jungfräuliches Schwesterlein entreißt; ich stellte mir das feierliche Mittagessen vor, wer bei allen Göttern es wohl veranstalten wird und in welchem Hotel, denn Großmutter wird es bestimmt nicht übernehmen, für das ›buhlerische‹ junge Volk zu kochen. Als man Großmutter von dem Schlag berichtete, der unser ehrenwertes Heim getroffen hatte, schlug sie stehenden Fußes die Bibel auf, wie sie es bei Familienkataklysmen immer tat, um zu erfahren, was Gott für den

Fall gebot; sie hatte offensichtlich gehofft, sie werde das heilige Buch an einer unsittlichen Stelle aufschlagen und Gott auf diese Weise den Gáls Bescheid sagen, ihnen seine Mißbilligung über das Ereignis ausdrücken, nur stimmte es diesmal irgendwie mit dem Text nicht, auf der betreffenden Seite war von den Leviten die Rede, von Priestern und was sie zu bestimmten Zeiten im Tempel zu verrichten hatten, und es war einfach zum Platzen komisch, wie blamiert Großmutter dastand. Auch das erzählte ich Hugi, von meinem eigenen Vortrag restlos begeistert, bis ich auf einmal merkte, daß Hugi nicht mitlachte; sie ließ den Rucksack auf die Erde gleiten, stand da, plötzlich mit anderem Gesicht, es wurde lang, bleich, als würde sie vor meinen Augen uralt. Wir standen vor dem Lift, und ich erklärte ihr: »Du bist Braut, alles ist gelungen, genauso, wie wir es wollten, verstehst du denn nicht, du Dussel?« Sie antwortete nicht, sah mich nur an, und ich berichtete weiter, daß Vater, als er schon wußte, was geschehen war, sich nur schnell den Regenmantel überwarf und ohne Hut nach dem Jakobinerplatz zu Frau Huszár rannte, und ich sagte ihr auch, daß Frau Huszár nach Vaters Ansicht in den ersten Tagen »schwierig und unverständig« gewesen ist, schließlich aber doch mit der »normalen Moral anständiger Leute« auf die Tatsache reagiert hat; offensichtlich damit auch nicht der kleinste Schatten auf den Namen ihres Sohnes und so auch auf den ihres Mannes fällt, hat sie sich also, wenn auch nicht mit großer Begeisterung, was man ihr nicht übelnehmen kann, in Anbetracht der Tatsache, daß die Braut in anderen Umständen ist, mit der Eheschließung einverstanden erklärt. Ich rüttelte Hugi am Arm, brüllte sie an: »Siehst du denn nicht, du dumme Ziege, was los ist? Stell dir doch bloß mal vor, was sich dort bei den Huszárs getan hat, was für Drohungen und Gejammer, und begreif schon endlich, wessen Braut du, das Kind des Erzreaktionärs Gál bist, und wenn das noch immer nicht zum Wiehern ist, dann weiß ich nicht, was, und mit der Penne bist du auch fertig, Schluß mit dem Konditional, Schluß mit der subjektiven und objektiven Konjugation, die du sowieso nie begriffen hast, alle können dir jetzt den Buckel runterrutschen, du bist frei, wir sind frei!«

»Was hat Miklós gesagt?« fragte Hugi.

Nichts. Weder die Bartos noch ich hatten etwas von ihm gehört, seitdem Vater bei ihnen war. Weiß der Teufel, wir hatten einfach nicht die Stirn, ihn anzurufen. Ist übrigens auch egal. Der Beschluß wurde offenbar ohne ihn gefaßt, wann ist Miklós je nach seiner Meinung gefragt worden? Ich lachte Hugi an, sie lachte aber nicht, stand nur da, starrte auf den Fußboden, dann setzte sie sich neben die Fahrstuhltür und legte den Kopf auf den Rucksack. Ich hockte mich neben sie, schaute sie nur an, verstand nichts. Ich nahm ihr Kinn in die Hand und hob ihren Kopf hoch, um ihr Gesicht sehen zu können. Hugis Augen waren rot gerändert, aber sie weinte nicht. Sie stand auf, ließ den Rucksack liegen und ging auf die Treppe zu. »Wo gehst du hin?« rief ich ihr nach. Keine Antwort. Sie lief die Treppe hinunter, und ich rannte ihr nach. An der Haustür erreichte ich sie, packte sie am Arm und rüttelte sie; da endlich machte sie den Mund auf, sie sagte, sie gehe spazieren. Ich dachte, sie wird Miklós auf der Straße oder vor der Uni abfangen wollen, und der Gedanke beruhigte mich, es war mir sogar recht, wenigstens würde man sie zu Hause nicht jetzt gleich quälen können; sie wird den Abend mit Miklós schon irgendwie hinkriegen, um ein Thema konnten sie ja nicht verlegen sein, schließlich dürfte es auch für Miklós eine ganz nette Überraschung sein, daß er nun so bald heiraten und – wenn auch nur vorübergehend – Vatergefühle haben konnte. Bei seiner grenzenlosen Harmlosigkeit, dachte ich, wird er vielleicht gar nicht sehr wütend sein. Ich ging in die Wohnung zurück. Bei uns war Großbetrieb, Mutters Monolog drang aus dem Badezimmer, der Text: »Darum habe ich mein Leben geopfert ...« war um einen Refrain reicher geworden, der nur darum nicht farbiger klang, weil Mutter nie ›häßliche‹ Wörter aussprach, auch Hugi gab sie eine Bezeichnung, wie man sie in einer Shakespeare-Ausgabe aus dem vorigen Jahrhundert findet, sie nannte sie ›Metze‹. Mir gefiel der Ausdruck. Vater führte sich auf wie ein kleiner besoffener Hahn. Später wurde mir klar, daß dies Vaters größter Abend seit der Befreiung war, Vater war heute Mann, Herr und Gebieter, es war ihm gelungen, eine Prominenz des öffentlichen Lebens nach seiner Pfeife tanzen zu lassen. Das erfüllte mich mit besonderem Entzücken. Großmutter versuchte in ihrem Zimmer noch immer die Aufgaben der Leviten zu enträtseln, vielleicht hatte sie vorhin zu oberflächlich, nicht aufmerksam genug gelesen, und daher Gottes Botschaft nicht verstanden. Bei all dem strengten aber alle drei Augen und Ohren an, um nur ja nicht die Heimkehr der ›Metze‹ zu versäumen und waren aufs äußerste gespannt, was sie wohl sagen wird. Sie stellen sich wohl vor, dachte ich, sie wird weinen und um Verzeihung bitten, hatte dann aber gleich eine andere Vorstellung, nämlich die seelische Verfassung der Frau Huszár und die Wohnung, die Miklós bekommt. Ich mußte wiehern wie ein Füllen und rasch etwas essen, Aufregungen machen mich immer hungrig. Später ging ich zu den Bartos' rüber, um ihnen von der Patsche zu erzählen, in der nun Frau Huszár saß, aber es war niemand zu Hause, nicht einmal der Großvater, und darüber ging meine gute Laune zum Teufel, ich hätte nicht sagen können, warum.

Ich beugte mich über das Treppengeländer und wartete. Am Himmel standen immens viel Sterne, unfreundliche Sterne mit hartem Licht. Jemand sang bei offenem Fenster; unten, in großer Tiefe, glänzte der Asphalt, der Hausmeister hatte den Hof gesprengt. Hugi, die Braut, saß jetzt wahrscheinlich mit ihrem Gespons in einem Espresso, und wenn der Zufall einen ihrer Lehrer dahin verschlägt, wird sie sofort heulen und bedauern, daß es für sie im nächsten Jahr keine Gesangstunden und andere Schulfreuden mehr geben wird. Hugi ging für ihr Leben gern in die Schule und gewann jedes Jahr einen Preis im literarischen Zirkel, sie konnte fabelhaft Aufsätze schreiben. Ich stand mit den Ellbogen aufs Geländer gelehnt und wartete auf sie, aber das Treppenhaus blieb leer. Nach einer Weile hatte ich genug vom Herumstehen und Lauern, es konnten ja noch Stunden vergehen, bis sie sich mit ihrem werten Zukünftigen ausgesprochen hatte, sie kam sicher nicht zu einer ehrenwerten Zeit nach Hause. Bei uns gab es kein Abendessen, den Alten war der Appetit vergangen, und Großmutter dachte nicht daran, aus der Bibel zu steigen. Da klingelte das Telefon. Jeder erstarrte und sah mit großen Augen den Apparat an. Ich nahm den Hörer ab und dachte: Jetzt wird sie sagen, sie weiß noch nicht, wann sie nach Hause kommt; es konnte aber auch Gyuri sein, bei ihnen war ja niemand zu Hause. Es war Miklós, ich erkannte seine Stimme, er wollte mit Hugi sprechen. Ich war sprachlos. Die beiden waren also nicht zusammen.

»Sie ist nicht zu Hause«, sagte ich.

»Ist sie noch nicht zurück aus Bánkut?«

Die Stimme verriet nichts, es war seine alltägliche, disziplinierte Stimme, und da wußte ich plötzlich, daß ich Miklós' wirkliche Stimme nicht kannte. Immer hatte man das Gefühl, es spreche ein anderer oder eine Maschine aus ihm.

»Doch, doch, aber sie ist dann wieder weggegangen. Ich dachte, ihr seid zusammen«, sagte ich und verstand nichts. »Wo bist du denn jetzt?«

»Zu Hause«, erwiderte Miklós, genauso gelassen wie immer. »Sag Hugi, ich werde morgen auf sie warten, dort unten.«

›Dort unten‹, das war der Park, den man von unseren Fenstern aus sehen konnte, unser ständiger Treffpunkt, immer, wenn wir etwas vorhatten, wartete Miklós vor dem Eingang mit seinem Wagen.

»Wann?« fragte ich. »Vormittag ist Schule.«

Wir schwiegen beide. Das Wort schwebte und schlenkerte in der Luft. Es war ja auch zu komisch, daß Hugi keine Zeit hatte, am Vormittag mit dem Vater ihres Kindes zu sprechen, weil sie da eben in Mathematik abgefragt wird.

»Um drei«, sagte Miklós, »um drei seid ihr schon fertig mit dem Essen. Sie soll, bitte, pünktlich sein, ich werde wenig Zeit haben.«

Irgendein fremdes Geräusch untermalte seine Worte in der Leitung. Frau Huszár heulte im Zimmer wie ein Schloßhund. Miklós legte auf, ich auch, die Alten platzten fast vor Neugier, ich sagte trotzdem nichts von dem, was wir besprochen hatten.

Hugi kam kurz vor elf. Sie sei im Kino gewesen, sagte

sie. Mutter kam herausgerannt und versetzte ihr aus Leibeskräften eine Ohrfeige. Hugi sprang nicht zurück, griff sich auch nicht an die Backe, stand nur da und sah die Mutter an, der es jetzt wirklich schlecht wurde, sie verzog sich ins Schlafzimmer. Vater gab seine kleine Rede zum besten, die darin ausklang, Hugi sollte ihm aus den Augen, sie müßte ihm wahrlich die Hände küssen dafür, daß er ihr Leben in Ordnung gebracht hat. Großmutter gab keinen Mucks von sich; sie lauschte dem, was vorging, die Kräfteverhältnisse waren noch nicht eindeutig zu erkennen. Jeder verschlang im Stehen ein paar Bissen, wann es ihm gerade einfiel. Hugi aß nichts und verschwand bald. Ich fand sie an derselben Stelle, wo ich vorhin auf sie gewartet hatte, auf dem Gang. Nun sang aber niemand mehr, und das Pflaster unten war trocken. Im Treppenhaus schwankten Schatten hinter den Milchscheiben.

»Wo, bei allen Heiligen, hast du gesteckt?«

»Im Kino«, sagte sie, »ganz wirklich im Kino.«

»Miklós hat angerufen.«

Ihr Gesicht bekam einen gierigen Ausdruck, als hätte sie Durst, und jemand reichte ihr ein Glas Wasser.

»Er läßt dir sagen, er erwarte dich morgen um drei dort unten.«

Sie schwieg eine Weile und fragte dann: »Weiter nichts?« Ich sah sie verwundert an, was hätte er ihr sonst noch sagen lassen können? Etwa, daß er vor Freude Purzelbäume schlägt?

»Hätte er etwa sagen sollen, daß er dich anbetet?«

Hugi sah mich an. Ich dachte, sie würde jetzt in Lachen ausbrechen, es war ja so ulkig, meine Frage und überhaupt alles. Sie hatte Tränen in den Augen. Sie weinte aber nicht, sie drückte die Tränen zurück und schüttelte nur den Kopf. Die einfache Gebärde war furchtbar, erschreckender, als wenn sie gequietscht oder sich vom Stockwerk hinuntergestürzt hätte. Ich hätte mir nicht im Traum einfallen lassen, daß Hugi anders an Miklós dachte als wir, und ich hätte nie gedacht, es könnte etwas in Hugi sein, von dem ich nichts wußte.

Indessen erschien aber ein Sendbote der Großmutter, die von meiner Ankunft gehört hatte und mich einlud, sogleich zu ihr zu kommen. Wir gingen auf den Weg, welcher zuerst über den Kirchhof führte. Dort duftete es gewaltig von tausend Blumen. Ich empfand eine Art von Scheu, vor die ergraute Frau zu treten, die ich noch nie gesehen hatte. Auf engen Pfaden, unter fruchtbeschwerten Bäumen hin gelangten wir endlich vor ihr Haus. Sie stand unter der braunen Tür und schien – die Hand über den Augen – sich nach mir umzusehen. Sogleich führte sie mich in die Stube hinein und hieß mich mit sanfter Stimme willkommen. Sie war schlank und fein gewachsen, trotz ihres hohen Alters beweglich und aufmerksam. Jedes Wort, das sie sprach, war voll Güte und Anstand, Duldung und Liebe. Ich blieb einige Stunden bei ihr, ohne daß wir viel sprachen, sie saß stillvergnügt neben mir und schlief endlich lächelnd ein.

In einigen hundert Jahren wird es sicher eine Bestimmung geben, daß man Leute, die ein gewisses Lebensalter erreicht haben, einsammelt und als unbrauchbar liquidiert. Zuvor wird man untersuchen, wieweit sie verblödet, wieweit sie wacklig sind. Wer noch für brauchbar befunden wird, den läßt man leben, wer aber nur sich und den Mitmenschen zur Last ist, dem wird man einen sanften Abgang gewähren, so taktvoll, daß er es gar nicht bemerkt, mag er auch noch so gezetert und gejammert haben, als der behördliche Wagen ihn holen kam, denn zetern und jammern wird jeder, der überhaupt noch begreifen kann, was mit ihm geschieht, alle haben entsetzliche Angst vor dem Tod. Nie konnte ich begreifen, warum so viele lieber als klappriges Gerippe mit wankenden Schrittchen auf der Straße schlur-

fen, todkrank und schwer leidend das Bett vollmachen, nichts mehr vom Leben verstehen, als schön einzuschlafen und einfach Schluß zu machen. Lange leben ist Unsinn. Ich möchte es nicht.
Immer weniger kann ich mit den Alten etwas anfangen, und wenn ich daran denke, daß ich selbst einmal so werde oder Hugi so wird, packt mich das Grauen. Wer hat in der Literatur die Greise mit würdevollem Blick und die Greisinnen, die die Zeichen einstiger Schönheit an sich tragen, erfunden? Schriftsteller, die solche idealen Greise darstellen, lebten wahrscheinlich in einer Zeit, als es noch keine Antibiotika gab, und die Matronen, die sie beschrieben, waren vierzig und ihre Patriarchen fünfzig Jahre alt. Die alten Leute, die ich kenne, sind alle deformiert, sie haben keine Augen, ihr Blick ist kein Blick, nur ein irres Zwinkern in verzweifelter Anstrengung, noch irgend etwas vom Leben zu erspähen, ihre Hände und Füße, ihre Gestalt, ihre Haare machen Veränderungen durch, die man nicht für möglich halten würde, hätte man sie nicht vor Augen; ihre Zahnprothesen und ihre zerrütteten Gesichter sind so schlecht synchronisiert, daß man allein schon davon das Grauen bekommen kann. Hugi fing als kleines Kind an zu schreien, wenn ein Greis sie anlächelte, solche Angst hatte sie vor seinen jugendlichen Zähnen. Und ihre Stimmen! Das sonderbar krächzende Gemecker der Männer, als wären sie alle kastriert, und erst das Gekeife der alten Weiber. Ihre Haut ist nicht von Haut, sie sehen alle aus, als wäre ihr Knochengerüst höchst oberflächlich in zerknittertes Fließpapier eingewickelt. Großmutter, zwischen siebzig und achtzig, ist im Vergleich zu den anderen Antiquitäten noch verhältnismäßig betriebsfähig,

Indessen erschien aber ein Sendbote der Großmutter ...
Eközben azonban megjelent a nagyanya egy küldönce, aki hallott érkezésemről, és hivott, hogy azonnal menjek hozzá.

sie sieht noch einigermaßen lebenden Menschen ähnlich, aber als ich sie einmal im Badezimmer überrumpelte – sie riegelt die Tür nie zu, aus Angst, es könnte ihr schwindlig oder sie könnte ohnmächtig werden vor Anstrengung –, mußte ich sehen, wie sie da thronte auf dem Topf und, die Hände im Schoß gefaltet, auf das Ergebnis wartete. Es war ein Anblick zum Übelwerden, dabei fühle ich für Großmutter noch etwas wie Mitleid, und wenn sie es fertigbrächte, nicht zu klagen, sondern mit Würde hinzunehmen, daß ihre Zeit vorbei ist, würde ich sie immer bemitleiden, so aber tue ich es nur manchmal, wenn sie gerade still ist und glaubt, niemand sieht sie, sie muß also ihrem Gesicht keinen Ausdruck geben; dann schaut sie nur so vor sich hin, als hätte das Nichts ein geheimnisvolles Muster, das allein ihre Augen wahrnehmen können. Sobald sie aber aufbegehrt und sich auf ihre einfältige Weise und mit ihren albernen Mitteln an uns zu rächen versucht, was ihr die Jahrzehnte geraubt haben, fühle ich nur noch, daß sie mich nichts angeht. Ist sie still und verzweifelt, bin ich noch geneigt, sie zu beschützen, leider hat sie dafür keinen Sinn und versteht nur Küsserei und Schleckerei, wenn ich mich an sie schmiege oder ihr die Hand küsse. Neulich habe ich ihr etwas vorgepfiffen; sie saß so einsam da und starrte vor sich hin und rieb sich die Handgelenke, sie war die verkörperte Müdigkeit und Hoffnungslosigkeit. So pfiff ich ihr denn hintereinander alle Schlager, die ich gern habe. »Du zerreißt mir die Ohren«, sagte sie, und ich hörte auf; einer Tauben kann ich nicht helfen, mit einer seelisch Doofen kann ich nichts anfangen, warum hat sie nur die Melodien aufgefaßt und nicht die Absicht, daß ich mich zu ihr gesetzt habe, um sie zu zerstreuen. Wenn sie anmaßend ist – und sie ist es fast immer –, fühle ich nur, daß sie genausowenig taugt wie die andern und auch immer nur denselben Text herunterleiert: was alles das Leben ihr vorenthalten, worauf sie ein Anrecht gehabt hätte.

Alle anderen Altersklassen haben Anrechte, die eine auf dies, die andere auf jenes, nur uns gebührt nichts, weil wir die Jugend sind und uns das ganze Leben bevorsteht. Den Greisen gebührt Respekt und Schonung, weil ihre Arbeit das Fundament zu unserer Gegenwart gelegt hat; die Generation der Eltern, das Mittelalter, hatte so viel unter dem Horthy-Faschismus, unter dem Zweiten Weltkrieg und der Zeit des ›Personenkults‹ zu leiden, daß ihnen dafür ebenfalls alles Gute gebührt. Wir, die Jugend, wir haben noch Zeit, wir kommen auch noch mal an die Reihe, zunächst aber sollen wir den Mund halten, denn wir haben doch wirklich – alles. Es ist kein Krieg, jeder Staatsbürger hat Schuhe, kann auf Brücken über die Donau gehen, muß nicht hinüber schwimmen oder über Eisschollen springen, Brot gibt es ohne Karten, und wird des Nachts an der Tür geklingelt, braucht niemand einen Nervenschock zu bekommen, es ist nicht die Staatssicherheitspolizei, und jeder hat eine Stellung, kann zumindest eine haben, und mehr braucht man nicht.

Manchmal habe ich den Verdacht, als wären die Alten entrüstet, daß wir nicht gelitten haben oder nicht genug gelitten haben. Eine Generation, die nicht gehungert hat, die nicht dezimiert worden ist, ist eine Provokation. Ich sprach einmal mit Bartos darüber, daß für die Ganz- und Halbalten der Terror anscheinend der Normalzustand ist, alle, die Gottgläubigsten und die, die Gott leugnen, sind davon überzeugt, daß Kämpfen und Leiden zur menschlichen Existenz gehören, und sie glauben wirklich, daß mit uns etwas nicht stimmt, und es mit uns nur schiefgehen kann, weil uns weder Hände noch Füße fehlen, weil wir Hitler nicht gekannt, weder im Luftschutzkeller noch im Gefängnis gesessen haben und auch nicht arbeitslos waren. Die Ruhezeit ist ihnen verdächtig, sie können es gar nicht abwarten, daß die für uns bestimmten Leiden endlich eintreten, sie sind unruhig, sie möchten wenigstens etwas von den zukünftigen antizipieren und fügen uns kleine Ärgernisse zu, denn nur das kann unserem Charakter die richtige Festigkeit geben.

Ich empfand eine Art Scheu, vor die ergraute Frau zu treten ... Egyfajta megilletődöttséggel gondoltam arra, hogy a megőszült asszony elé lépjek, akit még sose láttam. Szűk ösvényeken, gyümölccsel megrakott fák alatt haladva értünk el végre a háza elé, ő a barna ajtóban állt, és ugy látszott, hogy – kezével ernyőzve szemét – engem néz.

Welchen Wert die Leiden haben, das sieht man *ihnen* wahrlich an, besonders an ihrem durch Leid geprägten diamantenen Charakter. Die Deutschen hatten Differenzen wegen ihrer Kolonien, da brach der Erste Weltkrieg aus; Hitler hatte Differenzen mit der Welt, und es brach Weltkrieg II aus. Warum sind sie in den Krieg gezogen, und warum haben sie ihre Söhne ziehen lassen? Warum haben sie alles geglaubt, jeden Unsinn? »Wir sind irregeführt worden«, heißt es in der schönen

Literatur. Oh, die Armen! Man hat sie irregeführt, immer bloß irregeführt! Wenn ich die Weltgeschichte überdenke, sind die Menschen andauernd irregeführt worden, und dieselben armen Irregeführten haben diejenigen, die die Wahrheit dennoch erkannten, getötet, gehenkt, in die Konzentrationslager gesteckt oder zu Tode gequält, alles wegen der lieben Ruhe. Disziplin, die kannten sie, darin waren sie groß, das sollte man von ihnen lernen; denn als sie sich im Weltkrieg II schon blödsinnig gemordet hatten und dann auf Stalins Befehl noch weiter mordeten, haben sie, um nicht aus der Übung zu kommen, die Unschuldigen abgemurkst. Sie haben abgezählt, wie wir früher mit den Bartoskindern Abzählspiele gespielt haben: Ene mene Miesmaus, lief ums Rathaus, schillewipp, schillewapp, du bist ab, und beim »schillewapp, du bist ab« mordeten sie, brachten jeden um, der vernünftig zu denken oder anständig zu sein wagte, sie töteten sie entweder eigenhändig oder indem sie keinen Finger für sie rührten. Jetzt sind sie Greise, heilige Greise und Patriarchen, die nicht damit prahlen, daß sie einst Jäger waren, aber Respekt vor ihren grauen Häuptern fordern und einem vorleiern, was sie alles erlitten haben, denn natürlich haben auch die armen Jäger auf der Jagd gelitten, manchmal hatte nämlich das gejagte Wild die Dreistigkeit, sich zu stellen. Die einstigen Verfolgten wiederum, das gehetzte Wild also, sind in ihre eigene heroische Vergangenheit verliebt, sie nehmen ihre letzte Kraft zusammen, um sich irgendwohin zu schleppen, wo sie ein Publikum finden, das bereit ist, ihre Klagen anzuhören und eine Träne um sie zu vergießen, und weil sie nur an Kraft eingebüßt haben, nicht aber an Aktivität, möchten sie, in Ermangelung einer besseren Beschäftigung, uns abhärten, damit wir nur ja nicht verweichlichen, Jäger und Wild hassen uns gleichermaßen, weil sie alle beide fühlen, daß wir weder Treiber noch Raubwild sein wollen, daß uns die ganze Sache nichts angeht, und wir nur eins wünschen: in Ruhe gelassen zu werden. Was können wir schon dafür, daß wir geboren worden sind.

Sogleich führte sie mich in die Stube hinein und hieß mich mit sanfter Stimme willkommen ... Tüstént a szobába vezetett, és szelid hangon mondott istenhozottat.

Oh, wenn bloß dieser Schwachkopf, der das geschrieben hat, die *sanfte* Stimme meiner Großmutter hören könnte. Wenn sie außer Gott überhaupt jemand für würdig hält, sich mit ihm in ein Gespräch einzulassen, der soll sie dann aber mit Überschallgeschwindigkeit loben, denn sie ist eine wunderbare alte Frau, die ungeachtet ihrer zahllosen Gebresten für uns kocht, das Haus in Ordnung hält, die ›nichtsnutzige‹ Hugi tut doch so gut wie nichts, auf Mutter kann man überhaupt nicht rechnen, sie ist ja eine arbeitende Frau, und Vater und ich, wir sind doch nur Plagegeister, die frische Hemden fordern und das Parkett schmutzig machen. Jeden Mittwoch ist Besuch bei ihr, da sitzt sie mit ihren Freundinnen beim Kaffee, im Winter in ihrem Zimmer, im Sommer auf dem Gang, und während sie Kuchen fressen, hecheln sie uns durch, uns, die Bartoskinder, den Miklós, der ihnen doch immer so artig Guten Tag sagt, überhaupt jeden, der nicht uralt ist. Sie stellen fest, daß wir faul und buhlerisch sind, denn wir können, wenn wir uns abends hinlegen, gleich einschlafen, wir haben Appetit, ohne erst Pillen oder Wässerchen einzunehmen, können den Stromzäh-

ler von weitem ablesen, haben immens viel Haare und zerknacken die Hühnerknochen mit starken eigenen Zähnen. Da sitzen sie, vom Rheuma krummgebogen wie Hörnchen, und wir rennen an ihnen vorbei, und das ist ein Grund mehr, uns zu hassen, sie können ja schon lange nicht mehr rennen; sicher denken sie oft, daß uns der Krieg fehlt, der würde uns schon Mores lehren und uns gute Manieren beibringen, da würden wir, wenn sie uns gute Ratschläge erteilen, nicht sagen: Nun macht mal 'nen Punkt. Uns fehlt Leid und Arbeitslosigkeit, sagen sie. »Ein kleiner Luftangriff«, meinte neulich Großmutter, »wenn du den erlebtest, mein Lieber, dann würdest du erfahren, wo Gott wohnt.« Das würde ich, bestimmt.
Großvater Bartos ähnelt irgendwie Großmutter, obgleich er nicht Jäger, sondern Wild war. In der Familie Bartos haben die Männer mehr Zeit in politischer Haft als auf freiem Fuß verbracht. Herr Bartos und Großvater Bartos schreien noch immer manchmal im Schlaf, wenn Gendarmen und Faschisten im Traum hinter ihnen her sind. Gyuri Bartos wird zu Hause geradeso scheel angesehen wie ich bei uns, auch er leidet nicht genug und ist nicht respektvoll genug, weiß nicht zu schätzen, was er alles und daß er es gratis und franko bekommt. Bartos ist kein Reaktionär, was wirklich verwunderlich ist, er hätte aus purem Oppositionsgeist einer werden müssen, er versteht nur ebensowenig wie ich, warum man wie einst die frommen Christen den ganzen Tag Dankgebete leiern soll für all das, was geworden, was da ist. Nun schön, ja, alles ist da, man weiß es zu schätzen, aber warum muß man in jeder Minute, mit jedem Wort, jedem Atemzug und jeder Handlung beweisen, wie selig man ist, warum lassen sie einen nicht in Ruhe das genießen, wofür die Alt-

vorderen so viel gelitten und gearbeitet haben? Die Geschichte mit den Kerzen war nicht meine Erfindung, sondern Martas und Gyuris, sie kamen eines Tages herübergelaufen und erzählten, sie müßten aus Pietät ständig Kerzen brennen lassen, denn ihr Großvater erwartet von ihnen, daß sie, obwohl das elektrische Licht längst erfunden ist, es eigens für sich neu erfinden, er denkt nicht daran, sie einfach an den Schalter heranzulassen, seine Generation hat um das Licht gelitten, nun sollen auch andere seinetwegen leiden, und solange sie nicht von selbst dahinterkommen, was Elektrizität ist, sollen sie sich getrost mit der Kerze begnügen, sie spendet ja auch Licht.
Alte Menschen. Greise.
Hergott, wie egozentrisch, wie eitel sie sind!

Sie war schlank und fein gewachsen, trotz ihres hohen Alters beweglich und aufmerksam. Jedes Wort, das sie sprach, war voll Güte und Anstand, Duldung und Liebe ... Karcsu volt és finomnövésü, magas kora ellenére mozgékony és figyelmes. Minden szó, amelyet mondott, jóságos, méltóságos, tartózkodó és szerető volt.

Sie möchten den ganzen Tag gelobt und gepriesen werden, und alles soll so sein, wie es ihnen paßt. Außer zu den ganz kleinen Kindern sind sie zu niemandem duldsam, die Kleinen ertragen sie, weil die noch keinen Willen haben und nichts von der Welt wissen; zu denen sind sie sogar gut und zwitschern idiotisch mit ihnen; aber soll so ein Baby nur ein bißchen wachsen und eine selbständige Meinung äußern, gleich fangen sie an, das neue Wesen nach ihrer Fasson zurechtzustutzen und reden ihm Entsetzlichkeiten ein, auf die es von selber nie käme, wenn sie ihm nicht fortwährend mit solchem Latrinengewäsch bange machten. Hugi sagt: Es gibt nur zwei Typen, die Achwieniedlichen, die Blumen auf ihren Hütchen und ein schneeweißes Tuch um den widerlich zerknitterten Hals gewickelt tragen; und die Schmierigen, die noch abscheulicher sind, denn nur ein sehr junger Körper verträgt Ungepflegtheit; in einem aber sind sie sich gleich, die Achwieniedlichen und die Schmierigen, sie kritisieren mit der gleichen Leidenschaft unseren Anzug und unsere Frisur, und es verschlägt ihnen den Atem, wenn sie uns ansehen. Hätten sie die Kraft, würden sie uns die Joppe und den Pullover vom Leibe reißen oder über uns herfallen und uns die Sonnenbrille von der Nase schlagen.

Jetzt fühle ich mich wie auf einem Kostümball. Für diesen Tag hat Großmutter mich angezogen, den Binder für mich ausgewählt. Ich bin so würdevoll wie eine Leiche im Sarg und habe auch einen entsprechenden Ekel vor mir selbst. Richtig zufrieden wären sie, wenn sie uns jeden Tag so ein Mimikri aufzwingen könnten, und wir uns in gar nichts von ihnen unterschieden, haargenau dieselbe Kledasche trügen, an die sie gewöhnt sind, einen Mantel anzögen, wenn *ihnen* kalt ist, auch bei 25 Grad Wärme, und uns die Haare so schneiden ließen, wie sie sie als Schulkinder tragen mußten, und im Winter sollten wir Ohrenklappen tragen. Täten wir das alles, wären sie entzückt, da sie ja nichts von dem, was für uns charakteristisch ist, wissen wollen, nichts von dem Jahrzehnt, in dem wir leben. Und dabei gehen die Greise mit einer merkwürdigen Haltung in den Fußsohlen herum, als wären sie gar nicht mehr auf der Erde, sondern irgendwo über ihr; die Alten tun das etwas natürlicher; die Greise wanken zwischen Heim und Läden, die Alten zwischen Heim und Arbeitsplatz, die Frauen immer mit dem Einkaufsnetz; als hätte die ganze Generation schon eine Atomverseuchung hinter sich, hängen Riesenbrote, Kohlköpfe, Rüben und Käse wie merkwürdige Geschwülste an ihren Fingern. Und immerzu schreien sie; die Alten wedeln mit der Koksrechnung, die sie bezahlt haben; die Greise schlagen sich mit ihren schmächtigen Armen gegen die Brust: sie sind zu Hause gewesen, als man den Koks brachte, sie haben aufgepaßt, daß er richtig im Keller abgeladen worden ist, und sie haben die Wohnung – für die die Miete die Alten zahlten – saubergemacht, sie, sie, die Greise halten alles in Gang. Grauenhaft! Lieber soll es kalt sein in den Zimmern, nur in drei Teufels Namen nicht ewig Preislieder singen müssen, den einen, weil sie Kohlen kaufen, den anderen, weil sie die Kohlen in die Öfen stecken. Wir können den Greisen nicht garantieren, daß wir so leben, wie sie es wünschen, in ständiger Geschäftigkeit, damit sie sich an unseren Leistungen erfreuen können, oder tiefgekühlt, niemandes Nachmittagsschläfchen und Seelenruhe störend. Wir garantieren für gar nichts, denn man garantiert ja auch uns für nichts. Sie sollen froh sein, daß wir auf der Welt sind, daß wir leben, daß es jemanden gibt, den sie ohne Sordino beschimpfen und verfluchen können, denn mit den Alten, der Generation der Eltern, wagen sie ja nicht so umzuspringen, denn die haben das Geld, die erhalten die Greise, geben ihnen Wohnung und Verpflegung und dazu noch ein bißchen duckmäuserische Toleranz, die von uns nicht zu erwarten ist, weil wir keine Heuchler sind wie unsere Eltern. Mutter, die todmüde nach Hause kommt und deren Leben keinen halben Groschen wert ist, wie sie uns jeden Tag kund

und zu wissen tut – jeder und alles hat sie enttäuscht, ihre Ehe, ihre Kinder, die Welt, und ihre sämtlichen Probleme wären gelöst, wenn noch die alte Welt bestünde, etwa die Sklaverei, und sie ein paar Sklaven halten könnte, die ihr die Zehennägel ausputzten, das tut sie nämlich nicht gern, und sie überhaupt nicht arbeiten müßte, denn arbeiten haßt sie, und wenn obendrein auch noch der Herr Konrad zu ihr zurückkehrte ... Mutter gibt sich uns gegenüber keine Mühe, denn wir sind ja jung und können was aushalten, das Leben steht uns offen, aber zu Großmutter, die sie zwar nicht liebt, ist sie immer, wenn auch lustlos, höflich, tut so, als interessiere sie das Geschwätz der Alten, manchmal bittet sie sie sogar um Rat, und wenn Großmutter wieder einmal in Erinnerungen schwelgt, sitzt sie neben ihr, hört nicht zu, schnauzt sie aber auch nicht an, die millionenmal gehörte Litanei hänge ihr zum Halse raus, sie solle doch schon endlich den Mund halten und eigenhändig ihre Wunden verbinden, das Leben sei kein Wohltätigkeitsfest. Zwischen den Alten und den Greisen gibt es noch so etwas wie einen schwachen Faden.

Ich blieb einige Stunden bei ihr, ohne daß wir viel sprachen. Sie saß stillvergnügt neben mir und schlief endlich lächelnd ein ... Néhány órát maradtam nála, anélkül, hogy sokat beszéltem volna. Békés elégedettséggel ült mellettem, és végül elaludt.

Sie mag noch so nervös sein, spricht sie mit ihrer Mutter, hört sie ihr aufmerksam zu, widerspricht ihr nicht, auch wenn die Alte den größten Blödsinn behauptet, auch Vater flucht nur vor sich hin, wenn die Schwiegermutter über Gebühr zudringlich ist, nur Hugi, »Was machst du?

Schwer?
Es dauert nicht mehr lange.«
nur Hugi und ich sind renitent, und die beiden Bartos', wenn die Greise aus irgendeinem Grund über uns herziehen, und wir vergessen dann, daß es Minuten gibt, in denen wir Mitleid mit ihnen haben; ihre Nörgeleien, ihr Geschimpfe ödet uns an und reizt uns zum Lachen. Wir werden nicht alt, und für die kurze Zeit, die uns bemessen ist, hat es keinen Sinn, das Heucheln zu lernen. Für unsere guten Eigenschaften ist ihr Sinn zu, irgendwie sehen sie uns immer anders als wir sind, als hätten ihre Augen verzerrende Linsen. Für sie sind wir Egoisten, ganz einfach Egoisten, aber sie haben uns noch nie gefragt, warum wir vier immer zusammenhocken, unsere Probleme unter uns besprechen und einfach alles miteinander teilen, wie wäre das möglich, wenn wir wirklich die Egoisten wären, für die sie uns halten. Sie schütteln die Köpfe, wenn sie uns zehn oder fünfzehn Mann hoch zum Sportplatz gehen sehen; die meisten von ihnen sehen auch in dieser Sportleidenschaft nichts als Blödsinn, eine unserer Verrücktheiten, es fällt ihnen nicht ein, daß wir die Augenblicke nötig haben könnten, in denen die Chancen gleich sind und jeder nach Geschick, Mut und Findigkeit vorwärtskommt. Im Augenblick, wo der Tüchtigere gewinnt, kann ich sogar daran glauben, was ich sonst nie für möglich halte, daß die Berufenen, die Begabten schließlich doch Erfolg in der Welt haben. Wenn das Spiel zu Ende ist, kann ich nur noch darüber lachen.
Ziemlich bald bin ich dahintergekommen, warum wir uns genauso benehmen und anziehen sollen wie die Greise und die Alten, warum wir ein Leben lang die verflossenen Jahrzehnte von jemandem nachspielen

sollen, der kaum noch lebt. Gott schuf den Menschen nach seinem Bilde, deshalb dachte er, der Mensch sei genauso kleinlich wie er und liebe es, sich wiederholt zu sehen, und so entblödete er sich nicht, aus Lehm eine Figur zu kneten. Auch sie, die Alten und die Greise, möchten sich in uns wiedererstehen sehen, ihre äußere Erscheinung, ihre verlogenen Quasseleien, ihre Heucheleien, ihre Tabus oder ihren schätzenswerten Mut durch uns dargestellt sehen, damit sie aus der Loge des Greisenalters sich selbst in uns applaudieren können, wie herrlich sie doch gewesen, wie geschmackvoll, rechtschaffen und mutig, sie möchten ihr Leben noch einmal in uns leben, aber nun gefahrlos, ihren eigenen heroischen oder blutrünstigen oder sanftmütigen Handlungen zuwedeln, während wir in der Arena in ihren altmodischen Kostümen agieren.

Sie können es nicht verstehen, daß wir ihnen nicht gleichen wollen, wir wollen niemandem gleichen, weder dem, der schlecht, noch dem, der gut ist.

Abraham

Zu dieser Stunde war er sonst nie zu Haus, jetzt mußte er nach Hause kommen wegen der Hochzeit, denn er sollte der Zeuge des Bräutigams sein.
Als er den Flur betrat, befiel ihn ein undefinierbares Wohlgefühl, obgleich er nicht besonders gut gelaunt war; diese Heirat hatte ihn nicht nur überrascht, sie ärgerte ihn geradezu, es haftete ihr etwas Unverständliches, Geheimnisvolles, Unsauberes an. Es war ihm denn auch ziemlich unangenehm gewesen, als Frau Huszár zu ihm gerannt kam und ihn bat, mit ihrem Sohn zu sprechen, ihre eigenen Argumente seien völlig erschöpft, nun solle er Miklós überzeugen, wie absurd es sei, was er sich da in den Kopf gesetzt habe. Frau Huszár hatte ihn bis dahin noch nie um etwas gebeten, was er ihr gegeben oder für sie erledigt hatte, war freiwillig geschehen. Wenn sie sich jetzt an ihn wandte, so befand sie sich zum erstenmal in ihrem Leben in einer Situation, in der sie nicht weiterwußte. Der Nachmittag, den er mit dem Versuch verbrachte, Miklós zur Vernunft zu bringen, war nicht angenehm gewesen. Bartos liebte es zu debattieren, Argument gegen Argument auszuspielen, wenn er einen entsprechenden Partner fand. Miklós aber hatte ihm gegenübergesessen und höflich geschwiegen, zwischendurch ein paar Zigaretten geraucht, sich dann verbindlich bedankt für die Mühe, die er sich genommen habe, nicht etwa höhnisch, er bedankte sich ganz ernsthaft wie jemand, der wirklich dankbar ist, erklärte ihm dann aber, er glaube nicht, von seinem Entschluß abstehen zu können, er werde heiraten. Er hatte nichts widerlegt, nicht protestiert, das Mädchen Gál oder die Familie nicht in Schutz genommen, sich nur einfach auf

keine Diskussion eingelassen. Daß Miklós sich bei den Überredungsversuchen anderer Freunde des Hauses Huszár genauso betragen hatte, konnte Bartos' Mißbehagen höchstens mildern, änderte aber nichts an der Lage, und als Frau Huszár ihn später bat, ihr in der schweren Stunde der Eheschließung beizustehen und Trauzeuge ihres Sohnes zu sein, vor ihm schäme sie sich für sich und ihren Sohn am wenigsten, hatte er das Empfinden, es sei nun doch zuviel, diesen bitteren Kelch bis zur Neige leeren zu müssen, und er hätte am liebsten Ausflüchte gesucht, sich irgendwohin entsenden lassen, sich ins Bett gelegt, aber Mitleid und Liebe, die er für diese Frau empfand, waren stärker, und er sagte zu. Es ist peinlich, jemandes Trauzeuge sein zu müssen, dem man diese Heirat auszureden versucht hat; und da es nun einmal so gekommen war, mußte er den Kindern auch noch Geld für ein Hochzeitsgeschenk geben; es zu kaufen, überließ er ihnen; ihm hatte es schon genügt, sich mit der schmählichen Tatsache abzufinden, daß er ganz vergebens auf den jungen Mann eingeredet hatte. Er war nicht gegen frühes Heiraten, er selbst hatte früh geheiratet, etwa in Miklós' Alter, und Anna war auch nur etwa zwei Jahre älter gewesen als Hugi, aber natürlich war das damals eine andere Welt, eine Welt, in der man Halt aneinander suchte, die Wellen schlugen so hoch, daß man allein nicht hätte bestehen können. Nicht zu begreifen, was ein so ernster junger Mann an so einer Göre gefressen hat, einem noch frecheren Ding als seine Marta. An der Seite von Pál Huszárs Sohn ein Mädchen, das überhaupt kein Weltbild besaß, wenn aber doch, so keinesfalls ein solches, das mit dem der Huszárs in Einklang zu bringen war.

Als er jetzt die Entreetür schloß, war seine erste Emp-

findung doch nicht der Ärger über diese unliebsame Eheschließung, sondern ein Wohlgefühl. Manchmal tut einem eine kleine Regelwidrigkeit, ein kleiner Seitensprung wohl, eine Abweichung vom täglichen Trott, besonders an einem so schönen Sommervormittag, der selbst in der Enge von Mietshäusern seinen Glanz nicht verliert. Auf der Heimfahrt hatte er den aus dem Park wehenden Duft eingeatmet und spürte ihn noch in der Nase, als er eintrat, und er mußte über die bekannten Bastelgeräusche aus der Küche lächeln: Sicher fabrizierte sein Vater wieder etwas, spielt mit seinem Handwerkszeug; Anna hat gestern abend von einem neuen Regal gesprochen, gewiß montiert der Alte es jetzt mit der schönen Handfertigkeit, die ihm auch nach sechzigjähriger Tätigkeit noch in den Gliedern sitzt. Er ist über fünfundsiebzig, aber nur seine Leistungsfähigkeit hat nachgelassen, nicht seine Ansprüche auf gediegene Arbeit.
Im Flur blitzte es vor Sauberkeit, Blumen sogar hier in einer großen bauchigen Vase, eine Menge Tulpen. Als er das Wohnzimmer betrat, strahlte ihn die Sonne an; alles glänzte vor Sauberkeit, die Kristallaschenbecher auf dem großen geschnitzten Tisch reflektierten das Licht. Anna war noch zu Hause, ganz gegen ihre Gewohnheit, sonst saß sie um diese Zeit schon in der Bezirksorganisation. Die Kinder seien das Hochzeitsgeschenk einkaufen gegangen, sagte Anna, eigentlich müßten sie längst wieder da sein, aber man kennt ja Gyuri, er hat kein Zeitgefühl.
Bartos bat um eine Tasse Kaffee, und Anna stellte den Kocher auf die elektrische Platte. Die Geräusche in der Küche waren verstummt, der Vater trat ins Zimmer, er sah zufrieden aus und murmelte etwas vor sich hin. Er setzte sich zu den beiden, wünschte weder zu essen

noch zu trinken, und es wurde auch nicht gesprochen, sie hatten einfach Freude aneinander, ohne daß einer von ihnen es hätte sagen müssen: Es herrscht Friede in diesem Heim, die Wohnung leuchtet förmlich im Sonnenschein und strahlt Wohlhabenheit aus. Es soll nur so bleiben! Unglückseliges Vietnam!
Er wagte es nie auszusprechen, aber er liebte Marta mehr als seinen Sohn und empfand in diesem Augenblick eine ungewöhnlich brennende Sehnsucht, ihre kurzgeschnittenen schwarzen Locken zu berühren, ihr Lachen zu hören. Wie gut, daß Marta noch bei ihnen blieb, daß sie bei dieser Hochzeit nur Zuschauerin war, und der Tag noch fern lag, an dem sie ihre eigene Existenz begann. Leer würde das Haus sein, wenn die Kinder einmal ihr eigenes Leben führten. Aber auch dieser Tag wird kommen.
Stimmengewirr und Türenschlagen kündeten die Ankunft der Geschwister an, sie stürzten beide zugleich ins Zimmer – mit leeren Händen. Das Geschenk hätten sie dem Bräutigam bereits übergeben, zuerst seien sie in Hugis und Miklós' neue Wohnung gegangen, aber die sei verschlossen gewesen, da seien sie schnell zum Jakobinerplatz gerannt und hätten die Sache dort abgegeben und sich auch gleich umgesehen, was dort los sei, und ihre Hilfe angeboten, aber es habe nichts zu tun gegeben, Frau Huszár sei mürrisch und stumm gewesen, da hätten sie sich rasch aus dem Staub gemacht.
Bartos hatte als Mann in mittleren Jahren und jetzt in seiner hohen Stellung manche Schwierigkeit, den richtigen Ton zu treffen, in jeder Situation zu wissen, was schicklich, was unschicklich war, und aus lauter Vorsicht gab er sich manierierter und steifer, als er von Natur aus war. Jetzt zweifelte er keinen Augenblick,

daß das, was seine Kinder getan hatten, eine plumpe Taktlosigkeit war. Warum hatten sie das Paket nicht ins Haus schicken lassen? Wie konnten sie jetzt, knapp eine Stunde vor der Trauung, in die Wohnung des Bräutigams eindringen?

Der Blick, mit dem seine Kinder die Frage aufnahmen, war ihm bekannt, oft sahen sie ihn so an. Er hoffte, der alte Vater werde es nicht bemerken, aber natürlich blickte er auf, und sein Schnurrbart zuckte, als er den Mund verzog.

»Warum hätten wir nicht hingehen sollen?« fragte Gyuri geduldig. »Was ist schon dabei? Und warum sollte ein anderer die Flaschen hinbringen, warum nicht wir? Wie hätten wir sonst das Gesicht des Gefeierten sehen können, das er zu dem Geschenk machte? Es bekommt doch nicht sobald einer acht Flaschen Kognak auf einmal geschenkt!«

Das Blut stieg ihm zu Kopf. Marta stand gerade vor ihm und kaute an einem Blumenstengel. Als sie den Blick des Vaters bemerkte, lachte sie ihn an. So sanft, so liebevoll lachte sie, als wäre sie nicht seine Tochter, sondern seine Mutter, und er, Bartos, ein Säugling, der sein Wickelkissen beschmutzt hat, dem man aber natürlich nicht böse sein kann – er ist ja noch so klein.

»Acht Flaschen Kognak! Saubande! Dafür hat euch euer Vater das viele Geld gegeben?« brüllte der Alte, stieß den Stuhl weg und ging in die Küche.

»O weh, o weh«, seufzte Gyuri, nahm aus der silbernen Dose eine Zigarette und zündete sie an. Dann sprach er ein paar Verse über einen alten Matrosen, Bartos verstand sie nicht, fühlte nur, daß die Verse schön, aber irgendwie beleidigend waren. Es war jetzt nicht mehr so behaglich in der Wohnung.

Er sah Anna an, wie sooft in den fünfundzwanzig

Jahren ihrer Ehe. Anna hatte mit ihm im Leid geweint und in der Freude gelacht, Anna verstand alles, ihr brauchte man nichts zu erklären, sie verstand auch, wenn er etwas falsch gemacht oder man ihm Unrecht getan hatte. Anna war, seit er sie kannte, sein Kamerad, und sie blieb es auch für immer. Er erwartete, daß auch sie sich empöre, aber sie lachte nur, schüttelte den Kopf und sagte: »Oh, ihr Blagen!« Die Kinder lachten darüber so ausgelassen, als hätte man sie gelobt. Bald danach stand Anna auf, um zu gehen, sie suchte ihre Handschuhe, heute hatte sie Empfangsstunde im Bezirk. Sie gehe nur auf einen Sprung, versprach sie, und komme dann direkt zum Standesamt. Die beiden Kinder küßten sie, fester, so schien es ihm, als sie ihn je geküßt hatten, fast regte sich Eifersucht in ihm, als er sah, daß Marta, seine Marta, sich so eng an ihre Mutter schmiegte, ihr auf die Seele band, sich bestimmt nicht zu verspäten, und Gyuri ihr sogar anbot, sie vor dem Gebäude zu erwarten und sie an Ort und Stelle zu führen, denn Anna konnte sich ja nicht gut orientieren. Und doch habe ich sie erzogen, dachte Bartos. Anna erzog den Bezirk, ich die Kinder, sie war ja fast nie zu Hause. Als sie noch klein waren, hat Juci sie gepflegt, später sorgten wir beide, Vater und ich, für sie, und jetzt ist mein Vater ein alter Matrose und mich sehen sie an wie einen Fremden.

Anna ging, und Marta riß die Schranktüren auf, sie zog sich an. Auch das machte ihn nervös. Er wollte die Freude an der Schönheit dieses jungen, von ihm gezeugten Körpers nicht wahrhaben und forderte Marta auf, sich anderswo umzukleiden, er fand es schamlos, daß sie sich vor ihnen, Männern, nackt zeigte. Die Antwort war wieder jener mütterliche Blick. »Ich bin schon fertig«, sagte das Mädchen und schlüpfte in das

Kleid. Zwischendurch plapperte sie, welch göttliche Getränke sie für das Geld gekauft hätten, denn irgendeinen Gegenstand zu besorgen, Bild oder Service, wie Vater empfohlen habe, sei kein guter Gedanke gewesen, überflüssigen Kram gebe es genug in der vollgestopften Huszárschen Wohnung, mit ihrer ansehnlichen Ladung Trinkstoff hätten sie nun wenigstens den Grundstock zu einem Barschrank gelegt, und es sei doch wirklich eine großartige und praktische Lösung, nicht nur zur Feier des großen Ereignisses, sondern auch noch für einige weitere Zusammenkünfte den nötigen Stoff geliefert zu haben. Was sie denn sonst, zum Beispiel heute nachmittag, trinken sollten, womit auf das Wohl des jungen Paares anstoßen und natürlich auch auf Adams Wohl, der inzwischen sicher die Aufnahmeprüfung bestanden habe. »Wetten, daß Miklós vergessen hat, Getränke einzukaufen! Und Frau Huszár macht schon gar nicht den Eindruck wie eine, die an so etwas denkt. Na und Hugi, die besitzt doch nie einen Heller.«

Auf diese Weise erfuhr Bartos, daß seine Kinder den Nachmittag bei Miklós und seiner Angetrauten verbringen wollten, vielleicht auch den Abend. Abscheulich! Unmoralisch! Dann beruhigte er sich aber, vielleicht wollten sie ihn nur foppen. Marta neigte dazu, Dinge zu sagen, daß sich ihm die Haare sträubten, gleich wird sie sagen, sie habe ihn nur aufziehen wollen. Sicher war auch das mit dem Kognak nur Unsinn, in Wirklichkeit haben sie Miklós die vollständige Shakespeare Dünndruck-Ausgabe gekauft oder irgendein Service, was immer, aber bestimmt etwas, was zu der Gelegenheit paßt. Wie in aller Welt könnten sie heute nachmittag bei Miklós zu Gast sein, das wäre denn doch die Höhe.

»Wird Frau Huszár auch da sein?« fragte er, nun schon lächelnd.
»I wo«, sagte Marta, »wo denkst du hin, sie verreist gleich nach dem Mittagessen. Zur Erholung. Nur wir werden da sein.«
»Zur Erholung?«
»Zur Verdauung. Die Ärmste kann Hugi nicht verknusen. Sie braucht Zeit, den Bissen herunterzuwürgen.«
Dieser hingeworfene Satz empörte ihn mehr als alles andere an diesem Tag. Was alles hatte Frau Huszár herunterwürgen, wie viele verschiedene Lebensformen hinnehmen müssen, schon allein seit er sie kannte. Bartos hatte Frau Huszár nicht nur sehr gern, er schätzte sie auch als Mensch hoch; es hatte eine Zeit gegeben, da war sie ihm als wahre Heldin erschienen: als sie Menschen, die keinen Widerspruch duldeten, die Wahrheit ins Gesicht schrie, laut und deutlich erklärte, ihr Mann sei unschuldig, man werde einmal seinen Leichnam um Verzeihung bitten, und sie tat es zu einer Zeit, als sie damit ihre eigene Sicherheit gefährdete. Ein heißer Sommerabend fiel ihm ein, Anna und er wollten ein Glas Bier trinken, am Schanktisch arbeitete Frau Huszár, sie wusch Gläser. Sie nahm jede Arbeit an, die sich für sie ergab, um ihr Kind aufziehen zu können, und was gab es Anfang der fünfziger Jahre schon für Möglichkeiten für die Witwe des ›Verräters‹ Pál Huszár. Es war vielleicht der siebente Platz, an dem er sie unterzubringen versucht hatte. Anna und er winkten ihr zu, aber Frau Huszár nahm keine Notiz von ihnen, der Betrieb war groß, sie arbeitete wie eine Maschine. Als sie hingingen zu ihr, nickte sie nur, für eine Unterhaltung hatte sie keine Zeit. Frau Huszár war Dienstmädchen und Straßen-

bahnschaffnerin gewesen, und nun ging sie in ein Erholungsheim, um die Heirat ihres Sohnes zu ›verdauen‹.

Bartos blickte seinen Sohn an; Gyuri war in die Zeitung vertieft. Wieder eine Herausforderung, so fühlte er. Wie kommt er dazu, den Leitartikel zu lesen, während sie sich unterhielten.

»Hugis Wohnung ist Klasse«, sagte Marta, ihre Haare bürstend. »Das sind Möbel! Bei uns sieht's daneben aus wie in einer Leichenhalle. Genau!«

Bartos blickte sich um. Auf den blankpolierten Möbeln lag nirgends ein Stäubchen, die Deckchen waren blendend weiß, durch die offene Tür sah man im anderen Zimmer die schönen Nußbaumbetten, in der Mitte quer das rosa Prunkkissen. Der Großvater war bei Martas Bemerkung wieder ins Zimmer getreten. Er blieb einen Augenblick lang auf der Schwelle stehen, dann schlug er Marta ins Gesicht. Es war ein kräftiger Schlag. Das Mädchen weinte nicht, schnappte nur nach Luft, wurde nicht rot, sondern kreidebleich. Gyuri sprang auf, warf die Zeitung hin, Bartos faßte ihn am Arm. Er hätte nicht sagen können, was er befürchtete, wer wen schlagen könnte.

»Du Mistvieh!« schrie der Alte und wandte sich dann an seinen Sohn. »Und du bist ein Scheißkerl, wenn du dir das gefallen läßt. Soll etwa *ich* sie totschlagen?«

Gyuri war immer höflich, vielleicht befremdete gerade das den Vater. Marta schrie, lachte, weinte, Gyuri bewahrte unter allen Umständen Haltung, auch dann, wenn es ihm lieber gewesen wäre, der Junge hätte die Beherrschung verloren.

»Reg dich nicht auf, Großvater«, sagte Gyuri und nötigte den Alten sanft in den Sessel. »Es lohnt sich nicht.«

»Verdammtes Biest!« keuchte der alte Bartos. »So ein Dreckspatz!«
Marta war nicht mehr im Zimmer. Gyuri sah die beiden an, wie der Lehrer Kinder ansieht, die er dabei ertappt, daß sie ungehörige Wörter auf die Tafel schreiben.
»Warum darf man es nicht aussprechen, daß unsere Wohnung scheußlich ist?« fragte er. Er war ruhig, gelassen und aalglatt. Bartos sah seinen Sohn an. Nie wird er so selbstsicher sein, wie dieser Junge jetzt schon ist.
Gyuri bekam keine Antwort. Er erwartete auch keine. Er wußte, was jetzt in den beiden, die vor ihm saßen, vorging. Sie erinnerten sich, sie sahen zwei einstige Wohnungen vor sich.
›Unsere Wohnung ist herrlich‹, sagte sich Bartos, und hätte er sich nicht geschämt, er wäre in Tränen ausgebrochen. Ihm war zumute, als habe jemand seine Mutter beschimpft oder Anna oder das Allerheiligste, das er in seiner Seele bewahrte. ›Die Wohnung ist herrlich, jedes Möbelstück makellos und schön, ich fühle mich reich in dieser Umgebung. Das Badezimmer ist gekachelt, unsere Schränke sind voll, unsere Küche ist blitzblank, wir haben auch einen Bücherschrank, wir haben Zimmer, in denen es eine Freude ist, Gäste zu empfangen. Die Wohnung ist herrlich! Wir haben in Untermiete gewohnt, nie ein richtiges Heim besessen. Hier gehört alles uns, die Möbel haben wir beide, Anna und ich, ausgesucht, und die schönsten und teuersten genommen, die in der Möbelhandlung zu haben waren.‹
Der Greis schwieg, als hätte er mit dem Schlag und dem Schrei seine ganze Kraft verausgabt, sein Blick schweifte durch das Zimmer, er sah weder seinen Sohn

noch seinen Enkelsohn. Was sieht er? dachte Bartos. Woran erinnert er sich? Bei ihm hat es nicht einmal zur Untermiete gereicht, er hat in der Werkstatt geschlafen, und dort hat mich meine Mutter geboren, in einer Stube ohne Fenster, nur eine Tür gab es, und wir alle zusammen besaßen nur ein Bett.

Marta kam zurück, Rouge auf den Lippen, ihr Gesicht unbewegt, beinahe heiter, sie hielt es in Zucht wie eine Erwachsene, die sich darüber im klaren ist, daß Minderjährige empfindlich sind und man ihnen in gewissen Fällen die Strafe lieber erläßt. Bartos sah wieder seinen Vater an, der alte Mann wandte ihm jetzt das Gesicht voll zu, das eine gesunde Auge sprach hinter dem Brillenglas. Wenn du dir das gefallen läßt, spucke ich dich an, sagte das Auge.

Bartos sprach in der letzten Zeit wenig mit seinen Kindern, immer weniger. Als sie noch klein waren, erklärte er ihnen manches; dann gab es eine Zeit, da wußte er selbst nicht, was er sagen sollte, weil er sich wegen seiner früheren Verbote und Befehle schämte. Damals geriet er in eine so große Verwirrung, daß er den natürlichen Ton im Umgang mit ihnen nicht wiederfand. Jetzt fühlte er, daß er sprechen mußte, der Alte hatte recht.

Bartos redete lange, artikulierte genau und sprach immer ungehemmter. Marta stand vor ihm, der Junge saß auf der Lehne eines Sessels. Manchmal, in Versammlungen, war es Bartos gelungen, sich so klar auszudrücken, das Wesentliche so zusammenzufassen, daß jeder ihn verstand. Zwischendurch warf er manchmal einen Blick auf seinen Vater, ob er wohl zufrieden mit ihm war, aber das struppige magere Gesicht verriet nichts. Als er geendet hatte, räusperte er sich und wartete eine Weile, ob jemand was sagte, aber zunächst schwiegen alle. Die erste Erwiderung kam von Marta, sie sah ihn an, liebevoll, dann beugte sie sich zu ihm herunter und küßte ihn. Sie küßte ihn selten, zärtlich war sie eher zu ihrer Mutter. Bartos fühlte eine Beklemmung. Er kam sich wie ein Schwerkranker vor, dem die Familie besondere Zärtlichkeit schuldig zu sein glaubt, man konnte ja nicht wissen, wie lange er noch lebt. Hätte sie sich auf einen Streit eingelassen oder ihm den Rücken gekehrt und das Zimmer verlassen, selbst diese Frechheit wäre erträglicher gewesen als ihr Kuß.

»Wie oft wirst du uns das noch erzählen?« fragte Gyuri. Wieder sprach er glatt, unbeschwert, man hätte ihn wegen der Form seines Satzes bestimmt nicht schelten können. Er warf die Zigarette weg, legte die Zeitung hin, die er während des väterlichen Vortrags weitergelesen hatte, und stand auf.

»Uns gefallen auch die Möbel im Kunstgewerbe-Museum nicht, wenn dich das beruhigt. Auch die vom Sonnenkönig nicht. Marta wollte dich nicht beleidigen.«

Was sollte er darauf antworten? Er sah seinen Vater an, ratlos.

»Es ist einfach unerträglich, daß wir wegen eurer romantischen Vergangenheit überall die Fahne hochhalten sollen. Fahne in der Hand, Fahne im Ohr, in der Nase, zwischen den Zähnen.«

Der Alte stand auf und ging aus dem Zimmer. Bartos lauschte beklommenen Herzens hinter ihm her: Wenn er jetzt zu arbeiten anfängt, nur einmal mit dem Hammer hinhaut, mit den Geräten hantiert, mit der Feile ein Geräusch macht, wenn er irgend etwas tut, dann kann er seinen Zorn durch Arbeit abreagieren. Es blieb still draußen. Still wie im Grab, als gebe der alte

Mann durch Schweigen zu verstehen, er sei am Ende, habe keine Kräfte mehr, weder zum Kämpfen noch zum Schimpfen.

Bartos sah seinen Sohn an. Gyuri machte sich an seiner Hemdbluse zu schaffen und merkte gar nicht, daß er beobachtet wurde. Marta lehnte sich aus dem Fenster.

Für sie ist die Frage erledigt, dachte Bartos. Auch ich bin ein alter Matrose, nicht nur mein Vater. Zwei alte Matrosen in einer Wohnung, die wie eine Leichenkammer ist.

»Dein Fahrer winkt«, rief Marta. »Wir können gehen.«

Wäre es nicht Frau Huszár zuliebe, würde er jetzt nicht gehen. So aber stand er auf, schwerfällig, wie nach einer anstrengenden physischen Arbeit. Der Junge spürte, was in seinem Vater vorging, und blieb noch zurück.

»Warum bist du wie Jehova?« fragte er. »Warum läßt du uns nicht friedlich leben im Paradies?«

Bartos sah ihn groß an. Die religiöse Phraseologie überraschte ihn, aus dem Mund seines Sohnes klang sie merkwürdig. Er wußte nicht einmal, daß dem Jungen solche Begriffe wie Paradies bekannt waren. Wo lernten sie das? Im Gymnasium?

»Willst du uns ohrfeigen, weil wir einen anderen Geschmack haben als ihr? Muß ich mir immer anhören, daß wir alles euch zu verdanken haben? Muß ich dir fortwährend für irgend etwas die Hand küssen?«

»Wir kommen zu spät«, mahnte Marta.

»Ich kann auch sterben, wenn es sein muß«, hörte Bartos den Jungen sagen, »aber ich entscheide selbst, für was. Ihr sollt mich nicht so weit bringen, daß ich zu hassen beginne, was ich liebe.«

»In fünf Minuten ist Hochzeit«, sagte Marta. »Und ist es denn nicht ganz schnurz?«
Im Wagen drehten sie beide Fenster auf, es war sehr heiß. Die Kinder schwatzten. Gyuri saß neben dem Fahrer und achtete auf dessen Hände. Von Miklós hatte er fahren gelernt, besaß aber noch keinen Führerschein. Die Schultern, der Hals, der ganze Körper waren gespannt vor Aufmerksamkeit. Bartos war überzeugt, der Junge habe alles, was vorher zwischen ihnen gesprochen worden war, so völlig vergessen, als wäre kein Wort gefallen. Marta zwitscherte mit dem Chauffeur, mit dem sie alle ihre Angelegenheiten zu besprechen pflegte; jetzt beschrieb sie ihm die großartigen Zimmer, die herrliche Wohnung, in der Hugi und Miklós nahe der Christinenkirche wohnen würden.
Das Auto fuhr am Friedhof vorbei. Bartos wollte seine Kinder nicht sehen, er blickte zum Fenster hinaus. Hier wird man auch ihn begraben, ihn und auch den Alten. Ohne kirchliche Zeremonie, nur mit Chor und Leichenreden. Anna wird nicht allein bleiben, sie hat viele Freunde, und die Kinder lieben sie; sie erzählt ihnen selten aus ihrer Vergangenheit; sie wird auch dann wissen, wie sie sich zu benehmen hat, ihn beweinen wird sie nur, wenn es niemand sieht. Er fühlte so etwas wie eine naive Freude bei dem Gedanken, daß Gyuri und Marta neben seinem Sarg stehen und zuhören werden, wenn ernste bedeutende Menschen am offenen Grabe aufzählen, wie oft man ihn verfolgt, eingekerkert und erniedrigt, wieviel er gehungert, agitiert und gearbeitet hat, wie sein Leben und Wirken in das Fundament eingegangen ist, auf dem das neue Leben emporwuchs. Er wandte sich um, um die Leichenhalle zu sehen, in die er dereinst kommen

würde: auch jetzt war ein Begräbnis im Gange, ein katholisches, denn der Vorraum schimmerte lila vom Weihrauch.

Sie packte.
Niemand konnte in so kurzer Zeit so ordentlich und so schnell die Sachen zusammenstellen, die in den Koffer mußten. Sie vergaß nie etwas, und sie konnte trotz größter Eile alles so sorgfältig zusammenfalten, daß nichts knitterte. Sie hatte das Packen in den Zeiten des häufigen fluchtartigen Ortswechsels gründlich gelernt, oft nur Minuten gehabt, um das Nötigste zusammenzuraffen, es gab eine Zeit, wo Leben und Freiheit davon abhingen, wie rasch sie es schaffte. Jetzt plagte sie sich schon seit einer Stunde damit, zusammenzusuchen, was sie für einen Aufenthalt von zwei Wochen nötig hatte, aber die Dinge schienen sich in tückischer Widerborstigkeit gegen sie verschworen zu haben, Kleider und Röcke schrumpften oder hatten Buckel und Beulen, die Schuhe wollten mit den Absätzen durch die Kofferwand. Als sie endlich fertig war, fühlte sie sich so müde, als hätte sie Schwerarbeit geleistet. Sie stellte den verschlossenen Koffer in den Flur vor die Garderobenwand, so war er bei der Abfahrt zur Hand, sie wollte aus dem Hotel Gellért nicht mehr nach Hause, sondern direkt zum Bahnhof fahren.
Miklós saß auf dem Balkon, mit dem Rücken zu ihr, er drehte sich kein einziges Mal um, während sie von einem Schrank zum andern ging. Als die Bartoskinder an der Tür läuteten, stand er zwar auf, führte sie herein, brachte dann das Geschenk, die Ladung Getränke, hinunter und verstaute sie im Kofferraum des Wagens. Aber auch mit den Ankömmlingen sprach er nur im Telegrammstil, wie es sehr vertraute gute Bekannte tun, die sich ohnehin verstehen. Zum Glück blieben die beiden nicht lange. Marta grüßte sie zweimal zum Abschied. Das erstemal hatte sie den Gruß überhört und

ihn daher nicht erwidert, sie war in den Anblick der Bäume draußen vertieft und erstaunt gewesen, wie grausam gleichgültig die Natur ist, wie der Sommer blühte, so übervoll und so teilnahmslos. »Warum sitzen Sie da so belemmert?« hatte Marta gefragt. »Tut Ihnen der Kopf weh?« Die Tochter Peter Bartos' wußte natürlich genau, warum sie so stumm und so allein im Zimmer saß, aber es machte ihr offenbar besonderen Spaß, der schon schwerverwundet am Boden Liegenden noch einen Fußtritt zu versetzen; überraschend, daß es sie kaum schmerzte, eher nur wunderte, denn Peter Bartos kannte sie von klein auf, er gehörte zu den wenigen, die auch dann nicht an Pál Huszárs Schuld glaubten, als daran zu glauben nützlich gewesen wäre, und wenn er sich damals auch öffentlich nicht zu äußern wagte, so hatte er doch wenigstens ihr unter vier Augen seine Meinung gesagt, ihr Geld gegeben und zu Arbeitsmöglichkeiten verholfen, zu erbärmlichen zwar, aber doch immer wieder von neuem, wenn sie wieder einmal entlassen worden war. Peter Bartos' Tochter!

»Wir gehen zur Hochzeit, nicht zum Begräbnis!« rief Marta ihr zu. »Wiedersehen!«

Sie hörte Marta noch im Treppenhaus lachen, und sie wußte, daß über sie gelacht wurde. Nicht über Miklós. Mit Miklós standen die Bartoskinder gut, nur sie wurde als Fremdkörper behandelt, und das fand sie selbst in dieser grauenvollen Stunde empörend. Denn – warum eigentlich?

Begräbnis.

Hochzeit.

Wie hatte es Miklós in der Schule gelernt? Die Wörter haben eine Klangform und eine Bedeutung. Die Reihe der Töne ergibt die Klangform. Be-e-ge-er-ä-be-en-i-es,

Ha-o-ceha-zet-e-i-te. So weit ist es klar, aber was bedeutet das eine Wort und was das andere?

Jemand, der beide Worte in vollem Umfang erlebt hat, müßte die Analyse vornehmen.

Als sie am 19. März 1944 aus der Tür des Standesamts auf dem Csaplár-Platz traten, schauten alle Leute nach der Ringstraße. Von den Stufen des Gebäudes konnte man nicht sehen, was geschehen war, man hörte nur den Lärm, das Brausen motorisierter Einheiten. Pál drückte ihren Oberarm, so schickte er sie immer auf Arbeit, wenn sie sich trennen mußten, und auch jetzt war das sein Abschied. Sie waren noch keine fünf Minuten verheiratet. Ein Mann lief über den Platz, ein unbekannter, nicht mehr junger Mann, sein Gesicht grub sich in die Zeit ein, man wußte nicht, warum er lief. Ob er gestohlen hatte, zum Arzt lief oder sein Leben retten wollte. Er rannte und keuchte. Peter Bartos und der andere Zeuge entfernten sich sofort, es wurde nichts gefragt, keine Weisung, kein Kommando gegeben, und doch handelten alle, als wären sie Schauspieler in einer wichtigen Szene, die der Regisseur sie schon zahllose Male hatte wiederholen lassen. Bartos kam allein zurück, und das schien ganz natürlich zu sein; es war etwas geschehen, weswegen der andere sofort verschwinden mußte. »Die Deutschen haben das Land besetzt«, sagte Peter Bartos. Er sagte es lächelnd, leichthin, denn sie waren von Menschen umgeben, die es auf einmal alle eilig hatten, ein gequältes Lächeln war es, es fiel ihm schwer. »Dann haben sie heute abend auch schon eine Liste«, sagte Pál, »von der Gestapo kann man lernen. Na, dann geht!« Pál lachte so natürlich, als freute ihn wirklich etwas. Wer sie dort auf der Treppe sah, erblickte ein sehr junges Mädchen, tief gerührt und weinend vor Glück, daß

man eine Frau aus ihm gemacht hatte; erblickte einen breitschultrigen, mißmutig lächelnden Zeugen und einen jungen Mann, einen blonden blauäugigen, der sämtliche Zähne zeigte, er lachte wohl vor Freude, daß er nun ein Ehemann war und seine junge Frau heimführen konnte. »Mach's gut«, sagte Pál Huszár, »geh nicht nach Hause, laß dich in der ganzen Gegend nicht blicken. Geh zu Peter und morgen weiter. Bleib nirgends lange und hinterlaß überall eine Nachricht, wo du hingegangen bist.«
»Und du?« fragte sie, aber Pál gab keine Antwort, und sie drang nicht in ihn, sie wußte, daß sie das nicht durfte. »Du wirst schon Nachricht bekommen«, sagte er und ließ sie stehen. Er ging über den Platz, fand einen Kieselstein, trieb ihn mit dem Fuß vor sich her und pfiff sich eins. Er prallte mit einer alten Frau zusammen, die mit ausgeweinten Augen ihm entgegentaumelte. »Sie haben es gut«, sagte die alte Frau, »Sie glücklicher junger Mann.« – »Das kann man wohl sagen«, erwiderte Pál Huszár und trieb seinen Kieselstein weiter voran. Sie stand auf der Treppe und weinte so sehr, daß sie ihn vor Tränen nicht mehr sehen konnte.
Bei der Beerdigung weinte sie nicht.
Auch damals, als sie ihn abholten, weinte sie nicht. Nein, sie schrie und schlug mit den Fäusten drein, bis man sie festhielt. Nachträglich wunderte sie sich über sich selbst, sie hatte in ihrem ganzen Leben noch nie jemanden geschlagen und hatte auch nie so wild geschrien. Und sie wunderte sich nachträglich auch über ihre Gedankenlosigkeit, denn sie hätte ja wissen müssen, daß sie mit Schreien und Umsichschlagen ihrem Mann nicht mehr helfen konnte, sich selbst aber in Gefahr brachte, und was hätte dann aus dem Kind

werden sollen? Als sie Pál abholten, schlief Miklós, er war noch klein, nicht ganz sechs Jahre, und er hatte einen tiefen Schlaf. Pál verabschiedete sich nicht von ihr, auch sein »Mach's gut!« sagte er nicht, er blickte den Soldaten ins Gesicht, mit einem langen forschenden Blick, in einen Brunnen schaut man so, wie er in fremde Gesichter blickte. Dann sah er sie an und ging, ohne sie zu küssen, zur Tür. Er drehte sich nicht um. Hunderte, Tausende Male hat sie seitdem seine Augen heraufbeschworen, diesen Blick von damals, den letzten, denn sie sah ihn nie wieder. Was hatte er ihr mit diesem Blick sagen, welchen Auftrag ihr geben wollen? Hundertmal, tausendmal mußte sie sich sagen, daß dieser Blick nichts dergleichen bedeutet hatte. Es waren andere Gedanken, die in jenen Minuten sein Bewußtsein ausfüllten, nicht sie, nicht das Kind, vielleicht auch seine eigene Person nicht: Pál Huszár hatte keine Angst, als man ihn abholte, er wunderte sich.
Daß er nicht mehr lebte, teilte man ihr erst lange nach der Hinrichtung mit; bei der feierlichen Beisetzung seiner rehabilitierten Gebeine vergoß sie keine Träne, sie hielt ihren Sohn an der Hand, stand aufrecht und sah unter den festlich gekleideten Leidtragenden diejenigen an, die dem Grab am nächsten standen, und sie versuchte sich darüber klarzuwerden, wie sich die einzelnen in jenen Jahren benommen hatten, welcher von den Nachbarn geglaubt und weitergesagt hatte, was man dem Toten als Schuld zuschob. Sie sah lauter Gesichter ohne Augen, weiße, glatte Gesichter ohne Augenhöhlen wandten sich ihr zu.
Hochzeit. Begräbnis.
Beerdigung. Beisetzung.
Es war nicht einmal sicher, daß in jenem Sarg Pál Huszár gelegen hatte.

Das Sofa senkte sich unter dem Gewicht ihres Sohnes, der sich neben ihr niederließ.
Seit dem Tag, als András Gál sie hier bedroht hatte, war es nur einmal vorgekommen, daß Miklós so zärtlich zu ihr gekommen war, wie er es als kleiner Junge tat, wenn er ihr etwas Bedeutsames sagen wollte. Das war an jenem unwirklichen Abend gewesen, als er ihr mitteilte: sie solle nicht weiter mit Hugis Vater hadern, ihm nicht mit Gegenmaßnahmen drohen, denn er habe sich entschlossen, das Mädchen zu heiraten, und schließlich handle es sich um ihn, um sein Leben. Es war am dritten Tag nach András Gáls Besuch, bis dahin hatte Miklós sich anklagen lassen, hatte stumm vor ihr gestanden, kindisch, als wage er nicht, sich neben sie zu setzen; wohl wissend, was er verbrochen hatte, über und über rot im Gesicht, hatte er manchmal zaghaft ihren Arm gestreichelt, mit der beschwichtigenden Gebärde, mit der er sie als Kind zu besänftigen versuchte, wenn sie böse auf ihn war.
Zwei Tage lang hatte er nichts zu seiner Entschuldigung vorgebracht, keine Erklärung gegeben, eigentlich auch keine Angst gezeigt. Sie war überzeugt gewesen, er schweige vor Scham, bereue das unbegreifliche, widersinnige Abenteuer, dessentwegen sie die unverfrorenen Anwürfe András Gáls erdulden mußten, und er erwarte von ihr, daß sie ihn aus der Patsche ziehe, da nichts ihm ferner liege, als zu heiraten. Er hatte sie tief enttäuscht, und sie zürnte ihm unsagbar wegen dieser Unbesonnenheit, die sie in diese mißliche Lage gebracht hatte; aber seine offensichtliche Reue hatte ihr die Kraft gegeben, die täglich erneuten Anstürme Gáls abzuwehren. Als er sich dann schließlich am dritten Tag zu ihr setzte, schlug ihr Herz heftig. Ihr war während dieser zwei schrecklichen Tage zumute gewe-

sen, als hätte sie in einem Anfall von Gedächtnisschwund die Adresse ihrer Wohnung vergessen und wäre tagelang auf den Straßen herumgeirrt, ohne jede Hoffnung, wieder heimzufinden. Mit der alten, von jeher bekannten Gebärde ihres Sohnes verschwand augenblicklich das Gefühl des Verlorenseins, sie sah ihren Weg, ihr Heim wieder vor sich, wußte, wo sie erwartet wurde. Diese so oft erlebte, vertrauliche Unterhaltung verheißende Geste machte sie sofort und bedingungslos glücklich. Ihr Sohn hatte sich zu ihr gesetzt, und schon war ihre Entrüstung gemildert, schon war sie bereit, ihm auch das zu verzeihen, daß er nichts über Hugi gesagt, ihr nichts mitgeteilt, nur die Tatsache zugegeben hatte. Ja, jetzt würden sie alles besprechen, und mit dem Alpdruck würde es vorbei sein. An diesem Abend würde sie dem András Gál die Tür nicht mehr zu öffnen brauchen, sie würde das Telefon nicht mehr abnehmen, und den Dekan der Universität würde sie, sollte der Apotheker wirklich Ernst machen wollen, im vorhinein informieren: Miklós sei schließlich kein Mönch, sicher hätte er mehr Verstand aufbringen sollen in dieser Sache, gewiß, es sei unerlaubt, mit einer so jungen Göre ein Verhältnis anzufangen, aber dessenungeachtet sei er doch der Primus seines Jahrgangs und an seinem Charakter hafte kein Makel. Mochten die Gáls dann tun, was sie wollten. Sie hätten eben besser auf ihre Tochter aufpassen sollen.

Als Miklós ihr dann erklärte, er stehe zu Hugi, glaubte sie, ihn falsch verstanden zu haben.

Der Junge war an diesem Abend völlig anders, neu, so kannte sie ihn nicht, in Worten und Gebärden fremd, die Sätze hörten sich an, als benutze er den Wortschatz einer unbekannten Sprache. »Du kannst mich nicht hindern, ich bin volljährig und bestimme selbst über mein Leben.« Die Ähnlichkeit mit seinem Vater war immer schon verblüffend, als hätte er mit ihr, seiner Mutter, überhaupt nichts zu tun, so sehr glich der Sohn Pál Huszárs in allem seinem Vater, sogar in den kleinen Schönheitsfehlern: in seinem sonst tadellosen Gebiß standen dieselben Zähne schief, die auch den Mund seines Vaters so liebenswert unregelmäßig gemacht hatten. Diese äußere Ähnlichkeit war ihr immer bewußt gewesen, aber daß das Ja von Miklós genauso endgültig, sein Nein genauso unumstößlich war wie bei Pál Huszár, daß er mit derselben Kraft wollen und Widerstand leisten konnte wie sein Vater, diese Erfahrung machte sie an jenem Abend zum erstenmal. Frau Huszár hatte manche Schlappen erlitten, aber noch nie in ihrem Leben eine so vernichtende Niederlage wie an diesem Abend und den darauffolgenden Tagen, als alle ihre Versuche, ihre Befehle, ihre Bitten ergebnislos blieben, sie vergebens Peter Bartos und andere alte Freunde zu Hilfe rief, die auch in Miklós' Augen Autorität genossen; der Junge stand ruhig vor den argumentierenden und irgendwie immer verlegenen Gästen; ernst, höflich, als gehöre er schon nicht mehr zur Familie, sei selbst nur ein eingeladener Bekannter; er dankte jedem für den wohlgemeinten Rat, für die Mühe, die man sich genommen, und daß man ihn dieses Gesprächs gewürdigt habe, und teilte dann mit: sein Entschluß sei unabänderlich, er halte es für richtig zu heiraten. Als sie schließlich Gál sagen mußte, sein Wunsch gehe in Erfüllung, Miklós werde Hugi heiraten, befiel Frau Huszár ein so starkes Übelsein wie beim Ausbruch einer schweren Krankheit. Seitdem hatte sich ihr Sohn nicht mehr zu ihr gesetzt, trotz der zahllosen Probleme, die sich ergaben; er verhandelte über die zu lösenden Fragen, als berate er sich mit seinem Anwalt, nicht mit seiner Mutter. Er fragte sie, wo er mit dem Mädchen wohnen solle, ob sie wünsche, daß es hier sei, oder könne davon gesprochen werden, daß sie ihnen eine Wohnung kaufe – ihm wäre das am liebsten. Miklós hatte nie um etwas gebeten, was er bekam, mußte man ihm förmlich aufdrängen, dem kleinen Jungen die Spielsachen, später das Motorrad und, als er auf die Universität kam, das Auto. Jetzt verlangte er mit einer Gelassenheit den Kauf einer Eigenwohnung, als handle es sich um ein Eis am Spieß für einen Forint. Sie kaufte die Wohnung. Der Gedanke, mit Hugi Gál zusammenzuwohnen, war für sie untragbar.

Jetzt war es mit ihrer Selbstbeherrschung vorbei.

Nur noch wenige Stunden, und dieses in seiner neuen Form immer unerträglichere Leben unter einem Dach war zu Ende, Miklós zog mit einer Fremden zusammen. Alles, was gut in ihr war, hatte sie diesem Jungen gegeben, alles, was in ihr Anstand, Mut, Fleiß und Kraft war, hat sie aus sich herausgeholt, damit er nie Schwäche und Unzulänglichkeit um sich sehe. Jetzt ließ er sie sitzen, und in diesem Zustand.

Was konnte sie verbrochen, was falsch gemacht haben?

Was hat sie ihm nicht gesagt, welches Zauberwort verschwiegen, mit dem sie ihn an sich hätte fesseln können? Welche Geheimnisse hat sie ihm nicht aufgedeckt, wodurch das Verhältnis zwischen ihnen noch vertrauter hätte werden können? Sie hat ihm doch alles über seinen Vater erzählt, was ihn stolz auf diesen Vater machen konnte, und ihm immer wieder versichert, daß sie es einzig und allein ihm, Miklós, danke, den Schicksalsschlag überlebt zu haben, denn von dem Augenblick an, da sie allein geblieben sei, habe die Pflicht, die konkrete Sorge um ein kleines Kind, das sie erhalten mußte, sie sofort völlig in Anspruch genommen, sie habe sich nicht gehenlassen dürfen. Das einzige, was sie ihm verschwiegen hat, das verwickelte Liebesverhältnis zwischen Pál und ihr, die von ihnen beiden unter allen Umständen streng gewahrte Treue des Körpers während der langen Trennungen – davon hätte sie zu ihrem Sohn nicht sprechen können.

Sicher hat sie ihren Sohn nicht zum Einsiedler erziehen wollen, ihm das Glück der Liebe nicht mißgönnt, aber warum mußte er gerade dieses Mädchen, dieses unbedeutende Wesen ohne Seele wählen, und warum gleich ein Verhältnis mit ihr anfangen, und warum sie heiraten, so jung, auch wenn das Malheur schon passiert war. Wie oft hat sie sich vorgestellt, daß einmal ein anderes Wesen zu ihnen kommen würde, eine Schwiegertochter, ein Mädchen, das zu ihnen paßte, und dann würden sie zu dritt zusammenbleiben, und alles würde sein, als hätte sich nichts geändert, es müßte eben nur ein Gedeck mehr aufgelegt werden. Da kommt dieses Mädchen Gál, setzt sich in die neue Wohnung, und Miklós entscheidet sich für Hugi, nicht für seine Mutter.

Als ihr Sohn sich jetzt, so kurz vor der Hochzeit, endlich zu ihr setzte und merken ließ, daß er, wenn auch erst in der letzten halben Stunde, doch noch so vertraut wie früher mit ihr zu sprechen wünschte, wollte sie wahrhaftig alles eher als weinen. Sie wußte, diese Minute war wichtig, vielleicht die wichtigste in allen diesen Wochen, denn jetzt würde sie vielleicht die volle Wahrheit erfahren, von der sie bisher kaum einen Bruchteil aus Miklós hatte herausholen können. Aber sie konnte sich nicht beherrschen, sie drückte das Taschentuch an die Augen, es waren zu schwere, zu peinliche und erniedrigende Erlebnisse gewesen, sie hatten sie zermürbt.

»Mutter«, begann Miklós, »ich wäre so froh, wenn du jemanden hättest. Einen Mann.«

Sie ließ das Taschentuch sinken, um ihn ansehen zu können. Der Junge starrte zu Boden, sein Gesicht war ruhig wie das eines Menschen, der es sich sehr gründlich überlegt hat, was er sagen wollte.

»Und du solltest endlich die Trauerkleider ablegen. Das hat doch gar keinen Sinn mehr und macht auf die Menschen nur den Eindruck, als wolltest du prahlen mit deinem Toten. Hinter deinem Rücken redet man darüber; man lacht über dich.«

Was sie jetzt fühlte, hatte sie an ihrem Hochzeitstag empfunden und an dem Tag, als sie erfuhr, daß Pál Huszár nicht mehr lebte. Daß sie noch einmal ein so starkes Gefühl erleben würde, eine solche Erschütterung, das hätte sie nicht für möglich gehalten. Sie war zu müde und solchen Affekten nicht mehr gewachsen. Ich kann das nicht länger mitmachen und auch nicht länger zusehen. Es ist unmenschlich, ich bin so müde und so alt, als wäre ich dem Tode nahe. Träume sind manchmal so, so schwer, so verworren, quälend und unbegreiflich. Wovon spricht er eigentlich?

»Sieh mich nicht so an. Du verstehst mich nicht, und es erklären zu müssen, ist so fürchterlich. Mutter, ich habe Angst vor dir, und ich wäre schon längst gegangen, wenn ich eine Lösung gefunden hätte. Jetzt haben Gáls das Problem für mich gelöst.«

Er hatte Angst?

Miklós wurde rot, seine Lippen begannen zu beben. Sie sah, daß er weinte. Seit Jahren hatte sie ihren Sohn nicht weinen sehen. Es war überwältigend, erschrekkend und zugleich auch irgendwie beglückend, dieses Erlebnis, stärker als vorher die Erschütterung und der Zorn. Sie riß ihren Sohn an sich. Miklós ließ es geschehen, legte seinen Kopf auf ihre Schulter, als wäre er noch ein Kind. Sie hielt ihn in den Armen, und die beglückende Nähe seines Körpers erfüllte sie plötzlich mit einer unsinnigen Hoffnung: Vielleicht ist noch nicht alles verloren. Er weint ja. Hier, in ihren Armen weint er, auf sie gestützt. Wie könnte sich auch eine Hugi zwischen sie drängen? Wer immer? Schön, die Ehe soll geschlossen, den Gáls der Mund gestopft werden, sie haben am wenigsten Grund, mit dem zu prahlen, was geschehen ist. Und dann wird diese Beziehung liquidiert, wenn es sein muß, soll das Mädchen die Wohnung behalten. Als Lösegeld für ihren Sohn. Alles wird wieder in Ordnung kommen. Am Ende ist alles nur ein böser Traum gewesen.

»Ich bin ich«, sagte Miklós, ohne sie anzusehen, mit dem Gesicht immer noch an ihrer Schulter, aber der ganze Körper schon gespannt, als wehre er sich gegen ihre Berührung, ihre Zärtlichkeit, gegen ihren Kuß. »Ich bin ich. Kein Gespenst. Kein Doppelgänger. Täusche dich nicht. Ich bin nicht dein Mann.«

Sie ließ ihn los. Jetzt zog sie sich von ihm zurück und suchte Halt für ihren Rücken an den Sofakissen.

»Ich habe mich über jede deiner Reisen gefreut, weil ich immer hoffte, du würdest dir jemanden aufgabeln, ein Verhältnis haben, leben wie andere Frauen. Du bist sechsundvierzig, dein Gesicht ist noch ziemlich gut erhalten. Sooft du wegfuhrst, wartete ich immer darauf, daß du mit einem Freund zurückkommen oder heiraten würdest, wenn dir das besser gefiele. Aber dann wurde mir klar, daß du nie heiraten wirst, wegen des Namens. Denn dann wärest du ja nicht mehr Pál Huszárs Witwe.«

Er schloß die Augen, um sie nicht sehen zu müssen. So war es leichter.

»Ich kann nichts dafür, daß man meinen Vater ermordet hat, und ich bin auch nicht schuld, daß eure Jugend so war, wie sie eben war, immer auf der Flucht, immer in Ängsten; daß man auf euch geschossen hat, daß ihr so wenig zusammen sein konntet, und als es besser geworden war, dauerte es nur eine kurze Zeit, dann haben sie ihn verurteilt und getötet – unschuldig. Ich kann dich *nicht* für das entschädigen, was dir das Leben schuldig geblieben ist!«

Eine ungewöhnlich große Stille war draußen. Sonst hörte man Bus und Straßenbahn, Frauen beim Aufräumen, die sich von einem Balkon zum andern unterhielten, Fahrräder klingelten, oder es bellte wenigstens der Hund der Nachbarsleute. Jetzt war es still, so absolut still, als wären sie aus der Welt herausgetreten; sie starrten einander an und waren vollkommen allein.

»Gib mich frei«, bat Miklós und weinte wieder. Sie hatte nicht gewußt, daß er so weinen konnte, als Erwachsener. Jetzt mochte sie ihn nicht anrühren, seine Worte hatten die Nabelschnur zerschnitten, die ihn seit seiner Geburt unsichtbar mit ihr verbunden hatte.

»Immer schaust du mich an«, sagte Miklós. »Du kommst nachts in mein Zimmer und glaubst, ich schlafe. Dann beugst du dich über mich und berührst mein Haar. Wenn du dann endlich wieder gehst, liege ich lange wach und kann nicht einschlafen. Ich weiß, du denkst an meinen Vater. Aber ich weiß auch, daß du ihn irgendwie nicht begreifst, vielleicht nie begriffen hast.

Denn wenn er wirklich so war, wie du ihn schilderst, müßtest du wissen, daß es ihn schwer verdrießen würde, was du mit seinem Andenken treibst. Glaubst du denn wirklich, er würde dich nicht auslachen, wenn er dich vierzehn Jahre nach seinem Tod in Trauerkleidern herumgehen sähe? Was würde er sich schon daraus machen, wie du lebst und wie ich lebe, wenn er der war, der er war, und so starb, wie er starb. Glaubst du, er würde uns verachten, weil du einen anderen Mann genommen hast? Und ich mit dem Mädchen Gál geschlafen habe? Glaubst du, daß ich deswegen nicht dasselbe will, was mein Vater wollte? Und glaubst du, daß das nicht alle von mir wissen? Glaubst du, daß mein Geschlechtsleben oder die Tatsache, daß Hugi Gál ein Kind bekommt, ein Gesprächsthema für die Stadt ist? Ein fürchterlicher Gedanke, in was nicht alles du mich hereingerissen hast wegen des Andenkens an meinen Vater. Ich will fort von hier.«

Sie hatte ihr Taschentuch noch in der Hand, breitete es aus, legte es zusammen, breitete es aus und legte es zusammen. Miklós sagte nur noch einen Satz, einen einzigen:

»Ich zittere vor dir; sooft du nachts zu mir ins Zimmer kommst, schlägt mir das Herz in der Kehle.«

Er sprach nicht aus, wovor er zitterte, er brauchte das nicht auszusprechen. Er ging hinaus, sie sah, daß er seine Hemdjacke abstreifte und sich zu seiner Hochzeit ankleidete. Er zog sich an, wie er es von ihr gelernt hatte, etwas düsterer, als es seinem Alter entsprach.

Die kolossale Selbstbeherrschung, die sie sich in den vergangenen Jahrzehnten aufgezwungen hatte, gab ihr auch jetzt die Kraft, aufzustehen, zum Spiegel zu gehen, sich die Haare und das Gesicht in Ordnung zu bringen. Kein Wort wurde mehr gesprochen. Frau

Huszár sah nach der Uhr, stellte fest, daß es Zeit sei zu gehen, um rechtzeitig bei Gáls anzukommen. Sie fuhren mit Miklós' Wagen. Auf dem Jakobinerplatz lastete die Hitze, weiter draußen, im Farkasrét, war mehr vom Duft als von der Heftigkeit des Sommers zu spüren.

Sie hatte ihren Vater mehr geliebt als ihre Mutter. Sie war das einzige Kind und hinter ihrem Vater hergelaufen wie ein Hund. In einem fort hatte sie beweisen wollen, wie sehr sie für ihn schwärmte. Als sie mit Verwandten einen Sommer im Ausland verbrachte, sammelte sie wochenlang Kieselsteine am Strand, ausgesucht schöne Kieselsteine. Es waren natürlich Edelsteine, die roten Rubine, die weißen Diamanten, die gelben Topase. Das war so selbstverständlich, daß sie, zu Hause angekommen, eine Erklärung für unnötig hielt. Sie stellte die Schachtel mit den Steinen unbemerkt auf ihres Vaters Schreibtisch und war von der Freude des Schenkens so erfüllt, daß sie es kaum abwarten konnte, bis er die Steine fand. Beim Mittagessen sagte Vater zu Mutter, er könne es nicht leiden, wenn man aus seinem Zimmer eine Kinderstube mache, er habe da eine Schachtel abscheulicher Kieselsteine gefunden, mitten auf seinem Schreibtisch und sie sofort hinausgeschmissen. Er bitte sie, darauf zu achten, daß so etwas nicht mehr vorkomme. Sie betrachtete das Tischtuch und kämpfte mit dem großen, nicht für Kinder bestimmten Besteck.

Wieviel Freier hatte sie abgewiesen, und was war das jedesmal für ein erfülltes, vollkommenes Glücksgefühl, wenn sie wieder jemandem zu verstehen geben konnte, er bemühe sich ganz umsonst, ihr genüge ihr Sohn und der Name, den sie trage, den sie nie ablegen dürfe.

Und wie viele glückliche Minuten schenkte ihr das

schwarze Kleid, das die Augen schmal und die Gesichter verwundert machte, das tägliche Erlebnis, daß die Fremden noch immer erschüttert, was ihr widerfahren ist, daß sie die Menschen, die so leicht vergessen, sich zu erinnern zwang. Und die Siege über das eigene Fleisch, die eigenen Leidenschaften, auch dieser, vielleicht größte, vor gar nicht langer Zeit, als ein dummer Zufall sie im Erholungsheim mit Peter Bartos zusammenbrachte und sie zwei Zimmer nebeneinander bewohnten. Wer kann sagen, woran so etwa liegt? Man kennt sich ein ganzes Leben lang, es gab eine Zeit, da schlief sie mit ihm und seiner Frau in einer Stube, zog sich vor seinen Augen an und aus, wenn sie wieder einmal fliehen mußten, und dabei war nichts, es war selbstverständlich; und dann kommt plötzlich ein Tag, sie sitzen an einem Tisch im Speisesaal, sehen sich zufällig in die Augen, und mit einemmal ist alles anders als eine Sekunde zuvor, als wären sie sich soeben zum erstenmal begegnet und kennten nicht alle kleinsten Details einer aus dem Leben des andern, und zwar so sehr, daß sie einander aushelfen könnten, wenn den einen das Gedächtnis im Stich ließe. Wie kommt es zu einem Kuß zwischen zwei alternden Menschen, zum Spiel der Hände, zum Anschmiegen, zum Begehren? Sie hatte Versuchungen dieser Art nicht oft niederkämpfen müssen, einige Male aber war es doch vorgekommen, daß sie sich zum Verzicht zwingen mußte, weil sie glaubte, sie würde danach außerstande sein, Miklós' Gesicht oder Haar zu berühren. Aber ein so intensives Begehren wie vor drei Jahren im Erholungsheim in den Bergen hatte sie noch nie empfunden. Der stämmige, ihr seit Urzeiten bekannte Körper, das grobgeschnittene, nicht schöne Gesicht hatten sie so stark angezogen wie kein männliches Wesen seit

Páls Tod. Es hatte an ihr gelegen, was geschehen sollte, als sie vor der Tür standen und Peters Augen fragten. Es war nichts geschehen, nicht Annas wegen, sondern Miklós' und Pál Huszárs wegen. Es war eben nur schwer, unsagbar schwer gewesen, und sie hatten am nächsten Morgen beim Frühstück kein Thema finden können. Aber während der ganzen Zeit im Erholungsheim hatten sie die eigentümliche Anziehungskraft gespürt, eine Kraft, die sie einander in die Arme schleudern wollte. Sie waren an ein und demselben Tag angekommen und an ein und demselben Tag wieder abgefahren, und außer unsinnigen, zu ihrem Alter nicht mehr passenden Küssereien hatte sich nichts ereignet. Sie hielt sich für heroisch. In vollem Ernst. Die Kieselsteine waren Edelsteine, die roten Rubine, die weißen Diamanten, die gelben Topase. Liebe, Treue. Leidenschaft der Mutter.

Der Wagen fuhr am Friedhof vorbei. Frau Huszár wollte Miklós nicht ansehen, sie blickte durch das Fenster hinaus. Irgendwo, fast in der Mitte des Friedhofs, stand das Grabmal ihres Mannes, auf das manchmal auch Unbekannte Blumen legten. Sie achtete immer auf diese Blumenspenden, zählte die Sträuße, wenn sie vor dem Grabe stand, und empfand eine echte Freude, wenn es auf dem Markt gekaufte simple Blumen waren, denen man ansah, daß sie nicht von Organisationen niedergelegt worden waren, sondern von unbekannten Menschen.

Sie wandte den Kopf, sah das Gebäude mit den Leichenhallen, auch jetzt war eine Beerdigung im Gange, eine katholische, denn vor der Tür schimmerte die Luft lila, schwer und dick stieg eine Weihrauchwolke auf.

Am Morgen ging Gál noch in die Apotheke, als wäre es ein Tag wie jeder andere. Er hatte Klara versprochen, rechtzeitig wiederzukommen, damit sie zusammen zur Hochzeit gehen konnten; er hatte den Eindruck gehabt, daß sie ihm gar nicht zuhörte, vielleicht hatte die Schwiegermutter aufgepaßt.

Adam und er waren zusammen von zu Hause weggegangen; auf dem Weg zur Autobushaltestelle betrachtete er immer wieder seinen Sohn. Adam war selten so ordentlich angezogen, und es war erstaunlich, wie natürlich der Junge diese steifere, ernste Erwachsenenkleidung trug; offenbar war für ihn auch dieser Anzug eine Art Kostümierung wie seine weibischen Strickjacken oder das unmögliche Hemd mit den aufgedruckten Toreadors, Stieren und Blutlachen, das er sich wer weiß wo zugelegt hatte. Eigentlich besaß Adam überhaupt keine Anzüge, nur Kostüme, die er je nach Auftritt wechselte; denkbar war sogar, daß Adam kein Äußeres besaß, nur Elemente, die sich jeweils zu einer anderen Figur zusammenfügten, auch seine Haartracht wechselte oft, und ebenso unbeständig waren auch seine Hände. Irgendwann hatte er eine Woche lang einen ihm unbekannten, anscheinend sehr wertvollen Ring an Adams Finger gesehen, der dann wieder verschwand und über dessen Herkunft er keine Erklärung abzugeben gewillt war. Ein anderes Mal trug er den Wappenring der Gál, aber es kam auch vor, daß seine Finger zerquetscht, seine Nägel schwarz waren, da hatte er im Donauknie ein Haus gebaut, für wen und zu welchem Zweck, blieb Geheimnis, und er verriet auch nicht, weshalb er sich einer Arbeit unterzogen hatte, von der er nichts verstand und die er, wie sich herausstellte, doch irgendwie bewältigte.

Hugi hatte er an diesem Morgen nicht gesehen, ob-

gleich er nach ihr gefragt hatte; er wußte zwar nicht, was er ihr an diesem letzten Tag hätte sagen können, hatte aber doch das Gefühl gehabt, ihr ein Wort sagen, ihr zumindest Guten Morgen wünschen zu müssen; aber Hugi blieb unauffindbar. Vielleicht war sie zu den Bartos' hinübergelaufen oder zum Friseur. Die gemeinsamen Mahlzeiten hatten ja bei ihnen längst aufgehört, jedes Familienmitglied verschlang das Frühstück zu einer anderen Zeit und rannte zu seinem Arbeitsplatz oder in die Schule.
Er versuchte sich einzureden, er gehe wegen des Geldes in die Apotheke, wußte aber, daß es noch einen anderen Grund gab: Es gehörte sich, den Tag mit Arbeit zu beginnen, und er wäre ratlos und nervös gewesen, wenn er vierundzwanzig Stunden lang die Gilead-Apotheke nicht gesehen hätte, das alte Gebäude in der Innenstadt, in dem, seit es stand, stets ein Gál waltete. Im Erdgeschoß, nun schon zwei Stufen tiefer als die Straße, ist die Apotheke, das alte Firmenschild ist mit Rücksicht auf den Baudenkmalcharakter des Hauses restauriert und beibehalten worden, aber natürlich hängt neben dem Eingang auch die einheitliche schwarze Glastafel, die staatliche, mit der Nummer der Apotheke, und wer am Haus vorbeigeht, weiß vielleicht gar nicht, was das Firmenschild darstellt; das plump-anmutige Gilead des einstigen Schildermalers wirkt auf den Betrachter wie eine phantastisch üppige Weide. Man belächelt es und hat es gern. Wer durch die schmale Glastür tritt, an der heute noch beim Öffnen und Schließen eine Glocke läutet, findet sich einer reich vergoldeten Einrichtung im Empirestil gegenüber, Regalen aus nachgedunkeltem Edelholz mit viel schwerem Porzellan, das den Krieg glücklich überstanden hat. Sogar die geschliffenen Glasscheiben sind,

geschützt durch die Holzläden, heil über die Belagerung hinweggekommen. Als er aus der Kriegsgefangenschaft nach Hause kam, hatte er minutenlang gezögert, bevor er in die Straße mit dem Gilead-Haus einzubiegen wagte, zitternd bei dem Gedanken, Gilead könnte nicht mehr da sein, die Apotheke, die für seine Vergangenheit und seine Erinnerungen mehr bedeutete als das geerbte Kästchen aus Mahagoniholz, in dem die Familienreliquien gehütet wurden. Aber Gilead war da, das Haus stand, und die Apotheke war fast intakt.

Damals liebte er Klara noch, er hatte ihre Gestalt in der Gefangenschaft mit einem Glorienschein umgeben, und wenn sie ihn, als er zurückkam, anders empfangen, sich anders benommen hätte, ihn reden und zur Ruhe kommen, ihm Zeit gelassen hätte, sich im neuen Leben zurechtzufinden, wäre heute vielleicht alles anders. Aber Klara hatte nur über sich selbst reden wollen, über ihre eigenen Leiden, über die absurde Hungerkost während der Belagerung, über die Angst, die sie ausgestanden hatte, und die groteske Situation ohne elektrisches Licht. Gál hatte geschwiegen und an den Stabsarzt gedacht, der ihn zu den Sterbenden mitgezerrt hatte, als es kein Gramm Morphium mehr gab, der ihm die Soldaten zeigte, die brüllten und sich in Qualen wanden, und der ihn verfluchte, weil er, der Apotheker, nicht helfen konnte. Ratlos hatte er sich das Winseln und Flehen dieser Männer anhören müssen, von denen einige noch begriffen, wer er war, und die Hand nach ihm ausstreckten, um schmerzstillende Mittel bettelnd. Und er hatte keinem helfen können. Die Soldaten starben nach einiger Zeit, aber vergessen konnte man ihr Geheul, ihr Flehen nie mehr. Wenn er zu Hause etwas von seinen Erlebnissen hatte erzählen wollen, jammerte Klara, sie sei umgekommen in Schauerlichkeiten, sie wolle nichts, aber auch gar nichts von Kriegsgreueln hören, es reiche ihr, was sie hier in Budapest habe durchmachen müssen, er solle ihr keine Gedenkreden halten, er solle lieber die Leute hinaussetzen, die man nach einem großen Luftangriff in ihre Wohnung einquartiert hatte, und die einfach nicht geneigt waren, wieder auszuziehen, seitdem ein Mann von der Behörde sie mit einem amtlichen Wisch hingebracht hatte.

Im Gefangenenlager hatte er sich oft ausgemalt, wie das sein würde, wenn er einmal doch heimkehrte; vieles hatte er sich vorstellen können, nur eben Klaras Benehmen nicht. Ihm waren die Zwangsmieter weiß Gott nicht angenehm, aber nach den Frontlazaretten mit ihren Greueln erschien ihm die Wohnung auch so, geteilt, derart ruhevoll, bequem und luxuriös, daß er Klaras Klagen einfach nicht begriff; er fand es ganz selbstverständlich, daß Leute, deren Haus und Heim zerstört worden war, irgendwo unterkommen mußten, und da bei ihnen Platz war, dann eben bei ihnen. Damals und deswegen begann die endgültige Entfremdung zwischen ihm und seiner Frau; erst nach der Rückkehr aus der Gefangenschaft wurde ihm klar, wie anders sie beide die Dinge sahen. Sie hatten 1943 geheiratet und nur kurze Zeit zusammengelebt, dann mußte er an die Front, und bis dahin war es zwischen ihnen nicht zu solchen Gesprächen gekommen, die vielleicht manches geklärt hätten. Jetzt, nachdem er den Krieg überlebt hatte, war ihm alles recht, Klara war nichts recht, nichts, unter keinen Umständen.

Unglückliche Klara. Jeden Tag schichtet sie einen Scheiterhaufen auf, besteigt ihn, und wenn kein anderer ihn anzündet, tut sie es selbst. Er wäre lieber in der alten Wohnung geblieben, im Gilead-Haus, in dem er und in dem sein Vater, sein Großvater, ja sogar sein Urgroßvater geboren waren, aber sie mußten sich eine andere Wohnung verschaffen, nachdem die Apotheke verstaatlicht worden war, eine kleinere Wohnung, aber wenigstens eine für sie allein. Von dieser Zeit an ging er wie ein Angestellter zur Arbeit in die Apotheke; Klara nahm es ihm übel, daß er weiter in der alten Apotheke arbeitete, die ihm nicht mehr gehörte; sie hetzte ihn auf, nicht dort zu bleiben, sich anderswo einen Posten zu suchen, wenn man ihn nun einmal enteignet hatte. In diesem einen Punkt hatte er Widerstand geleistet. Gilead blieb für ihn Gilead auch dann, wenn er nicht mehr der Eigentümer war; zwischen diesen vergoldeten Holzsäulen hatte er seinen Vater gesehen, als kleines Kind auch noch den Großvater, hier hatte er die ersten Schritte gemacht, die bunten Hustenbonbons und die Abführdragées in den hohen Glasbehältern bestaunt. Solange das stand, mußte er es hüten, um so mehr hüten, als es ja nicht mehr ihm gehörte: den Fremden tat es nicht weh, wenn ein Regal beschädigt wurde, eine hundertjährige Flasche zerbrach; für ihn hatten diese Dinge eine andere Bedeutung. Solange Gilead bestand, war sein Platz in der Gilead, und solange er dort arbeitete, besaß er etwas, an dem Klara keinen Anteil hatte, und an dem man sie zum Glück nicht beteiligen mußte.

Früher einmal, noch vor den schwerwiegenden Ereignissen ihres Lebens, als Klara ein junges Mädchen war – Konrad, so sagte die Schwiegermutter, sei nur eine Phantasie ohne Bedeutung gewesen; immerhin eine dauerhafte Phantasie, wenn Klara ihn zu Hugis Hochzeit hatte herbeischaffen können –, früher einmal hatte er sich gedacht, Gilead würde Klara dasselbe

bedeuten wie ihm. Aber es kam nicht so. Gilead ist Thereses Anteil geworden. Merkwürdig genug, daß Therese für all die Erinnerungen empfänglich ist, für die Klara kein Verständnis aufbringt. Therese hört interessiert zu, wenn er von der Vergangenheit erzählt, sie stellt sogar Fragen, und er darf ihr von seiner Kindheit erzählen, von seiner Mutter, die so jung gestorben ist. Für Therese ist alles wichtig, Therese ist aufmerksam, sie weiß auch das, was Klara nie zu begreifen imstande war, daß, solange er in der Apotheke schaltet und waltet, Gilead Gilead bleibt, auch wenn sie dem Staat gehört, und wenn er sich an den Tisch seines Vaters und Großvaters, an den Platz des jeweiligen Apothekers setzt, er sich sogar einbilden kann, es habe sich nichts geändert.
Es war ihm schwergefallen, auszuziehen aus dem Haus, in dem ihn trotz der Mitbewohner und des Nichtmehralleinseins in den zahllosen Räumlichkeiten immer noch die Atmosphäre seiner Kindheit, seines Vaters umwehte. Gefürchtet hatte er sich vor diesem Vater, der kaum je mit ihm sprach, den er aber dennoch über alle Maßen verehrte. Denn sein Vater, das stand für ihn fest, war so gewaltig gewesen wie der Herrgott, hatte gewährt und verweigert, und wenn er etwas verweigerte, so stellte sich später immer heraus, daß es gar nicht gut gewesen wäre, das Verweigerte zu besitzen. Längst hatte er den Vater verloren, aber für ihn war er nicht tot, für ihn blieb er das Maß aller Dinge, ihm wollte er es in allem gleichtun. Es nicht zu können, empfand er als fürchterliche Herabsetzung. Vater war reich, war unabhängig, ein absoluter Herr in der Familie gewesen, mit den Augenbrauen, einem Zucken seines Mundes hatte er den Ablauf der Tage geregelt. Familienoberhaupt, Erhalter, Hü-

ter des Geldes, die wichtigste Person – das alles war er gewesen. Als Gilead verstaatlicht wurde, und Klara ebenfalls als Angestellte Geld verdienen mußte wie er selbst, versuchte er sich einzureden, daß es sinnlos, hoffnungslos sei, seinen Vater in sich neu schaffen zu wollen. Vater war tot, für immer aus dem Haus verschwunden, er konnte seinen Platz nicht einnehmen, er war nicht dazu geschaffen. Er hatte weder Geld noch Macht noch Ansehen. Er war höchstens Burkus, der Bernhardiner, der in seinen Kindertagen vor der Tür der Apotheke gelegen, und wenn das Türglöckchen klingelte, würdevoll sein Haupt erhoben hatte. Nun hütete er Gilead und wußte selbst nicht, für wen und vor wem.

Als die Versuchung, sein Vater zu sein, ihn schon seit Jahren nicht mehr plagte, erstand dann der Vater plötzlich doch in ihm. In ihm war er auferstanden, nicht mystisch, nicht gespensterhaft, nicht unabhängig von ihm, sondern in ihm, in seinen Handlungen, in seinen Nerven. Unvermittelt, in einem unerwarteten Augenblick wurde er gewahr, daß das, wonach er sein Leben lang gestrebt hatte, ihm nun ohne den Besitz der Gilead, ohne Vermögen gelungen war: Er war Tyrann, Gebieter, Familienoberhaupt und Herr geworden. Hugi hatte er immer lieb gehabt, auch wenn sie ihn ärgerte, und vielleicht lag es daran, daß nach dem Abflauen des ersten Schrecks über Hugis Katastrophe dieser gewaltige Zorn in ihm aufstieg und ihn endlich zum Mann machte, ihn erhöhte. Nicht er war es, der ohne Mantel und Hut auf die Straße rannte, der mit den Fäusten an Frau Huszárs Tür hämmerte und sofortigen Einlaß forderte, nicht er brüllte und tobte, um die Ehre seiner Tochter zu retten, jener neue, gewaltige, schreckliche Mann war nicht er, sondern sein

Vater. Sein Vater war auferstanden und hatte ihn endlich zum Familienoberhaupt, zum Alleinherrscher gemacht. Seit jenem Tag war auch Klara anders, irgendwie nachgiebiger. Sie sah ihn anders an, mit mehr Respekt. Auch die Schwiegermutter.

Nur Therese war nicht begeistert. Unbegreiflich.

Ein Angstgefühl befiel ihn: Sie wird doch das Geld nicht zu Hause vergessen haben? Sie hatte gestern versprochen, es aus der Bank zu holen. In der Apotheke waren gerade keine Kunden. Anni und die junge Frau unterhielten sich leise. Er überließ sie sich selbst und ging ins Magazin zu Therese.

Therese war nicht bei der Arbeit, wie er es sich vorgestellt hatte. Sie stand am Gitterfenster. Neben ihr ein großer Korb voll leerer Kartons. Sie reckte sich, um auf den Hof hinausblicken zu können, von dem sie eben nur ein Blumenbeet sehen konnte, ein vernachlässigtes Blumenbeet, das aber doch dem Sommer zu Ehren ein paar schmächtige rote Blumen hervorgebracht hatte, mißratene, eher traurige Blumen. Er berührte ihre Schulter, sie drehte sich um, und er zog sie an sich. Therese ließ, ohne sich ihm zu entziehen, ein Kuvert in seine Tasche gleiten. Ein großes Kuvert, das Geld. Er würde es schon abzahlen. Sie standen und schwiegen.

Er schämte sich nicht, Geld von ihr anzunehmen, ihr gegenüber kannte er überhaupt kein Schamgefühl. In Klara war er sehr verliebt gewesen, als er sie heiratete, aber Klara bedeutete ihm nicht einmal damals, in der ersten Zeit, soviel wie Therese. Schon seit langem wünschte er sich einen geeigneten Augenblick, ihr das einmal sagen zu können; wenn sie auch nicht klagte, so wußte er doch, daß sie, unschuldig und ausgeliefert, eifersüchtig auf seine Frau war. Oft hatte es ihm schon auf der Zunge gelegen, ihr zu sagen, sie solle sich doch nicht quälen, eigentlich habe er mit Klara nie ein inniges Verhältnis gehabt, und Klara selbst könne nichts weniger als zufrieden oder glücklich genannt werden. Aber guter Geschmack und Loyalität hinderten ihn, es auszusprechen, er dürfe, so meinte er, seine Frau, die Mutter Adams und Hugis, nicht ausliefern, das sei das wenigste, was er ihr schulde. Aber jetzt, da Konrad wieder auf der Bildfläche erschienen war, fand er es überflüssig, Klara zu schonen. Alles Gute, was er in den letzten Jahren erlebt hatte, kam von dieser schweigsamen, anspruchslosen Frau. Nicht nur ein körperliches Wohlgefühl, viel mehr. Eine Art Befriedigung, ein Heim außerhalb des Heims, das Bewußtsein, für jemanden wichtig, von jemandem geliebt zu sein.

Hugi kam in einen Hafen, phantastisch verfrüht zwar, aber ihretwegen mußte er sich nun nicht mehr den Kopf zerbrechen. Adam würde ebenfalls seinen Weg gehen – vorausgesetzt, daß man ihn an der Universität zuließ –, wenn auch nicht so, wie er es sich gewünscht und erhofft hatte. Als er ihm riet, Apotheker zu werden, wie er selbst und alle seine Vorfahren durch viele Generationen es gewesen waren, lachte er ihm ins Gesicht und machte freche Bemerkungen über die Dynastie Gál, die mit ihm wahrscheinlich aussterben werde. Aber die philosophische Fakultät ist schließlich auch Universität und wird ihm einen anständigen Broterwerb sichern. Also auch seinetwegen mußte er sich keine besonderen Sorgen mehr machen. Klara kümmerte sich wenig um ihn. Die Schwiegermutter kannte nichts als Klagen, bei jedem Hemd, das sie ihm in die Hand gab, erklärte sie ihm lang und breit, wieviel Arbeit und Mühe in einem gewaschenen,

gestärkten und gebügelten Hemd steckt, es widerte ihn schon an, in den Schrank zu langen, immer mußte er sich für irgend etwas bedanken. Warum sollte er nicht ein neues Leben beginnen, ein menschenwürdiges Leben? Da man ihn nun einmal zu Hause nicht liebte, wohl aber hier im Gilead. Er war sich im klaren, daß jetzt sein Vater in ihm dachte, der Vater, der die Kraft gehabt hatte zu wollen, zu beschließen und niemanden zu fürchten. Er lächelte, dieses neue Gefühl von Kraft und Sicherheit machte ihn zufrieden. Therese fühlte, daß er lächelte. Sie sah ihn an. Ihre Augen waren ernst, fast bekümmert. Sie als einzige von allen, die von Hugis Unglück erfahren hatten, lobte ihn nicht, daß er diese Ehe erzwungen hatte. Dabei liebte sie dieses Kind, trug immer eine Photographie Hugis in ihrer Handtasche und brachte ihr jedesmal Geschenke von ihren Auslandsreisen mit. Therese wußte, womit man einem jungen Mädchen Freude machen konnte, und wählte mit sicherem Instinkt immer bessere Geschenke für Hugi als deren Mutter.
»Noch zwei Stunden«, sagte er zu Therese, »dann haben wir es überstanden.«
»Meinst du?«
Warum freute Therese sich nicht? Er wußte eine Erklärung dafür, eine naive allerdings, aber seine Beziehung zu dieser Frau war ja im Grunde naiv, unschuldig auch in der Leidenschaft, als wären sie beide noch sehr unreife, altmodische junge Menschen. Er sagte sich, Therese hat nie einen Mann gehabt; so sonderbar es auch war, bis zu ihrem vierunddreißigsten Jahr hatte sie tatsächlich keine Beziehung zu einem Mann. Er war der erste in ihrem Leben, und Therese hatte keinen Vater, der in den vergangenen vier Jahren, seit das Verhältnis dauerte, sich vor ihn hingestellt und ihn auf-

gefordert hätte, Ordnung in seine Beziehung zu ihr zu bringen. Therese stand außerhalb, dem guten Willen anderer Menschen so wehrlos ausgesetzt wie ein Tier. Warum sollte sie sich über die Hochzeit einer anderen freuen?

Aber auch unter dieser Voraussetzung begriff er die Logik ihres Verhaltens nicht, denn warum sollte er nicht sagen können, daß sie es überstanden haben würden? Am Vormittag wird die Eheschließung vollzogen; auf dem Christinenplatz wartet eine herrliche Wohnung auf die jungen Leute, und nach dem Hochzeitsmahl betritt das Mädchen den Weg, den es für sich gewählt hat. Miklós Huszár war kein schlechter Begleiter, und Frau Huszár gewährte trotz ihrer schwierigen Natur materielle und moralische Sicherheit. Hugis Leben könnte sich sehr ordentlich gestalten. Hugi war nur faul, hatte aber hervorragende geistige Veranlagungen, eine besondere Begabung für Literatur, mit etwas mehr Fleiß hätte sie genauso Klassenbeste sein können wie Adam in seiner Klasse der Beste war. Adams Sache konnte auch in Ordnung kommen, er hatte nur eine unerträgliche Art, las aber ganze Nächte hindurch, lernte wirklich, der Junge war außerordentlich gebildet und intelligent, warum sollte nicht das Schicksal beider Kinder gerade an diesem Tag eine glückliche Wendung nehmen? Erschreckend war für ihn die Erkenntnis, daß es ihn eigentlich glücklich machte, daß vom heutigen Tag an Miklós oder, wenn man wollte, Frau Huszár die Verantwortung für Hugi trug.

»Ich verstehe die beiden nicht«, sagte Therese. »Von Anfang an habe ich sie nicht verstanden. Nicht, daß sie ein Verhältnis angefangen haben, das ist nicht überraschend, sie waren neugierig und wollten spielen.«

Was Therese da sagte, verletzte ihn ein wenig. Es wäre ihm lieber, wenn sie Hugis Fehltritt für weniger selbstverständlich hielte. Hugi war schließlich seine Tochter und hatte ihr ganzes Leben nichts anderes gehört, als was sie zu Selbstdisziplin und moralischer Sauberkeit hätte anhalten müssen.
Therese fühlte, was er dachte, was er denken könnte, sie trat einen Schritt zurück und sah den Mann an. Ihm behagte dieser Blick jetzt nicht, obgleich in den Augen der Frau keine Klage und nicht die geringste Spur von Spott lag; nur Traurigkeit.
»Wegen der Sache mit dem jungen Huszár ist sie ja nicht schlecht geworden, deswegen muß ein Mädchen nicht unbedingt verkommen.«
Die beiden beobachteten einander. Sie sprachen nicht aus, was sie im Sinn hatten. Bin ich verkommen? fragte Therese. Hast du das Gefühl, daß ich unmoralisch bin? Heiratest du mich deswegen nicht? Und er dachte: Du bist der anständigste Mensch, dem ich je begegnet bin; aber Hugi, das ist doch etwas anderes. Hugi ist meine Tochter. Mein Vater hätte sie vielleicht getötet. Ich weiß, die Welt ist heute anders, aber nicht für einen Gál. Zwinge mich nicht, in einem Atemzug an unser Verhältnis und an das zwischen Hugi und dem jungen Huszár zu denken. Das wäre unmenschlich.
»Daß sie darauf eingegangen sind, ist mir unbegreiflich«, sagte Therese.
Verblüfft sah er sie an. Hugi hatte in ihren kühnsten Träumen nicht zu hoffen gewagt, daß sich die Sachen so schön ordnen würden. Hugi hat Angst gehabt, hat geweint und gezittert auf jenem Ausflug. Adam sagte doch, sie wage nicht nach Hause zu kommen. Hugi war sich doch im klaren über die häusliche Situation. Sie kannte ihn, ihren Vater, wußte, wie schwach und

hilflos er war, sie konnte nicht ahnen, daß ihr Großvater auferstehen, in ihm auferstehen und alles in Ordnung bringen würde, damit sie nicht als kleine Gymnasiastin ihre Jugend mit einem so schmachvollen Erlebnis belasten müsse. Was sollte das heißen, daß »sie darauf eingegangen sind«? Hier verkrampfte sich sein Gedankengang – denn Adam hatte natürlich gelogen, Hugi hatte sich weder gefürchtet noch geweint, ihn nur angesehen, ernst, fast mitleidvoll, als er sie sofort nach ihrer Heimkehr überfallen hatte. Wen hatte Hugi bemitleidet?

»Was ihr macht, ist Wahnsinn. Ich kann in eure Angelegenheit nicht dreinreden, aber ihr seid beide Narren, Klara und du. Wie darf man einen solchen Fall so ernst nehmen? Wie oft habe ich dir das gesagt, aber du hast nicht auf mich gehört. Passiert so etwas, schafft man es einfach aus der Welt und fertig. Das Kind geht weiter zur Schule, aber man verheiratet es doch nicht. Was wird jetzt aus ihr? Frau Miklós Huszár? Weshalb denn?«

Was sollte das heißen, weshalb? In seiner Familie pflegten ›Gretchen‹ nicht vorzukommen. War Therese etwa neidisch? Aber in dem Blick, der auf ihm haftete, lag nur Liebe und Anteilnahme.

»Dich verstehe ich, weil ich deine Prinzipien kenne. Über Frau Huszár habe ich genug gehört, vielleicht kann sie die Enttäuschung nicht ertragen, daß ihr Sohn kein Heiliger, sondern nur ein normaler Jüngling ist. Ich verstehe deine Kinder nicht. Weder Adam noch Hugi. Nach dem, was du mir von ihnen erzählt hast, wäre es logischer gewesen, wenn sie dich angezeigt hätten, weil du das Mädchen zu einer Ehe zwingst.«

Er versuchte zu lachen, aber in diesem Magazin mit der dicken Gewölbedecke klang ihm sein eigenes Lachen erschreckend. Ihn anzeigen! Welch ein Gedanke! Dann verging ihm das Lachen. Adam hatte ihm ja doch schon einmal gedroht, er werde ihn anzeigen, wenn er ihn nicht ins Sommerlager zum Hochwasserschutz gehen lasse. Adam war gar nicht beordert worden, aber es paßte ihm eben in den Kram dort mitzumachen, und es kümmerte ihn nicht im geringsten, daß er damit ihre sämtlichen Pläne umschmiß. Das war vor zwei Jahren, die Schwiegermutter lag im Krankenhaus, Hugi und Klara waren in der Tatra, und er hatte sich eben Urlaub genommen, um mit Therese zu verreisen. Adam hätte die Wohnung hüten, die Großmutter besuchen und ihr dies und jenes bringen sollen zur Aufbesserung der Krankenkost. Aber Adam erklärte, das Krankenhaus sei dazu da, die Kranken zu versorgen, und wenn die Familie die dortige Kost nicht für entsprechend halte, solle Mutter nach Hause kommen oder Vater zu Hause bleiben. Er gehe unter allen Umständen an die Donau, Gyuri Bartos gehe auch, dort seien sie nötig, das habe einen Sinn, das Familiengeseire dagegen keinen. Großmutter würde auch so gesund werden oder sterben. Und als er seinem Sohn erklärte, er sei weder geneigt, sich in seinem Urlaub stören zu lassen, noch Klara ihre wohlverdiente Ruhe zu rauben, er lasse ihn nicht ins Lager ziehen, gab ihm Adam ohne jede Erregung zu verstehen, dann werde er ihn beim Jugendamt oder beim Rat anzeigen, da er ihn an der Erfüllung seiner staatsbürgerlichen Pflichten hindere. Adam ging ins Lager an die Donau. Braungebrannt wie ein Neger, zum Skelett abgemagert, völlig erschöpft kam er zurück. Therese reiste allein, sie war nicht zu überreden gewesen, den Fuß in die Wohnung zu setzen, in der Klara lebte.

Seine gute Laune war vergangen. Er zürnte jetzt der Frau, die ihn um seine Ruhe gebracht hatte, und er beschloß, sie zu strafen. Er war schon auf dem Sprung gewesen, dem in ihm auferstandenen Vater zu folgen, und die männlich zärtlichen Worte zu formulieren, die den Tag für Therese bestrahlt, ihrem ganzen Leben eine andere Richtung gegeben hätten, seinen Entschluß, ihretwegen Klara zu verlassen, da ja die Sorge um Hugi nun behoben war, und er sich auch Adams wegen nicht weiter ängstigen mußte. Nein, jetzt wollte er ihr nicht sagen, was sie glücklich gemacht hätte, warum mußte sie auch solche Bemerkungen machen? Ihn anzeigen! Welch ein Unsinn. Mochte sie sich nur den Kopf zerbrechen, wie sie diese Beleidigung wiedergutmachen könne. Wer jetzt aus dem Magazin ging, ohne ein Grußwort, ohne sich auch nur umzusehen, war wieder der Vater, der war so aus der Wohnung getreten und die Holztreppe zur Apotheke hinuntergegangen, so steif, mit ebenso verkniffenen Lippen, ohne Erklärung und ohne Gruß, wenn man ihn geärgert hatte. Er nahm das Geld aus der Tasche und schob es in seine Brieftasche. Es war mehr, als er erbeten hatte, um fünfhundert Forint mehr. So konnte er wenigstens Hugi etwas zustecken, damit sie doch nicht ganz bettelarm aus dem Haus gehen mußte. Der Gedanke stimmte ihn wieder milder, aber er hatte nun keine Zeit mehr, zu Therese zurückzugehen und ihr zu danken.

Oben war wieder großer Betrieb. Er half den beiden, Anni und der jungen Frau, und als der Andrang nachließ, zog er den Kittel aus und ging. Er kam gerade rechtzeitig nach Hause; umziehen mußte er sich nicht, er hatte gleich morgens Hemd, Krawatte und Anzug so gewählt, wie es sich für die Hochzeit gehörte.

Adam war nicht zu Hause, das war ja auch nicht möglich, er konnte sich bestenfalls beim Standesamt einfinden. Hugi nähte eine Schnalle an ihren Strumpfhalter, als er ins Zimmer trat, sie kam ihm nicht entgegen, machte auch keinen Versuch, den Vater mit einem Kuß zu begrüßen. Seitdem man wußte, wie es um sie stand, hatte außer Adam niemand sie berührt. Alle empfanden es als unerträglich, daß sich in ihrem bekannten Körper ein Fremdkörper entwickelte und Hugi nur dem Schein nach Hugi, in Wirklichkeit aber eine ganz andere geworden war.
Jetzt sah sie wie ein Kind aus, noch jünger als sie eigentlich war, mager, unentwickelt, klein. Plötzlich überkam ihn das Mitleid. Hugi spürte seine Rührung. Er war näher gekommen, nicht ganz nahe, nur etwas näher und wartete. Der Großvater, der in András Gál auferstanden war, dachte jetzt, nun könne er schon großmütig sein und verzeihen, da die Dinge doch nun ins Gleis gekommen waren. Er zog sie an sich und küßte sie. Trotz allem. Ihre Stirn war sanft und duftete.
»Wir müssen bald gehen«, sagte er. »Bist du nicht aufgeregt?«
Hugi schüttelte den Kopf. Blöde Frage, sie war ja auch dann nicht aufgeregt gewesen, als man mit ihr von einem Amt zum andern gegangen war, um die Papiere zur Eheschließung zu beschaffen. Hugi war um ein paar Wochen unter der Altersgrenze. Alle Erwachsenen waren verlegener gewesen als sie. Sie stand nur dabei, ließ Vater oder Mutter sprechen, beobachtete den Beamten oder den Arzt. Immer hatten die Erwachsenen die Augen vor ihrem Blick gesenkt.
Sein Vater hatte bei jeder Gelegenheit ein paar Worte an seine Kinder gerichtet, wenn er sie aus seiner Ob-

hut entließ, etwas Gewichtiges, Schönes. Er dachte nach, was er seiner Tochter mit auf den Weg geben könnte, aber Hugi kam ihm zuvor.
»Zu uns kannst du Therese immer mitbringen«, sagte sie.
Klara trat ein, und das rettete ihn vor einer Antwort. Er stand da vor dem Mädchen und fühlte, wie er rot wurde. Klara plapperte ohne Unterbrechung, sie suchte irgendeine Haarspange, riß Schubfächer heraus und ging dann wieder aus dem Zimmer. Wieder waren sie allein.
»Du brauchst nur anzurufen, und wir gehen dann weg von zu Hause. Ich habe Therese gern, sag ihr das.«
Einen solchen Haß hatte er nicht einmal dann gegen sie empfunden, als er erfuhr, daß sie ›befleckt‹ war. Der in ihm auferstandene Vater gebot ihm, sie zu schlagen. Sein Arm zuckte. Klara stöberte im Nebenzimmer. Was sollte er ihr sagen, wenn sie hereinkäme, wie ihr erklären, weswegen er die Braut an ihrem Hochzeitstag verhaute. Sollte er ihr vielleicht sagen, welches Angebot die Tochter ihm gemacht hatte? Ihr mitteilen, wie großmütig Hugi war? Aber was stellte sich dieses Mädchen vor? War er der Mensch, der sich mit seiner Geliebten in das Bett seines Kindes legte? Und wieso weiß sie überhaupt von Therese? Und was wird aus Hugis Wohnung? Ein Bordell? Wie wagte sie es, ihrem Vater ein solches Angebot zu machen?
Hugi sah sein Gesicht und fürchtete sich jetzt ebensowenig wie an jenem denkwürdigen Abend, als sie hier vor ihm stand und er ihr mitteilte, daß er sie verheiraten werde. Hugi hatte wie Therese etwas in den Augen, was nicht zu enträtseln war.
»Und noch etwas. Ich weiß nicht, was daraus werden

wird, ich meine aus dieser Ehe. Wie immer es aber kommt, mach dir keine Vorwürfe, denn es war nicht dein Wille, verstehst du, Vater? Du hast dabei nur eine kleine Rolle gespielt, die Rolle, die wir dir zugedacht haben. Wir wollten das so. Adam und ich.«

Klara erschien wieder. Sie hatte noch immer nicht gefunden, was sie suchte, und riß noch einmal alle Schubfächer auf. Er ging ans Fenster und holte tief Atem. Sein Gesicht war nicht mehr blutrot, sondern bleich. Der Vater in ihm sagte, es sei nur ein Witz gewesen, daß er in ihm wiedererstanden sei, er habe sich doch nicht im Ernst eingebildet, er, der Vater, hätte sich einfallen lassen, in ihm fortzuleben, er fühle sich vortrefflich in seiner Ewigkeit. Er bilde sich doch nicht etwa ein, daß er, weil er Hugi hinauswerfe und Adam der Universität anvertraue, nun seine Handlungsfreiheit zurückgewonnen habe? Dazu sei er zu schwach, ein viel zu armseliger Tropf!

Sein Vater war manchmal maliziös gewesen und hatte seine Macht mißbraucht und dann sonderbar gelacht, in hohen Tönen. Jetzt hörte er deutlich den Vater wiehern. Innerlich hörte er ihn, denn der Vater wieherte in ihm.

Die Anprobe hatte ihr Freude gemacht, das Kleid schien ihr zu gefallen. Als es dann nach Hause gebracht worden war, hatte sie es so unordentlich auf einen Bügel gehängt, daß es nun ganz zerknittert aussah. Das merkte sie erst jetzt, als man es aus dem Schrank nahm, damit sie es endlich anziehe. Die alte Frau schrie, sie solle gleich kommen und das Kleid bügeln. Hugi packte gerade und schrie zurück, ihr mache das nichts aus, sie denke nicht daran, jetzt zu bügeln, sie habe anderes zu tun. Ohne ein Wort zu erwidern, ging Großmutter mit dem Kleid hinaus. Klara kam gerade in diesem Augenblick herein, die beiden Frauen sahen sich nur an, sagten nichts. Ich weiß noch, sagte Klaras Blick. Und ich auch, erwiderten die Augen der alten Frau.
»Ich heirate ihn nicht«, hatte die junge Klara gesagt. »Ich mag ihn nicht. Sein Vater ist mir ein Ekel. Die ganze Gilead, der Geruch, der dem Haus entströmt, jedesmal dreht sich mir der Magen um, und ich muß an den Tod denken.« – »Hat dich jemand gefragt?« hatte ihre Mutter sie angefahren, die damals erst dreiundfünfzig und eine starke, gewalttätige, jugendliche Frau war. »Wen kümmert deine Meinung? Hast du denn einen Begriff vom Leben? Und obendrein lügst du. Denn nicht gegen die Gilead hast du etwas, sondern du wartest auf Konrad, der dir klipp und klar erklärt hat, daß er dich nicht heiraten kann, weil er kein Geld hat und du auch keins hast. Nun, jetzt kannst du reich werden, und wenn Gál von der Front zufällig nicht zurückkehrt und du deinen Schwiegervater begraben hast, kannst du noch immer deinen Konrad heiraten, denn dann wird dir die größte Budapester Apotheke gehören.« – »Ich will nicht auf Gáls Tod lauern, und ich will nicht auch nur eine

einzige Woche mit ihm leben«, hatte die junge Klara gesagt, »ich liebe ihn nicht, und ich gehe zugrunde an ihm.« – »Blödsinn!« hatte die Mutter mit einer wegwerfenden Handbewegung erklärt. »An so etwas ist noch niemand zugrunde gegangen. Arme Leute gehen zugrunde, an der Armut. Reiche Leute leben lange. Genug davon. Ich streite mit dir nicht, du bist minderjährig. Und wenn du zu dämlich bist, muß ich auch für dich Verstand haben. Ich will deine Zukunft gesichert sehen und damit basta!« – »Wo gibt es jetzt eine Sicherheit? Jeden Tag Luftangriffe, Traueranzeigen in den Zeitungen.« – »Nun aber Schluß«, hatte die Mutter befohlen. »Pack dich zusammen, wir müssen gehen. Geh und bügel dein Kleid.« Und Klara hatte, von Tränen geblendet, tiefe Falten in den Rock gebügelt. András Gál, damals erst sechsundzwanzig Jahre alt, hatte einen älteren Eindruck gemacht und wie ein wohlgepflegter seriöser junger Mann ausgesehen. Nachts, im Gilead-Haus, in dem Zimmer mit den feinen alten Möbeln, in dem ungewöhnlich schmalen Bett liegend, spürte sie nichts als: Hier riechts nach Apotheke. Es stimmte nicht, und sie wußte, daß es pure Einbildung war, aber sie konnte weder András Gál noch ihren Schwiegervater, dieses strenge steife alte Scheusal, noch das Haus mit den Stichen an der Wand neben der Holztreppe ausstehen, die ganze Gilead-Atmosphäre war ihr zuwider. Jetzt, dreiundzwanzig Jahre später, als sie ihrer Mutter, die Hugis Kleid vor sich her trug, aus dem Weg ging, wunderte sie sich, wie sehr sie sich vor ihr gefürchtet hatte, und daß es ihr nicht eingefallen war, ernsthaft Widerstand zu leisten. »Wir sind arm«, hatte ihre Mutter erklärt, »die Gáls sind reich. Ich will loskommen von den Sorgen, du heiratest ihn und damit Schluß!« Sie hatte geweint, gebettelt, argumentiert, aber eigentlich niemals mit vollem Einsatz, denn: der Mutter nicht gehorchen, sie weiter aufregen, war doch einfach unvorstellbar. Mutter hatte doch ihretwegen so viel ausgestanden, bis sie sie von ihrer erbärmlichen Witwenpension großgezogen hatte. Später, als sie und András Gál sich mit jener wilden zähen Verbissenheit zankten – die Kinder liefen dann immer gleich hinaus auf den Gang –, hatte sie es ihm oft und oft ins Gesicht geschrien, daß sie ihn nie geliebt habe, zu der Ehe gezwungen worden sei, und jedes Mal eine leise Freude empfunden, wenn sie sah, daß es ihn verwundete, ihn auch bei der hundertsten Wiederholung noch schmerzte. Jetzt bügelte die alte Frau das Brautkleid, und Hugi wird zur Trauung geführt.

Zum erstenmal, zum allerersten mal, seitdem sie erfahren hatte, was mit dem Kind geschehen war, erschütterte sie der Gedanke, wie sich doch die Dinge wiederholten. Zum erstenmal erwachte in ihr ein unsicheres Gefühl, ein Mißbehagen: War es richtig, was hier geschah? Von dem ominösen Tag an hatte sie das Mädchen immer wieder nach Einzelheiten gefragt, wissen wollen, wer eigentlich für das alles verantwortlich sei, wie es so weit habe kommen können, was Hugi im Zusammensein mit Miklós empfinde; aber das Kind würdigte sie keiner Antwort oder sagte etwas, das genauso brutal war wie die Tatsache selbst: sie habe mit Miklós gelebt, warum, wisse sie nicht, wahrscheinlich, weil im allgemeinen alle Menschen mit irgend jemand zusammenlebten, und sie liebe es nicht, darüber zu sprechen. Wäre das Kind weich geworden, in Tränen ausgebrochen, zutraulich gewesen, hätte es sich wie ein echtes verzweifeltes junges Mädchen benommen, wie ein Kind im Märchen, das sich im Urwald verirrt hat und nun weint und klagt und das Licht im Finstern sucht, aus dem nur sein dünnes Stimmchen herausklingt, dann hätte sie Mitleid mit ihrem Kind gehabt, so aber mochte sie es gar nicht sehen; und bis zu diesem Augenblick, als sie das zerknitterte Kleid auf dem Arm ihrer Mutter erblickte, war es ihr wahrhaftig nicht eingefallen, daß niemand das Kind gefragt hatte, ob es eigentlich heiraten wolle, ob es den Huszárjungen liebe; denn daß Hugi sich ihm hingegeben hatte, war noch keine Voraussetzung dafür und auch kein Grund, sie ebenfalls zu einer Ehe zu zwingen, nur um die ...

Hier stockte sie. Um was zu retten?

Ihren guten Ruf? Es hätte ja niemand etwas erfahren müssen. Es waren doch Schulferien. Den makellosen Namen des Miklós Huszár? Wen kümmerte das? Was also oder wen retten? Die Ehre der Familie? Bleibt es geheim, was Hugi passierte, wird niemand übel von der Familie reden, und die Behörden taten in solchen Fällen alles zum Schutz der Jugendlichen, bewahrten sie vor Kränkungen und Erniedrigungen. Was ist denn eigentlich gerettet worden?

Jetzt hätte sie ihren Mann gern zu Hause gehabt, sie fühlte, was sonst selten vorkam, ein dringendes Bedürfnis, sich mit ihm auszusprechen, ihm zu sagen, Hugis Mitteilung habe sie vor eine definitive Situation gestellt und die vollzogene, unabänderliche Lösung stamme nicht von ihr, sondern von ihm. Er habe es so gewollt, er sei zu Frau Huszár gerannt, um ihr zu erklären, eine Gál könne nicht vor die Kommission gehen, und damals sei es ja auch ihr so vorgekommen, daß man die Schande nicht ertragen könne, die mit einer Anmeldung bei der Behörde verbunden gewesen wäre. Eine halbe Stunde noch, und das Kind trat aus

diesem Heim hinaus, bekam diese strenge, humorlose Frau zur Schwiegermutter, und sie zwangen das Kind in eine Ehe, genauso wie einst ihre Mutter sie in die Gilead hineinkommandiert hatte, was damals immerhin den Reichtum, die absolute materielle Unabhängigkeit bedeutete, nicht einen schweigsamen Jüngling und auch nicht eine ewig von sich selbst redende Frau und einen Arbeitsplatz, der auf das Kind wartete, denn von Miklós' Stipendium konnten sie ja nicht leben, auch wenn Frau Huszár etwas beisteuerte. Hugi hatte gesagt, sie werde sofort in Stellung gehen, sobald die Hochzeit vollzogen sei; die neben ihrem Vater arbeitende Apothekergehilfin hatte ihr von einer Arbeit in der Gesundheitspflege gesprochen, wo Jugendliche das ganze Jahr hindurch aufgenommen wurden. Hugi als arbeitende Frau. Hugi als Gattin. Hugi als Hausfrau. Hugi. Hugi!
Alles war jetzt egal. Miklós Huszár, Hugis verstocktes Schweigen, ihre zynischen Antworten, die mit den Jahren gewachsene Entfremdung. Hugi, die jetzt im Nebenzimmer mit unmenschlichem, nein, tierischem Schweigen wartet, daß die Zeit vergeht, ist nicht mehr Hugi, die Geschwängerte, die Abgefallene, sondern die kleine Hugi, deren Schönheit, deren Anhänglichkeit, deren erste gestammelten Worte sie so maßlos stolz gemacht hatten. Jetzt fiel ihr all das ein, was sie jemals von Hugis Erziehern gehört hatte, die unbegreiflicherweise diese schlechte Schülerin alle gern gehabt und sie ein gutes, zuvorkommendes, anhängliches und manierliches Kind genannt hatten, das Gegenteil von dem, was sie zu Hause war. Und empfindlich sei sie, hatte ihr Klassenlehrer gesagt, leider etwas überempfindlich. Das Wort klang ihr jetzt wieder im Ohr, auf das sie damals kaum geachtet hatte, weil es ihr so absurd vor-

gekommen war. Hugi und empfindlich – lächerlich!
Hätte sie anders zu ihr reden müssen? Andere Fragen
stellen, als sie schon wußte, daß sie in anderen Um-
ständen war? Anders reden und anders fragen? Sie
erschrak. Wie lange hat sie sich mit ihr nicht mehr un-
terhalten, vielleicht überhaupt nicht, seit Hugi ein gro-
ßes Mädchen ist. Die kleine Hugi hatte gelispelt, ge-
lallt; als sie dann richtig sprechen konnte, sprach sie
immer weniger und schwieg schließlich ganz.
Jetzt stieg ihr der Gilead-Geruch in die Nase, der
verhaßte; sie sah den alten Mann, mit dem sie an
einem Tisch hatte essen müssen, die Tränen, die in
ihren Teller gefallen waren, die Beaufsichtigung in
der Küche, die einem Laboratorium glich, und in der
sich aufzuhalten für sie ein Greuel war, ein immer-
währender Angstzustand, sie könnte eins der sonder-
baren Gefäße, die wie Laborgeräte aussahen, fallen-
lassen. Eine Flut von Gefühlen überströmte sie jetzt,
wie sie sie seit Jahren nicht mehr empfunden hatte,
und sie galten einer Hugi, die es schon lange nicht mehr
gab, dem Baby Hugi, das sich an ihre Brust schmiegte
und sie mit seinen wunderschönen Augen anlachte.
Ohne sich zu besinnen, betrat sie das andere Zimmer.
Hugi saß am Tisch, vor ihr stand eine Schachtel, der
Inhalt lag auf der Decke verstreut. Sie packte. Sie wik-
kelte Bänder auf und legte sie hübsch ordentlich in
die Schachtel, dazu einen winzigen Teddybär, ihr Mas-
kottchen, wenn sie in der Schule gefragt wurde. Ohr-
gehänge, Notizbücher und einen besonders schön mar-
morierten Radiergummi, den ihr Marta Bartos aus
Prag mitgebracht hatte.
Klara drückte ihr Kind an sich und küßte es wie seit
Jahren nicht. Hugi gab sich hin, erwiderte ihre Küsse
nicht, sie ließ sich küssen als stünde ein Mann neben

ihr, nicht ihre Mutter, ein Mann, den sie nicht kränken wollte.

»Liebst du ihn?«

Hugi antwortete nicht. Klara hatte sie schon so oft danach gefragt und nach vielem anderen, intimeren Dingen, und immer war Schweigen die Antwort gewesen. Aber jetzt hatten die Worte einen anderen Sinn, einen völlig anderen. Fühlte das Kind denn nicht, daß das keine Ausfragerei, keine Neugier war? Klara erschauerte, als sie ihrer Tochter ins Gesicht sah, denn dieses Gesicht gab ihr keine Antwort, diese Züge verrieten ihr nichts, es war ein gefaßtes, kein hilfesuchendes Gesicht.

»Sag etwas. Liebst du ihn? Ich will dir helfen, begreifst du das nicht?«

Jetzt entspannten sich endlich Hugis Züge. Sie lächelte. Wie eine alte Frau lächelte sie. Und sie glich in diesem Augenblick auf unbegreifliche Weise ihrem Großvater Gál. »Sie werden wieder gesund, Vater«, hatte sie zu ihm gesagt, und damals hatte der alte Gál so, genauso gelächelt, da er besser als alle anderen wußte, daß er den nächsten Tag nicht mehr erleben werde.

Angst. Eine immer heftigere Angst packte sie; was sie befürchtete, hätte sie nicht sagen können. Das Kind schloß seine Schachtel, umwickelte sie sorgsam mit einem Band in den Nationalfarben. Teddybär und Radiergummi, das nimmt sie mit. Hugis Mitgift.

Was sie Hugi gesagt hatte, konnte sie nur nachträglich rekonstruieren, daß sie weinend gesprochen hatte, war ihr auch während des Sprechens bewußt gewesen. Sie erinnerte sich, daß sie das Kind noch einmal an sich gedrückt hatte, und daß es ihr in dieser Umarmung so nahe war wie kein einziges Mal in den letzten Jahren,

so nahe, daß sie seinen Herzschlag spürte, aber dieses Herz schlug nicht heftiger bei den Worten seiner Mutter, und das erschreckte sie noch mehr, denn ihr eigenes Herz schlug wie toll. Sie schluchzte und weinte und rechtfertigte sich, sprach von Konrad, von ihrer eigenen mißglückten Ehe, zu der ihre Mutter sie gezwungen habe, sie schrie Hugi ins Ohr, sie müsse nicht tun, was sie nicht wolle, alles könne man noch regeln. Klage um Klage über ihr verpfuschtes Leben strömte aus ihr, aber auch Verstehen und Verzeihen lagen darin. Sicher fand sie jetzt die Worte, die sie Wochen zuvor hätte finden sollen, und während sie sprach, dachte sie daran, wie beschämend es für Frau Huszár sein würde, wenn sie umsonst kam, und für den Rotzjungen, den scheinheiligen, der ein genau solcher Halunke war wie alle anderen, was der für ein Gesicht machen würde, wenn man ihm das Mädchen doch nicht gab. In der Schule wußte man nichts. Um die Bartos kümmerte sie sich nicht. Sie wollte Hugi retten, es sollte keine zweite Gilead geben. Ihr Mann mußte verrückt geworden sein. Bisher hatte sie ihn nie so energisch erlebt, immer hatte er alles gehenlassen, wie es wollte. Jetzt war es ihm eingefallen, den starken Mann herauszukehren, und an diesem Kind wollte er seine Macht demonstrieren. An diesem kleinen Käfer, dem kleinen schwachen Ding. Wie hatte sie damals geweint, als ihre Mutter erklärte, sie müßten jetzt gehen, sogar der Priester hatte Augen gemacht, denn sie hatte auch unter dem Schleier in einem fort geweint. Nein! Sie ließ ihre Tochter nicht zur Schlachtbank führen.
»Weine nicht«, sagte Hugi, »man wird es dir ansehen, und du wirst dich schämen.«
Klara sah sie groß an. Wieder tat Hugi nicht das, was sie von ihr erwartete, sie bedankte sich nicht für den

Rettungsgürtel, den sie ihr zuwarf, *sie* war die mitleidvolle Erwachsene.

»Mich hat niemand gezwungen, mich *kann* man nicht zwingen.«

Unbegreiflich. Und es konnte auch nicht wahr sein, sie war ja dabei gewesen, als Gál erklärte, das Mädchen werde heiraten, eine Mitteilung, die zugleich Befehl war. Warum sprach Hugi jetzt so?

»Wir heiraten eben. Du brauchst dich deswegen nicht mehr zu grämen. Nimm etwas ein, sie kommen bald, und dann wirst du dich nicht halten können. Hör auf zu weinen.«

Die Tränen waren nicht mehr dieselben, nicht die von vorhin, die heißen Tränen der liebenden Mutter. Hugis letzte Worte waren die einer Frau, und sie weinte jetzt wie eine andere Frau, die beleidigt, deren Güte mißbraucht wurde. Wieder hatte Hugi sie irregeführt. Das tat sie immer, und sie, ihre Mutter, mußte immer wegen ihrer guten Absichten eine Schlappe hinnehmen. Verdiente dieses Mädchen überhaupt, daß man gut zu ihr war?

»Wenn man dich gezwungen hat, Vater zu heiraten, dann war das deine Schuld. Zwingen kann man nur jemanden, der sich zwingen läßt.«

Sie war schuld? Wieder einmal sie? Nicht ihre fürchterlich willensstarke Mutter, die alles, was sie sich vorgenommen hatte, durchsetzte. Nicht die Armut, die »Ich-bin-die-Waise-eines-Lehrers«-Armut, nicht die Schulbücher aus dem Hilfsverein, die Kleider von der Wohltätigkeitsaktion, die völlige Aussichtslosigkeit, ohne Geld? Sie hatte Mitgefühl erwartet, gute Worte, Dankbarkeit. Und was bekam sie? Beschuldigungen. Schnell, sich überhaspelnd, rechtfertigte sie sich. Immer hatte sie das Gefühl, den Verstand

zu verlieren, wenn ihre Kinder ihr von einer Sache, die sie für eine Katastrophe hielt, bewiesen, daß es eine Bagatelle war.
»Du hast Vater geheiratet, weil Großmutter dir erklärte, sie könne die Sorge um dein Schicksal nicht ertragen. Du hast gehorcht, damit Großmutter ruhig schlafen konnte. Was wart ihr bloß für Menschen?«
Sie hatte sie zum Sprechen bringen wollen, und nun hatte Hugi endlich gesprochen, und sie würde so aus dem Hause gehen, nachdem sie ihre Mutter noch ein letztes Mal erniedrigt und Zweifel in ihre Seele gepflanzt hatte. Sie hatte ja nicht gewußt, es nie zu Ende gedacht, daß es auch anders hätte sein können, daß sie sich vielleicht wirklich nicht hätte darum kümmern müssen, ob ihre Mutter gut schlief. Sie hatte sich in den schweren Zeiten so schön, so aufrichtig bemitleidet, und sie war so stolz darauf gewesen, daß sie stets und gegen jeden ihre Pflicht erfüllte und eine beispiellos folgsame, gute Tochter ihrer Mutter war. Und jetzt saß Hugi hier vor ihr und gab ihr zu verstehen, daß sie keine Märtyrerin war, nur feige.
Nun fühlte sie auch, es sei besser, daß Hugi wegging. Sie trocknete die Augen und richtete sich auf. Seitdem ihre Mutter darauf angewiesen war, bei ihr zu leben, hatte sich die alte Frau das Kommandieren abgewöhnt und wagte es nicht mehr, ihr Verhaltungsmaßregeln zu geben. Den András Gál hatte sie sich vom Leibe geschafft, indem sie ihm oft und eindringlich auseinandersetzte, daß sie nichts mit ihm zu tun haben wolle. Seitdem stellte Gál auch keine besonderen Ansprüche mehr an sie. Klara zwang sich selten dazu, etwas zu tun, was ihr schwerfiel. Aber wenn es sein mußte, konnte sie das auch. Jetzt sagte sie sich, sie wolle diese letzte Stunde nicht verbittern. Dieses Kind war ihre

Tochter, und wie immer sie gewesen und wie immer sie jetzt ist, und wenn sie auch das Gefühl hatte, daß keine Bindung mehr zwischen ihnen bestand, es blieb dennoch ihre Tochter. Sie brachte ihr Gesicht vor dem Spiegel in Ordnung und sagte, mit dem Rücken zu Hugi, viel leiser als sie sonst zu sprechen pflegte, sie habe nur ihr Bestes gewollt. Hugi antwortete nicht. Sie hob die Schachtel mit dem Teddybär auf und stellte sie wieder hin.

»Nimmst du deine Kindheit mit?« fragte Klara und bemühte sich, ihrer Stimme einen glatten, freundlich-indifferenten Ton zu geben. »Den Teddy, die Bänder und die Notizbücher?«

»Ich habe keine Kindheit gehabt«, sagte Hugi.

Die alte Frau kam herein, brachte das Kleid, hängte es auf den Bügel, damit es auskühle, bevor Hugi es anzog. Klara stand da und besah sich die Schachtel auf dem Tisch. Hugi hatte ungewöhnlich kleine Hände, ihre Finger konnten die Schachtel kaum umfassen.

»Nur du hast eine Kindheit gehabt«, fuhr Hugi fort, als die Großmutter die Tür hinter sich geschlossen hatte. »Du und Vater. Sie muß interessant gewesen sein, weil ihr immer von eurer Kindheit gesprochen habt. Ihr habt einen großen Garten mit furchtbar vielen Fliedersträuchern gehabt und habt eine Ziege gehalten, die euch Milch gab. Dein Vater ist früh gestorben, du mußtest Nachhilfestunden geben als du erst vierzehn Jahre alt warst und hast dir ein Fahrrad gewünscht, es aber nicht bekommen, ihr wart arm, und es reichte nicht dafür.«

Die Ziege, die seit fast vierzig Jahren tote Ziege, meckerte Klara aus einer sonderbaren Dimension zu, schauerlich klang ihre Stimme. Sie erinnerte sich nicht,

den Kindern von der Ziege erzählt zu haben, sie hatte es vergessen.
»Vater dagegen war reich. Ihn hat man jeden Sommer ans Meer mitgenommen, und als ihm einmal eine Muschel den Fuß aufschlitzte, holte man einen Professor aus Genua nach San Remo, der gewöhnliche Arzt war nicht gut genug. Auch heute noch hat er eine Narbe auf der Sohle. Hast du sie jemals gesehen?«
Sie hatte sie nicht gesehen. Alles war, als träume sie. Hugi zog das Hauskleid aus und schlüpfte in das Brautkleid; aus dem weiten Rock klang ihre Stimme nicht realer als das Meckern der Ziege vorhin.
»Er ist auch geritten, im Stadtpark. Mit seinem Erzieher, Herrn Stauffer. Er besaß ein Pony, es hieß Lina und war zahm. Es ist dann krank geworden und mußte erschossen werden. Das war schrecklich, Vater weinte lange um Lina. Auch du hast einmal lange geweint, weil dir dein Ball von der Margaretenbrücke in die Donau fiel, du wolltest ihm nachspringen, du hattest keinen anderen Ball.«
Da stand Hugi im Brautkleid und nestelte an ihrem Gürtel. Auch die Ziege war im Zimmer, man hörte ihr Gemecker, und auf dem Teppich – er stammte noch aus dem Gilead-Haus, war tiefblau und echt und weich – rollte der Ball. Jetzt erinnerte Klara sich an den Ball, ein Engel mit langem Haar war darauf gemalt gewesen, und über den Teppich ging auch der kleine Junge, dem das Blut aus der Sohle rann, und da lag auch ein Pferdchen, die Füße ergebungsvoll ausgestreckt, wie tote Pferdchen eben liegen.
Ihr war, als müsse sie sich hinknien vor Hugi und sie anflehen, sie solle ihr verzeihen und sie anhören: Vielleicht habe ich wirklich immer von mir gesprochen, und dein Vater hat immer von sich erzählt, aber er hat

keine Mutter gehabt, nur einen tyrannischen Vater, und ich hatte keinen Vater, nur eine tyrannische Mutter, und wir folgten ihnen blind; du weißt nicht, was das heißt, allen Menschen blind folgen zu müssen, weil sie älter sind, reich und mächtig und Befehle erteilen. Und du weißt auch nicht, was Armsein heißt, wenn Armut als Schande gilt, und als ich dich vorhin fragte: »Nimmst du deine Kindheit mit?«, hast du darauf geantwortet: »Ich habe keine Kindheit gehabt. Nur du hast eine Kindheit gehabt. Du und Vater.« Und du sagtest noch, sie müsse interessant gewesen sein, weil wir ja immer von ihr erzählt haben, du irrst dich aber, wir hatten keine Kindheit, keine Jugend, und eben darum sprechen wir soviel davon, denn wir waren jung in einer Welt, in der niemand hätte jung sein dürfen, denn es war ein Grauen, Kind zu sein, und ein Grauen, jung zu sein, denn die Welt um uns war grauenhaft, und wir hatten kein größeres Erlebnis als unser eigenes elendes Schicksal, und es ist so widernatürlich, daß wir leben und nicht im Krieg und hinterher zugrunde gegangen sind, und das ist es, was wir nicht bewältigen können.«

»Bitte, weine nicht«, sagte Hugi, »ich hab dich schon darum gebeten. Sie werden gleich da sein.«

Hugis Mahnung machte ihr bewußt, daß sie wieder Tränen vergoß. Hugi trat zu ihr, schaute sie an, stand neben ihr und schaute. Schaute, als wolle sie sie prüfen, wägen, abschätzen; einen Augenblick lang glaubte Klara, sie sei gerettet, könne vor ihrer Tochter bestehen, aber dann sah sie, las es in Hugis Augen, daß alles vergebens war. Das Kind würde nie erfahren, woran sie gedacht hatte, daß sie in Gedanken vor ihm gekniet, es um Verzeihung, um Verständnis und Erbarmen angefleht hatte.

Hugi ermahnte sie noch einmal, nicht zu weinen und gab dann mit ihrem ganzen Körper zu verstehen, die Unterhaltung sei beendet. Sie lehnte sich aus dem Fenster und wartete auf Miklós' Wagen.
Klara stand da, Hugis Schachtel warf die Sonnenstrahlen zurück, die Ziege war wieder nahe, sie trabte auf dem blauen Teppich, ihre Hufe klapperten leise.

Sie ließ sich auf den Küchenhocker fallen und lachte. An der Wand gegenüber hing ein Spiegel, einer der zahllosen, die teils aus ihrem einstigen Heim, teils aus der Gilead stammten. Die Gileadspiegel hingen alle in den Zimmern, ihre alten Scherben dort, wo gerade ein Stück Wand frei war. Fortgeworfen wurde nichts, und es war auch niemand da, dem man die Sachen hätte schenken können. An den unmöglichsten Stellen standen und hingen unmotivierte Gegenstände. Sie sah ihr eigenes Spiegelbild, vor sich das noch nicht abgewaschene Frühstücksgeschirr, ihre Gesichtszüge hoben und senkten sich beim Lachen wie Wellenschläge, als wäre ihr Gesicht ein ins Wasser geworfener Gegenstand, der Ringe auf dem Wasserspiegel bildet. Sie lachte über die Stille und über das, was sie hinter der Stille witterte. Andere Male, wenn ihre Tochter, ihr Schwiegersohn und Hugi zu Hause waren, brüllte einer von ihnen bestimmt, ließ das Radio oder das Tonband grölen, weinte oder schimpfte. Das war kein Heim, diese Wohnung, das war eine Arena, in der Bändiger schrien und wilde Tiere fauchten. Die alte Frau schlief schlecht und wenig, sie hatte Zeit, über allerlei unbegreifliche Dinge nachzudenken. Manchmal kam es ihr vor, als wären bei ihnen die Bändiger nicht immer Bändiger und die Bestien nicht immer Bestien, sie wechselten sich vielmehr ab, und jeder trat mal in der einen, mal in der andern Rolle auf. Es kam vor, daß drei Dompteure sich über ein Wild hermachten, aber es passierte auch umgekehrt, aber jederzeit fand sich einer, der heulte, seine Krallen zeigte und ein anderer, der mit spitzen Stangen durchs Gitter stach und sich amüsierte, wie unruhig die Tiere waren. Fast immer war Klara die Dompteuse, aber auch eins der Kinder konnte es sein, und allerneuestens

sogar ihr Schwiegersohn. Wie immer die Rollen verteilt waren, das Gebrüll hörte nicht auf, denn wenn gerade keine Bestien da waren, fielen die Bändiger übereinander her.
Mit ihr trauten sie sich nicht so umzuspringen, sie lebte nicht im Käfig, zumindest nicht im selben Käfig wie die anderen. Ihr Käfig bestand in ihrem Körper, der immer schwächer wurde, und in ihrem Bewußtsein, daß etwas Grauenvolles nahte und sicher kommen werde, man konnte nur die Stunde noch nicht wissen. Aber gewisse physiologische Zeichen kündeten sie schon an und ließen sie nicht vergessen, was ihr bevorstand. Adam war frech, nicht nur zu ihr, zu jedem. Hugi genauso, die Unverfrorenheit der beiden war von kosmischem Ausmaß und richtete sich nicht ausschließlich gegen sie. Mit Klara und ihrem Schwiegersohn hatte sie keine Probleme; manchmal gestand sie sich ein, daß sie sie verachtete, mehr als ihre Enkelkinder, die sie zwar abscheulich fand – sie malte sich oft die Schläge aus, die die beiden erleiden müßten, damit sie umgänglicher und demütiger wurden –, die sie aber, sie wußte nicht weshalb, doch höher schätzte als die Eltern der Kinder. Die infame Hugi hatte Charakter. Faul war sie, aber klug. Manchmal geradezu erschreckend klug, Adam war wenigstens immer ein Vorzugsschüler gewesen und würde sicher auf eigenen Füßen stehen können. Kein Wunder, daß die Kinder so waren; weder Vater noch Mutter hatten ihnen Disziplin beigebracht. Dazu waren sie zu schwach, und als sie in dieses Haus kam, war es für das Abrichten schon zu spät, da frommte kein Zureden und kein Drohen, die Mutter war hysterisch, der Vater ein Duckmäuser. Was sollte man da von dem Jungen und dem Mädel erwarten? Die alte Frau wußte, daß

Tochter und Schwiegersohn ihr gegenüber nur freundlich taten. In Wirklichkeit hatten sie überhaupt kein Interesse an ihr, fühlten kein Mitleid, wenn sie sie weinen sahen oder klagen hörten, sie fühle sich schlecht und stehe Ängste aus, wenn sie nachts allein bleiben müsse. Sachlich, ohne Mitgefühl nutzten sie ihre Kraft aus, darin bestand ihre Beziehung zueinander. Klara grollte ihr noch immer, das fühlte sie, grollte ihr, weil sie sie unabhängig machen, von Armut hatte befreien wollen. Die Einladung an Konrad zu dieser Hochzeit war eine Mahnung an sie, das verstand sie sehr wohl, besser als der Apotheker. Erstaunlich, daß sie sich nicht genierte, Konrad hervorzuholen und hierher zu kommandieren, gerade jetzt, und ihr Mann duldete es. Was könnte er ihr übrigens tun? Wer außer ihr ist je mit Klara fertiggeworden. Auch sie nicht mehr, sie ist zu alt dazu. Vielleicht die Kinder. Klara hat Angst vor ihren Kindern. Recht geschieht ihr.

Klara klagte ihre Mutter nicht an, laut und ins Gesicht jedenfalls nie, sie hätte sich womöglich verteidigen und unbequeme Tatsachen klären können. Aber sie spürte auch so, was in ihr steckte, sie war doch ihre Mutter. Klara war aufmerksam zu ihr, ließ sogleich den Arzt rufen, wenn sie sie schlecht aussehend fand, in solchen Dingen war sie zuvorkommend, aber sie wußte nur zu gut, warum. Nicht sie, die Mutter, nur der alte Körper sollte repariert werden, dem dieses Haus soviel Arbeit aufbürdete, daß man fürchtete, sie könnte unter der Last zusammenbrechen. Vielleicht wäre es besser für sie, wenn sie auch zu den Bestien im Käfig gehörte, es wäre dann zwar lauter, aber irgendwie auch menschlicher. Diese disziplinierte Gleichgültigkeit, mit der Klara und der Apotheker neben ihr herlebten, war eigentlich unmenschlich. Zu Hausangestellten benehmen sich vernünftige Arbeitgeber so, Leute, die nicht selbst abwaschen wollen. Manchmal spielte sie mit dem Gedanken, was wäre, wenn sie nicht mehr arbeiten könnte; Klara würde sie in ein Altersheim stecken, und davor hatte sie Angst; Klara würde sich eine junge, gesunde Hilfe verschaffen. Eine sonderbare Entdeckung war es, als sie sich darüber klarwurde, daß sie mehr Erbarmen von den zwei schrecklichen Kindern zu erwarten hatte als von Klara oder ihrem Schwiegersohn. Klara hielt sie nur so lange, als sie für sie arbeiten konnte, denn sie liebte ja ihre Mutter nicht. Nicht ihre Mutter und nicht ihren Mann. Niemanden liebte sie, nur sich und ihre Kinder. Wieder lachte sie über den Gedanken, auf welch verwickelte Art Gott strafen konnte. Er strafte sie in ihren Kindern, an denen sie am meisten hing, und damit strafte er sie am schmerzhaftesten.

Wie lächerlich war die Stille, als wäre nicht eine Braut, sondern eine Tote im Haus. Hugi zahlte es ihnen an ihrer Statt heim.

Der alte Bartos trat auf den Gang hinaus und ging an Gáls Küche vorbei. Wie immer blickte er durchs offene Fenster und berührte mit zwei Fingern sein Haar. Das war sein Gruß. Die alte Frau und Großvater Bartos hatten einander gern. Es war aber nicht von Anfang an so gewesen. Zuerst hatten sie sich voller Mißtrauen beschnüffelt, einer des anderen Vergangenheit rekonstruiert, ihre früheren Umstände, ihre Abstammung, und es hatte eine ganze Weile gedauert, bis sie einander auch nur grüßten. Großvater Bartos hatte ja nichts anderes sehen können als eine alte Frau, die pausenlos arbeitete, scheuerte, wusch, bügelte, sogar Kohlen aus dem Keller herauftrug; und die alte Frau hatte auch nichts anderes gesehen als einen Greis, der ewig bastelte, immer tätig war, der genauso einen Haushalt führte wie sie und der eines Tages den Kopf durch ihr Küchenfenster steckte, zu ihr sprach, und sie antwortete ihm. Später gestand sie sich, daß ihr mit keinem anderen eine Unterhaltung so behagte wie mit dem alten Mann aus der Nachbarschaft, der ihr beim Holzschlichten im Keller half, und mit dem man alles besprechen konnte, auch solches, was sie ihren Freundinnen lieber nicht sagte, denn manche von ihnen waren noch schlechter daran als sie, die meisten waren arme Witwen und hatten keine Kinder, die ihnen wenigstens ein Heim hätten bieten können; außerdem aber wollte sie ihnen doch nicht alles über Klara und die Familie Gál erzählen; mit dem alten Bartos aber konnte sie darüber ruhig sprechen, der wußte ja sowieso alles über die Familie durch Hugi und Adam, und wenn sie dann noch das ihrige dazutat und ihm vom Leben der Bestien im Käfig erzählte, bekamen die Nachbarn doch ein klareres Bild, als wenn sie nur auf das Gefasel der Kinder hörten. Der greise Bartos war auf seine Art genauso einsam wie sie, obgleich sein Sohn und seine Schwiegertochter aufrichtig an ihm hingen und ihn weit besser hielten, als sie gehalten wurde. Aber Großvater Bartos hätte gern auf die Zärtlichkeiten und die geordneten Verhältnisse verzichtet und statt dessen als Familienoberhaupt den Gang der Dinge bestimmt. Davon konnte natürlich keine Rede sein, bei den Bartos diktierte Anna, die fast nie zu Hause war, und die völlig neuartige, revolutionäre Prinzipien hatte. Die Kinder machten, was sie wollten, die Eltern arbeiteten oder kamen ihren gesellschaftlichen Pflichten nach, der

greise Bartos war viel allein, da ging er eben zu der alten Frau in die Küche, klemmte sich eine Mühle oder einen Topf zwischen die Knie, drehte oder rührte und half so dem anderen alten Menschen. Klare Augenblicke waren das, für die sie keine Bezeichnung kannte. Denn die alte Frau wußte, daß Großvater Bartos ein Kommunist war, und sie konnte seinen Gedankengängen nicht folgen. Der greise Bartos wiederum wußte, daß die alte Frau sehr unklare Begriffe von den Dingen hatte und Ungarn für sie immer noch das Land von den Karpaten bis zur Adria war, sie glaubte noch immer, die Deutschen wären im Recht gewesen, aber über solche Dinge sprachen sie nicht miteinander. Die Gliederschmerzen, die Kinder, die schlaflosen Nächte, das waren ihre Themen. Da herrschte Friede in beiden, ein Friede, den ihnen kein Kind und kein Enkel schenken konnte.
Sie blickte ihm nach, als er vor ihrem Fenster vorbeischlurfte, sie hätte gern erfahren, was er von all dem hielt, was bei ihnen vorging, ob er durch die Bartoskinder nicht mehr von der Vorgeschichte erfahren hatte, als sie selber hier wußten. Aber der Alte kam nicht herein, er hatte eine Einholtasche in der Hand, sicher ging er Hörnchen holen. Bartos liebte Hörnchen und aß auch gern Kuchen; wenn sie backte, bot sie ihm immer ein Stück an; sie mochte den alten Bartos gut leiden und er sie.
Mit Klara war das ganz anders.
Warum hatten sie einander verloren? Einst waren sie sich ein und alles. Ihr Leben war wahrhaftig nicht rosig gewesen. Für alle Entbehrungen hätte das Kind Klara sie entschädigen sollen. Sie hatte die Arme ausgebreitet, und das Kind war auf sie zugeflogen und war selig, wenn es ihre Stimme hörte. »Mein Trost!«

hatte sie die kleine Klara genannt, denn sie war ihr Trost für alles gewesen, was sie verloren hatte, was ihr mißlungen war, und Klara war wirklich ein braves kleines Mädchen gewesen, still, sanft und gehorsam. Vielleicht hätte sie sie nicht so heftig, so maßlos lieben dürfen, aber sie hatte ja sonst niemanden; ihr Mann war so jung gestorben, sie war mit dem Kind allein geblieben. Bekam es einen Schnupfen, litt sie darunter, sie verlor den Kopf vor maßloser, irrsinniger Sorge um das Kind. Kam Klara nicht rechtzeitig aus der Schule nach Hause, lauerte sie ihr an der Straßenecke auf, in dem sicheren Gefühl, es sei ihr etwas Entsetzliches zugestoßen, die Ambulanz habe sie geholt, sie sei überfahren worden. Wieviel Tränen hat sie um dieses Kind vergossen, ein Wunder, daß sie sich nicht blind geweint hat, was kann aber auch nicht alles einem kleinen Mädchen zustoßen, bis man es großgezogen hat.

Was war das jedesmal für eine Freude, wenn sie sie am Sonntag anzog und mit ihr spazierenging. Immer hatte sie ihr Kleider gekauft, wie es die Mode für Erwachsene vorschrieb, und das Kind trippelte neben ihr, grüßte die Bekannten in ihrem herrlichen weißen Kleidchen wie eine Erwachsene. Sie hatte es nicht für möglich gehalten, daß zwei Menschen so eng miteinander verbunden sein können, wie sie es mit ihrer Tochter war, sie hatten ja keine Geheimnisse voreinander gehabt, und sie hatte dem Kind alles erzählt, was ihr jemals Wichtiges widerfahren war im Leben, und das Kind hatte zugehört. Was war das für ein stilles Kind, ihre Klara, immer hatte nur sie geredet, ihr aus der eigenen Kindheit erzählt, von ihren unschuldigen Liebschaften. Sie hatte dem Kind die ersten Veilchen im Frühling gezeigt, es sollte wissen, was im

Leben seiner Mutter einst die ersten Frühlingsblumen, die erste Liebe bedeutet hatten. Klara hatte gelauscht und alles in sich aufgenommen und sie dabei immer aufmerksam angeschaut. Wohin war das Kind, das ihr so nahegestanden hatte, entschwunden? Die junge Klara war noch lauter Anhänglichkeit, lauter Fügsamkeit, sie hatte zwar Konrads wegen geweint, war aber dann doch zur Vernunft gekommen. Die Klara indessen, die aus der Kirche kam, hatte aufgehört, ihre Tochter zu sein. Sie war eine steife, nervöse Frau geworden ohne jede Zutraulichkeit, nur höflich und aufmerksam zu ihr wie zu einem Gast. Damals, als sie selbst noch ziemlich jung, kerngesund und mit zahllosen Fäden am Leben hing, hatte sie die Fremde, die aus Klara geworden war, leichter ertragen. Sie besuchte Gesellschaften, durch Klaras Heirat konnte sie auch besser leben, das beklemmende Gefühl, mit dem sie die Wege ihrer Tochter verfolgt hatte, war mit deren Verheiratung überwunden. In der Apotheke war Klara, so meinte die Mutter, in Sicherheit, und ihre Liebe zur Tochter war stark genug geblieben, um sie auszufüllen, sie brauchte nicht darauf zu achten, wieweit die Tochter sich um sie kümmerte, wieweit sie ihr gegenüber aufgeschlossen war. Einmal, wenn auch nur für kurze Zeit, kam es wieder zu einem innigen Verhältnis zwischen ihnen. Das war, als Klara mit Adam schwanger ging. Sie litt unter der Schwangerschaft, hatte Angst vor der Geburt und klammerte sich an die Mutter, um Trost und Rat bei ihr zu finden. In dieser Zeit war sie wieder die alte Klara, die Monate ihrer Beklemmung wurden für die Mutter zu einem neuen Glanzpunkt ihres Lebens, damals fühlte sie, daß sie ihrer Tochter wieder wichtig war, daß sie ihr vertraute, sich an sie schmiegte wie einst als kleines

Mädchen, wenn jemand sie geängstigt hatte. Das dauerte, bis Adam geboren wurde. Von da an erhob Klara keinen Anspruch mehr auf die Gesellschaft ihrer Mutter, ihr Sohn füllte sie ganz aus. Als dann Hugi kam, war schon alles ganz anders. Klara wünschte weder ihren Rat noch ihren Zuspruch, legte nicht einmal auf ihre Besuche Wert, sie hatte nur für ihre Kinder Interesse.

Nun, jetzt hatte sie ihren Sohn und ihre Tochter, konnte stolz auf sie sein. Es hat noch keine Mutter gegeben, die so gar nichts mit ihren Kindern anzufangen wußte wie Klara, denn Gott straft streng, und wenn Klara eine schlechte Tochter geworden war, konnte sie auch keine guten Kinder haben. Die alte Frau beschloß, die Wohnung noch heute, sobald Hugi verschwunden war, anders einzuteilen. Endlich würde sie ein Zimmer für sich haben. Seitdem sie hier wohnte, mußte sie das Zimmer mit anderen teilen und deren Kommen und Gehen erdulden. Das sollte anders werden; war Hugis Liege einmal hier raus, konnte sie sich den Raum endlich menschenwürdig einrichten, mußte nicht ewig hinter jemand herräumen und saubermachen, dieses Mädchen war ja so unordentlich wie keine zweite.

Unvorstellbar, daß man ein solches Ding zur Frau nahm.

Sie erhob sich langsam, mühevoll und machte sich an das Geschirr. Heute sollte zwar im Hotel Gellért gegessen werden, aber deswegen durfte die Küche nicht unaufgeräumt bleiben. Drin war es mäuschenstill, eine ungewohnte tiefe Stille, sie fühlte, daß zwischen Klara und Hugi etwas geschehen war. Wie sollte sie es nicht fühlen, Klara und sie waren einst ein Leib und eine Seele gewesen. Sie fühlte auch, daß dies die schwerste

Stunde in Klaras Leben war, sie erlitt jetzt nach Gottes Gebot die verdiente Strafe. Sie empfand kein Mitleid mit ihr, als wäre sie gar nicht ihr Kind, sondern eine Fremde. Mochte ihr Herz brechen, wie sie ihr das Herz gebrochen hatte. Jetzt würde sie verstehen, was für ein Gefühl das war. Gott ist gerecht, immer hatte sie gewußt, daß Klara für die viele Lieblosigkeit einmal bestraft werden würde. Ein sonderbarer Gedanke, daß Gott deshalb Hugi zur Dirne, Frau Huszár und wahrscheinlich auch diesen sanften manierlichen Miklós unglücklich machen mußte, aber sie nahm Gottes Ratschluß hin, wissend daß Er sich manchmal auch Unschuldige zum Opfer auserkor.

Der alte Bartos kam zurück, seine Einkaufstasche war leer, offenbar hatte er nicht bekommen, was er holen wollte. Er blieb vor dem Fenster stehen, und die alte Frau versenkte mit der Geschwindigkeit eines Zauberers die Tassen im Abwaschbecken. Sie richtete sich auf, arbeitete jetzt mit Schwung und jugendlich flink. Der alte Bartos sah ihr eine Weile zu, dann öffnete er die Küchentür, die auf den Gang ging.

Das hatte er bisher noch nie getan, wenn jemand bei Gáls zu Hause war. Seine Besuche waren ohne besondere Absprache ihrer beider Geheimnis, den Familien wurde darüber nicht berichtet. Jetzt kam er herein, und die alte Frau war rot im Gesicht von der hastigen Arbeit und auch vor Überraschung. Sie begrüßten einander nicht, der alte Bartos grüßte im allgemeinen nicht laut, höchstens murmelte er etwas vor sich hin und berührte mit einem Finger die Mütze oder die Haare, und immer begann er gleich mit dem, was er auf dem Herzen hatte. Jetzt sah er sich in der Küche um, entdeckte die Küchenhandtücher auf dem gespannten Seil, zog eins herunter, nahm einen Teller aus dem Waschbecken und trocknete ihn ab. Wunderbar machte er das, rasch und vorbildlich. Die alte Frau atmete schneller und faltete die feuchten Finger. Bartos, der Greis, sagte nichts, nur seine Hände bewegten sich schnell, und in seiner Arbeit war so viel Mitgefühl, so viel Wohlwollen, ja, so viel Liebe, wie sie der alten Frau seit Jahren von keinem erwiesen worden waren, weder von Verwandten noch von Freundinnen, von niemand auf der Welt. Gesprochen wurde nicht. Manchmal plätscherte das Wasser, wenn sie in das Waschbecken griff, die Tassen und Teller herausnahm und sie dem alten Mann reichte. Er trocknete ab, rieb das Porzellan blank und schwieg. Die alte Frau verstand ihn besser, als wenn er laut gesprochen hätte, sie wußte bestimmt, noch nichts im Leben so klar und vollkommen verstanden zu haben wie das, was der alte Bartos mit seinem Schweigen ausdrückte. »Wir sind alt«, sagten die flinken adrigen Hände des alten Mannes, »wir haben in dieser Welt nichts mehr zu suchen. Glaub nicht, daß es mir besser ergeht.« Es dauerte keine fünf Minuten. Der alte Mann grüßte wieder nicht, wischte sich nur die Hände trocken und trat, ohne die alte Frau auch nur anzusehen, auf den Gang hinaus und ging in seine Wohnung.

Hugi kam in die Küche, schon im Brautkleid, aber Lippen und Augen noch unbemalt. Sie trank ein Glas Wasser und verschwand. Die alte Frau zog ihr Festkleid an. Unten im Hof arbeitete der Hausmeister an seinem Schleifstein, das Rad kreischte. In der Wohnung war es still, als wären alle ausgeflogen. Klara zeigte sich nicht, auch der Apotheker nicht. Einmal klingelte das Telefon. Adam rief an, um zu berichten, er habe die Aufnahmeprüfung bestanden und gehe direkt zum Standesamt. Von den Bartos' ließ sich niemand blicken, wahrscheinlich waren sie schon früher weggegangen. Miklós und seine Mutter kamen zehn Minuten vor elf Uhr an; Frau Huszár ließ es bei einem Gruß bewenden.

Miklós ging zu Hugi. Die alte Frau sah durch den Türspalt, daß das Mädchen in der Mitte des Zimmers stand, neben ihr der Vater, erschreckend feierlich sah der Apotheker aus. Klara war nirgends zu sehen, obgleich es höchste Zeit war, die beiden Taxen, die Miklós' Auto folgen sollten, warteten schon seit einigen Minuten. Die alte Frau ging ins Schlafzimmer, um nach Klara zu sehen. Sie saß auf dem Sofa und hatte das Gesicht in die Hände gesenkt. Die alte Frau legte ihr die Hand auf die Schulter. Klara rührte sich nicht.

»Klara«, flüsterte sie so leise wie möglich wegen der Leute im Nebenzimmer, »wir müssen gehen, nimm dich zusammen.«

Klara blickte auch jetzt nicht auf.

»Nimm dich zusammen!« wiederholte die alte Frau. »Das sind schwere Stunden. Komm, mach dich zurecht.«

Klara stand folgsam auf, strich sich sogar über das Haar.

Klaras Krisengesichter waren ihrer Mutter bekannt. Sie hatte sie sich fürchten, leiden, toben, verzweifeln und jammern gesehen, so wie jetzt noch nie. Kurz vorher hatte die alte Frau noch ihre stille Freude gehabt, daß Klara an diesem Tag büßen müsse. Jetzt war ihr die gute Laune vergangen. Hugi hat sie getötet, dachte die alte Frau. Warum hat sie das getan? Warum töten die Kinder ihre Eltern? Kann das Gottes Wille sein? Die alte unbefriedigte Leidenschaft der Mutter, die sie längst überwunden glaubte, war im Augen-

blick so stark wie je. Einige sinnlose, beglückende Sekunden lang glaubte sie, ihre Tochter wiedergewonnen zu haben. Klara liebte ihren Mann nicht, ihre Kinder waren eine schwere Enttäuschung für sie, vielleicht begriff sie jetzt, daß *sie*, ihre Mutter, hier neben ihr stand, um sie zitterte und um sie warb, so wie sie sich keinem Mann je hätte anbieten können. Hier bin ich bei dir, sagte die alte Frau lautlos, einstmals waren wir beide uns alles. Komm, komm zurück zu mir! Ich wußte ja nicht, daß ich dich noch so sehr liebe, so sehr, daß ich vergessen und verzeihen kann, daß du mich Jahre hindurch verworfen hast. Ich habe Angst vor dem Greisenalter, vor den Leiden, vor der Einsamkeit, ich bin ja so entsetzlich allein unter euch. Komm zurück zu mir!
Als ihre Mutter sie zu umarmen versuchte, sah Klara sie verständnislos an, sie wich der Berührung aus, hatte jetzt nicht einmal mehr die Kraft, sich ihr höflich und taktvoll zu entziehen, sie schüttelte ihre Hand ab wie man eine Raupe wegfegt. Die alte Frau trat zurück und schämte sich. Klara machte die Tür weit auf und blieb auf der Schwelle stehen. Die anderen standen gerade mit dem Gesicht zur Tür. Auf Frau Huszárs Wangen waren ungesunde rote Flecken, Miklós sah ernst, ohne Lächeln drein, András Gál hatte den Mund zu einem Strich verkniffen. Hugi mit dem Schleier stand da, ein sehr kleines Brautbukett in der Hand. Hugi geht, dachte die alte Frau, Adam zählt nicht, der Apotheker ist fremd, Klara gibt es nicht. Du großer Gott, was bleibt da für mich noch übrig? Nur der Tod?

Isaak

Wenn ich hierher zurückkomme, werde ich keinen Schlüssel zur Entreetür mehr haben, ich werde klingeln und warten wie der Briefträger, bis sich drinnen jemand rührt und mir aufschließt. Wenn es lange dauert, werde ich mich fragen, was mag denn geschehen sein? Wo ist denn Hugi, die immer allen voran zur Tür rannte, um jeden, der kam, sofort einzulassen. Wo ist Hugi? Wo ist sie hingeraten? Warum schließt Hugi der Hugi nicht die Tür auf?

Einmal geht auch Adam weg, und Großmutter stirbt, dann ist die Wohnung viel zu groß, sie wird vertauscht oder verkauft, und Vater und Mutter wohnen anderswo. Fremde Leute ziehen hier ein, die nichts von uns wissen, nur daß wir sauber waren und alle drei Jahre die Wohnung malen ließen und beim Bilderaufhängen darauf achteten, daß die Wand nicht beschädigt wurde. Unsere gesprochenen, geschriebenen oder gestammelten Worte sind nirgends aufbewahrt. Der neue Mieter kann sich ruhig zu Bett legen, fremde Gedanken und fremde Aufregungen werden seinen Schlaf nicht stören, auch keine spukenden Geister, die sich von ihrem einstigen Wohnort nicht losreißen können und zur Geisterstunde aus einem geheimnisvollen Medium hervortreten, in dem sie sich tagsüber aufhalten.

Und doch bleiben in dieser Wohnung wie im Innern einer Pyramide zwei Tote und ein Wesen, das nie gelebt hat: das Kind Adam und das Kind Hugi und der Geisterhund, den es nie gegeben hat, weil man ihm zu sein nicht erlaubte. Aber sie sollen niemandes Nachtruhe stören. Sie haben ja in den Zimmern nie Unfug treiben dürfen, deshalb lebten das Kind Adam und das

Kind Hugi mit dem Geisterhund auf dem Gang, wo sie keines Menschen Ruhe und die Politur keines Möbelstücks gefährdeten, und wo der Geisterhund bellen durfte. Nicht in den Zimmern, draußen im Gang werden die drei spuken. Mit den Ellbogen auf das Geländer gestützt, werden sie wie so oft in ihrem Leben zu den Bartos' hinüberschauen, der Geisterhund winselt, und sie beschwichtigen ihn, es darf ja auch dann niemand wissen, daß es ihn gibt und er den Kopf an Hugis Knie drückt. Und der Mond scheint, und es ist still, die neuen Bewohner schlafen, und das Kind Adam und das Kind Hugi wollen nicht dort eindringen, wo die Betten stehen. Für sie ist es besser auf dem Gang, wo um Mitternacht die Mülleimer schon leer sind, nur der Geruch von Gärung, der durch die Dekkelritzen dringt, die Erinnerung an die Abfälle des ganzen Tages bewahrt. Der Geisterhund schnüffelt, natürlich ist er nicht hungrig, er ist doch nur ein Geist, hat weder einen Teller noch ein Plätzchen mit einer warmen Decke.

Ich will kein Bett.

Ich schlafe nicht neben dir. Ich werde im andern Zimmer schlafen.

Wenn du einmal so reich bist, daß du zehn Zimmer für mich in einer Villa einrichten kannst, will ich auch kein richtiges Schlafzimmer mit richtigen Betten haben. Sechs Jahre alt warst du, als dein Vater verschwand, und deine Mutter hat ihre Geliebten, wenn sie welche hatte, sicher nicht bei sich zu Hause schlafen lassen. Darum hast du auch keine Ahnung, wie alte Leute nebeneinander liegen; die zwei Betten sind zwei parallele Striche, von einer Wand ins Zimmer stoßend, mit haargenau gleichen Kissen, Decken, auf jeder Seite ein Nachttisch mit je einer Lampe, einem

Glas, einer Armbanduhr, und zwischen den haargenau gleichen Kulissen liegen zwei grundverschiedene Menschen und starren die Zimmerdecke an. Sie sind einander so nahe, daß einer den Atem des anderen spürt, manchmal vollziehen sie auch Umarmungen, denn was sollen sie schon machen, wenn sie auf Armlänge beieinander liegen und außer einem Hemd oder Schlafanzug nichts anhaben, auch wenn sie sonst nichts miteinander zu tun haben. Ich wünsche, daß du, wenn du mich umarmen willst, vom Bett aufstehst und ins andere Zimmer kommst, wo ich auf der Couch liege; und du sollst nur dann kommen, wenn du Sehnsucht nach mir hast, mich nicht umarmen, weil man dich mit mir zusammen in einen Doppelsarg ohne Deckel gelegt hat und deine Reflexe das andere Geschlecht neben dir anzeigen. In diesen Betten da sind wir, Adam und ich, gezeugt worden, gelangweilt, im Halbschlaf. Abscheulich!
Betten.
Schränke.
Sofa.
Spiegel.
Der müßte mir eigentlich zeigen, wie ich bin, aber ich kann mich nicht sehen, ich weiß nur, daß ich einen Myrthenkranz auf dem Haar und einen Schleier habe, und daß mein Kleid weiß ist wie das einer richtigen Braut. Und doch zeigt mir der Spiegel nicht mich, schon seit langem nicht mich, immer sehe ich die zwei hier vor diesem Spiegel und in diesem Spiegel. Die eine betrachtet sorgenvoll ihr Gesicht, bringt es mit halb zugekniffenen Augen ganz nahe an das Glas, tastet die Haut ab wie einen von ihr unabhängigen Gegenstand, den sie gekauft oder auf der Straße gefunden hat, und nun möchte sie entscheiden, ob er noch

etwas taugt, ob sie ihn noch gebrauchen kann oder besser daran tut, ihn gleich wegzuwerfen. Der andere mißt mit dem Finger seine Kragenweite, bläht den Bauch auf und zieht ihn wieder ein, spricht murmelnd halbe Worte zu sich selbst, je nachdem, was er im Spiegel feststellt; findet er sich dick, sagt er: Das ist das Alter, das vorzeitige Alter; kommt er sich dünner vor, erschrickt er und denkt an Krebs.
Wie die Tür knarrt.

Leb wohl, Tänzerin!
Jetzt kommst du mir beim Binden deiner Ballettschuhe genauso häßlich vor, wie ich dich einst wunderschön fand. Damals, vor vielen Jahren, warst du die Schönheit, die unerreichbare, die ich nicht einmal anfassen, immer nur durchs Glas anschaun durfte, damit sie nicht zerbricht. Ich habe sogar von dir geträumt, aber du hast im Traum nicht gelebt, warst auch im Traum ein regloser Gegenstand auf dem Regal, und obgleich im Traum die Glastür offenstand, griff ich nicht nach dir, rührte dich nicht an, bewunderte dich nur. Gelebt hat in meinen Träumen nur der Schwan. Der Schwan dort hinter dir, der schwarze Schwan auf blauem Porzellanwasser. Und der Schwan war durstig und trank, und dann lachte er, und die Hirsche auf der roten Vase liefen in den Wald.
Wir haben auch unsere Vitrine, nur weiß niemand etwas davon, wie auch von unserem Geisterhund niemand etwas weiß. Und weil sie unsichtbar ist, die Vitrine, kann niemand sie aufbrechen, niemand sie stehlen, sie bleibt ewig unser Eigentum. In der Vitrine liegt der dicke Schorf von der Wunde auf Adams Arm, der sich nach der fürchterlichen Keilerei bildete. Ein Siegesandenken. Und die Donau liegt da, wie sie an

jenem Abend war, als wir alle vier am Römischen Ufer standen und das Spiel von Wasser und Farben betrachteten, das Frühlingsgrün, das noch gar nicht grün war, nur ein Geflimmer zwischen den Zweigen, ein Hauch, der auch in die Vitrine kam, von ihm durfte man nicht einmal sprechen, zu niemandem, und natürlich durfte niemand ihn anrühren, ein Blick hätte ihn zerstört. Und da liegt auch die Ohrfeige, die Adam damals bekam wegen des verdorbenen Anzugs und des schmutzigen Hemdes, was er nicht erklären wollte, und neben der Ohrfeige liegt der Blick, mit dem die Frau, die er herausgezogen hatte, zu ihm aufsah, und deren Augen zu ihm sagten: Ich lebe, und du hast mich gerettet. Wir legten alles in die Vitrine, niemand sollte es sehen; und der erste Satz, der aussprach, daß ich schön bin; und die Musik, die eines Vormittags vom obersten Stock des dritten Hauses herabrieselte, so daß sogar der Himmel bersten wollte vor dem maßlosen Strahlen; in unserer Vitrine ist die Melodie und das Strahlen und der Himmel und das Band, das Marta Miklós ins Haar flocht, und die Pariser Wurst, die sie fürs Abendessen übrigließen, als sie die Pathétique spielten, und die abgewetzten Kanten der Knochenwürfel, das alles liegt in der Vitrine verwahrt und wird niemandem gezeigt.

Arme Leidende!
Arme liebe Leidende!
Sechs Gefangene um den ovalen Tisch, arme Masken ohne Augenschlitze in den Fratzen, ihr Stummen habt selbst schon vergessen, wie glänzend gestreift eure Bezüge sind, und daß in die Streifen, dicht nebeneinander Blumenkränze gewebt sind, und daß euer Holzgestell mit goldenen Nägeln beschlagen ist; immer bis zu den

Füßen im Schlafrock, gegen Staub und Sonne geschützt, blind für alles, was um euch geschieht, verhüllt zugedeckt, eingewickelt in weiße Schoner dürft ihr niemand eure Schönheit zeigen ...
Bei mir soll es keine Schoner geben, auch wenn die Möbel dann schneller zugrunde gehen als bei andern Leuten, ich will sie nicht blind und taub machen, sie nicht daran hindern, ihr Gesicht zu zeigen, zu atmen ...
Schreit doch! Warum schreit ihr nicht nach Sonne, Luft und Licht? Laßt doch eure Farben verblassen und euern Glanz stumpf werden, aber seid frei! Lieber unbedeckt, und wenn es sein muß ohne Schutz vor Sonne, Wind und Regen, aber lebendig und sehend, daß auch andere leben.

Diese Tür knarrt auch.
Der Schreibtisch, an dem Vater nie sitzt und nie arbeitet. Hatte er etwas Amtliches zu schreiben, erledigte er es anfangs in der Apotheke, aber das bißchen Privatpost ließ sich genausogut am Eßtisch oder stehend an der Küchenwand kritzeln. In der Rauchecke rauchen nur Gäste, denn Vater ist um seine Gesundheit besorgt, und in der Ecke auf der Couch schläft Adam. Das ist sein Zimmer. Überall Bücher, nur das unterste Regal ist leer, dort standen meine Bücher, die jetzt schon bei Miklós sind. Das hier ist der Ort, an dem die Tage für mich endeten, wo ich mich hereinschlich und das Wenige sagte, was ich über mich wußte.
Was weiß ich von mir? Wie bin ich?
Keine Ahnung, was ich tauge, was ich bin, ich weiß es nicht, weil es mir niemand gesagt hat. Ich kenne meine Leistungen in den einzelnen Fächern, kenne meine Zensuren, weiß, daß ich eine leichte Hand bei den

Werkstattübungen habe, und bekannt ist mir, was man durch Zensuren ausdrücken kann. Betragen: gut; Russisch: genügend; Mathematik: genügend. Aber eigentlich hat man immer nur meine Fehler zensiert, so ist mir auch nur bekannt, wozu ich nicht tauge, aber du hast mich auch so geliebt, jetzt bleibst du da ohne mich, und niemand zwischen diesen Wänden wird wissen, wie ich war und wie du bist, wir haben ja weder den Alten noch den Greisen unser wahres Gesicht gezeigt, und nur wir, die beiden Bartos' und ich, wußten, wie gut du bist, wie unglaublich gut.
Was machst du jetzt?
Schwer?
Kannst du antworten?
Quält man dich?
Es dauert nicht mehr lange.
Diese fünfhundert Forint hat mir Vater gegeben, damit ich nicht gleich zu Anfang ohne Geld bin und von Miklós welches verlangen muß. Selbst wenn ich sofort eine Stellung bekomme, dauert es vier Wochen, bis ich das erste Geld habe, und wieviel wird man mir zahlen, was werde ich mit meinen lächerlichen Kenntnissen schon verdienen können? Aber Huszárs haben Geld. Frau Huszár gibt uns welches. Diese Fünfhundert habe ich unter deine Decke gesteckt, wenn du heute abend dein Bett aufmachst, findest du sie. Mach guten Gebrauch davon. Und wenn du es hier nicht mehr ertragen kannst, komm zu uns, du kannst bei uns schlafen, Platz ist genug, jetzt haben wir ja schon ein Heim.

Mantel
Mantel
Mantel

Vier Mäntel
Fünf Mäntel
Fünf Mäntel hängen an den Kleiderhaken im Entree, nicht im großen Schrank, für jeden muß ein Mantel draußen hängen, er muß zur Hand sein, es könnte ja sein, daß man fliehen muß oder Feuer ausbricht oder man verjagt wird oder weiß Gott was, und wenn man keine Zeit hat, ordentlich zu packen, kann jeder im Vorbeilaufen doch noch einen Mantel erhaschen.
Bei mir wird kein Mantel draußen hängen. Nie. Muß man laufen, läuft man leichter ohne, und auch die Arme sind beweglicher, wenn es brennt oder etwas sehr weh tut. Vom Atom brennen einem die Tupfen vom Kleid in die Haut, und man wird eine getupfte Leiche. Ich will nicht daran denken, daß man uns jagen oder daß ein Brand ausbrechen könnte, ich will nicht, daß die Mäntel mit hängenden Ärmeln, die Ohren spitzend, auf irgendein drohendes Unglück lauern.

Soll ich hier noch reingehen?
Will ich das Zimmer noch einmal sehen, in dem ich mit Großmutter gelebt habe?
Ich glaube, ich will das nicht.

Der Hund kreiste oben, und das Radio übertrug sein Herzklopfen, und nicht nur die Gelehrten und allerlei Astronomen paßten auf, während er um die Erde flog, sondern die ganze Welt, und die Menschen lächelten und nickten und sagten zueinander: Nein, so etwas! Wie sein Herz schlägt! Sogar Großmutter horchte auf, und was zählten für sie schon Tier, Raum, Gewichtslosigkeit, aber sie lauschte den Tönen, denn noch niemals hatte das Herz eines Lebewesens unter so sonderbaren Umständen geschlagen, so fern von der Erde, von den Menschen, von sanften tröstenden Worten, so nahe den Sternen, so hoch und so einsam. Später sagte Großmutter: Was für ein Blödsinn, wozu treibt man so etwas. Aber sie konnte doch von nichts anderem reden, und Laika flog und signalisierte, und ich beneidete den Hund Laika. Hier habe ich gelebt, in diesem Zimmer, und was ich fühlte, konnte ich meistens nicht in Worte fassen, es weder den Alten noch den Greisen sagen, nur Zeichen geben, auch die nur unvollkommen, denn jedes neue Erwachen schoß mich hinaus in die Welt unter die Menschen, ich flog und winselte, und im ganzen Haus war niemand, der meine Signale gehört und verstanden hätte wie den Herzschlag des Hundes Laika. Nur Adam horchte auf. Und die zwei Bartos'. Nur sie.

Die Speisekammer.
Einen Sinn hat sie nur, wenn Besuch kommt. Da machen sich auf der Stellage die Kompottgläser breit, bauchig, zufrieden, hämisch. Sie vermehren sich beständig, Jahr für Jahr. Denn Kompott wird ja nicht eingemacht, damit wir regelmäßig davon essen, sondern nur damit es da ist für den Fall, daß es etwas zu feiern gilt oder Krieg ausbricht. Feiern sind selten. Und Kriege eigentlich auch. Gelbe, rote, grüne Gläser, rostbraune, fast schwarze. Im Sommer bekommt man frisches Obst, im Winter, solange man es erschwingen kann, Äpfel. Die Kompottgläser hocken unbeschäftigt, sie warten auf Gäste oder auf Belagerung, auf irgendein besonderes Ereignis, Weihnachten, Ostern, Geburtstag, dann wird ein Glas ›geopfert‹, dem muß man nachweinen, das leere Glas auswaschen, in die Speisekammer gehen und die Kompottbatterie neu

ordnen, die Lücke muß verschwinden, es wird von neuem gezählt, wieviel es im ganzen sind und auch noch extra nach Obstgattungen, wieviel davon und davon noch da ist, eine neue Schlachtordnung wird aufgestellt. Außer der Reihe Kompott essen kann man nicht, stehlen auch nicht, denn Großmutter führt Buch über das gesamte Eingemachte, es gibt eine Rubrik im Haushaltungsbuch mit Datum. »Heute haben wir ein Glas Birnen aufgemacht.« – »Heute haben wir zu den Spritzkuchen ein Glas Aprikosenmarmelade verbraucht.«
Ich will essen, wenn ich Hunger habe, und nicht, wenn Feiertag ist oder Krieg.
Überhaupt – warum machen die Greise ein?
Warum wird nicht tiefgekühltes Obst gegessen?
Warum haben sie nur zu sich selbst Vertrauen, zu ihrem Geschmack, ihren Kirschen, ihrem Salizyl?

Warte. Ich hole die Leiter. Warte!
Heute wird im Hotel Gellért gegessen, und wenn ihr nach Hause kommt, zählt es nicht, daß heute Hochzeit war. Großmutter drückt sich darum herum, für dich ein Glas aufzumachen, sie wird sagen, du hättest ja im Restaurant genug essen können, und es gebe ja frisches Obst, und der Tag habe ohnehin genug Geld gekostet. Mir kann es schon egal sein, und wenn sie später dahinterkommen, mich kriegen sie nicht mehr, und sie können von mir sagen, was sie wollen. Erdbeeren und Preiselbeeren, die ißt du am liebsten. Ich mache mit dem Finger ein Loch in das Cellophan. Bei dieser Hitze setzt sich gleich Schimmel an. Ich durchlöchere eine ganze Reihe für euch, eßt euch satt, du und die Bartos'. Jetzt sind die Familien ja gut miteinander, sicher ruft man Gyuri und Marta her-

über, wenn man sieht, was passiert ist, wer kann soviel Eingemachtes allein aufessen? Eßt! Iß, mein Junge!

»Was haben Sie, Gnädigste, in der Stunde vor Ihrer Trauung gemacht?« – »Ich stand auf einer Leiter, mein Herr, faßte sehr behutsam meinen Rock zusammen, damit mein Brautkleid nicht beschädigt wird, und machte Löcher in die Hüllen von Einmachgläsern auf der Stellage in der Speisekammer, damit das Kompott zu verderben droht und man es essen darf.«

»Und war das ein gutes Gefühl für Sie, Gnädigste, auf der Leiter?«

»Ein großartiges, mein Herr.«

Ich habe den Hof noch nie von hier und noch nie so gesehen. Unter mir drei Bäume, ihre Kronen sind riesig und rund. Es muß ein Wind gehen, ich spüre ihn zwar nicht durch das Drahtnetz, aber ich sehe, daß sich die Blätter bewegen. Alles sieht von hier oben anders aus, die Mauern, das Tor, das Laub. Auch Papa Sulák mit seinem Schleifstein. Der Himmel ist auch anders. Heller. Wenn ich alles immer so aus der Höhe sehen könnte wie in diesem Augenblick, müßte ich verrückt werden, denn von hier aus hat man kein richtiges Verhältnis zu den Dingen, alles ist so weit unter mir.

Kann jemand, der hoch steht, gut sein?

Gott? Staatsmann? Wer immer?

Die Küchenuhr ist stehengeblieben. Ich ziehe sie auf, sonst bleibt sie so, bis Adam nach Hause kommt. Niemand rührt sie an, alle haben Schwindel. So könnte man eigentlich glauben, die Zeit steht still, halb elf am 3. Juli 1966.

Wie stark die Melonenschalen von gestern aus dem Müll riechen.

Niemand ist mit dem Mülleimer hinuntergelaufen, weil das Hugis Amt ist, aber Hugi hat es vergessen, weil sie heute heiratet. Adam, dem diese Pflicht ebenfalls obliegt, hat es auch vergessen, der macht seine Aufnahmeprüfung und hatte den Kopf voll. Und der Sulák kommt nicht. Sulák kommt höchstens nachmittags, infolgedessen ist heute etwas geschehen, von dem man nachhaltiger und mit stärkerer Betonung reden wird als davon, daß heute Hugis Hochzeit war: Man hat nach dem Frühstück den Mülleimer nicht geleert! Folglich ist noch drin, was ich in der Nacht hineingeworfen habe, und Fliegen krabbeln darauf herum wie auf einem Toten, große, grüne Schmeißfliegen summen um die gelben Melonenschalen und die zerrissenen Bilder. Hebe ich den Eimer auf und rüttle ihn, fliegen die Fliegen davon, und der ganze widerliche Unrat wird umgeschüttelt, das Unterste zuoberst gekehrt, und jeder könnte sehen, was ich so sorgsam mit Melonenschalen zugedeckt habe. Wozu das? Mich stört der Gedanke nicht, daß auf meinem Papiergesicht und auf meinen Papierbeinen und auf meinem Papierlächeln Fliegen sitzen. Ich würde ja den Eimer hinuntertragen, wirklich, denn die Melonen stinken ziemlich stark, aber ich kann in diesem Kleid doch nicht gut den Flur entlang und die Treppen hinunterlaufen.
Ich muß zurück.

Wozu dieses Gerede?
Das sind erledigte Sachen, warum bildest du dir ein, daran wäre noch etwas zu ändern? Es handelt sich doch nicht um dich, sondern um uns. Was weißt du von mir? Was von deinem Vater? Warum rührst du an Dinge, von denen du keine Ahnung hast? Ich weiß es ja selbst nicht.

Genug davon, es geht nicht! Ich kann dich nicht am Leben lassen, weil ich selbst noch nicht fertig bin und wahrscheinlich noch nicht einmal eine wirkliche Seele habe. Wir wollten die Insel, aber vielleicht gelingt sie uns nicht, denn vielleicht genügt es nicht zur Insel, daß keiner von uns mehr mordet und keiner vor Mördern flüchten muß. Was könnte ich dich lehren, ich weiß doch selbst kaum etwas und versuche jetzt erst zu verstehen, was um mich ist. Weshalb bist du so unvernünftig, so gewalttätig? Mir pflegt man nicht zu trauen. Und du würdest mir trauen? Gerade du?
Dich schütze ich, nicht mich. Ich weiß nicht, wie ich bin, wozu ich tauge, wozu ich fähig bin, das wird sich jetzt entscheiden. Weißt du denn, ob ich gut zu dir sein werde? So gut, wie man zu einem Kind sein muß? Wie, wenn ich mich auch als schwach erweise und keine Kraft und keine Geduld habe, mir anzuhören, was du sagst, und nicht den Mut, dir zu verschweigen, was ich weiß? Ich bin ja auch schon vollgepfropft mit Erinnerungen, und vielleicht würde ich dich auch einmal anfallen, die Arme ausbreiten und schreien »Mein Trost!«, und du würdest zu mir gelaufen kommen, meine Stimme würde dich verführen, und ich würde in dir Trost für mich selbst suchen. In dir, der du selbst einmal auf Trost angewiesen sein wirst, weil für mich am Abend meiner Hochzeit niemand gebetet hat.

Komm nicht mit mir, ich möchte dich beschützen vor mir, lieber sei du nicht, als daß ich dich einmal in meiner Schwäche und in meinem Kummer mit meinen Erinnerungen überschütte, und du vor ihnen und mir genauso flüchtest, wie ich heute aus diesem Haus gehe.

Sieh dich nicht um!
Kümmere dich nicht darum, was sie denken und was für Augen sie machen. Jetzt klettern sie in die Taxen, setzen sich zurecht. Laß an, fahr los. Glaubst du, ich habe Angst? Ich?
Komm, es dauert nicht lange, und nachher können wir endlich nach Hause gehen. Du hast dich bereit erklärt, ich auch, jetzt gibt es kein Zurück mehr. Vergiß es nie, daß ich dir alles erzählt habe, daß du alles genau so weißt wie Adam und Gyuri und Marta, seit Wochen weißt du es, und du hast gesagt, du willst es doch. Dann kümmere dich nicht darum, wer hinter dir kommt und was er sich denkt, wenn er deinen Wagen sieht. Kümmere dich um nichts, paß auf die Straße auf, der Verkehr ist heute ungewöhnlich groß.
Dort müssen wir nur sagen: Ja, wir wollen. Nur in der Kirche hätte man uns auch noch anderes sagen lassen. »Ich, Gabriella Gál, schwöre beim lebendigen Gott, der Vater, Sohn und Heiliger Geist, die volle Dreifaltigkeit und der einzige ewig wahre Gott ist, daß ich den Mann, dem ich jetzt vor Gottes Angesicht die Hand reiche, liebe und aus Liebe nach Gottes Gebot seine Frau werde.« Meine Großmutter hat es so gesprochen, so hat sie geschworen. Und meine Mutter auch.
Was ist Gottes Gebot?
Ich kenne nur die furchtbaren Gebote der Alten und der Greise.
Ich liebe dich, Miklós.
Als wir die Insel ausheckten, wußte ich nicht, daß ich dich lieben werde, wir amüsierten uns darüber, daß du der Auserwählte sein solltest, alle lachten, ich am meisten. Wir haben darum geknobelt mit dem roten Knochenwürfel, mit dem wir immer spielten, welche

von uns beiden es sein sollte, Marta oder ich. Marta hatte mehr geworfen, und am Anfang ging auch wirklich sie mit dir, aber später erklärte Gyuri, daß man so etwas doch nicht mit dem Würfel entscheiden könne, denn umsonst wäre Marta nett zu dir, es käme nichts dabei heraus und der alte Bartos würde in gar keinem Fall auf Frau Huszár losgehen, weil sie sich seit Urzeiten kannten, und wie immer es käme, Bartos würde für Frau Huszár Partei ergreifen und nicht für die eigene Tochter. Frau Bartos aber sei schrecklich einsichtig, sie würde Marta niemals in eine solche Ehe hineintreiben, sondern sie zum Arzt bringen. Vielleicht versuche *ich* es, schlug ich vor, und Adam meinte, bei uns sei die Wahrscheinlichkeit tatsächlich größer, denn unsere Eltern seien urzeitliche Mastodonten, außerdem seien wir eine sehr feine alte Familie, und es sei Vater durchaus zuzutrauen, daß er auf die Schreckensnachricht hin seine ganze Feinheit vergessen und als Ritter und Kämpfer auftreten werde. Es hat schon so ein Beispiel in unserer Familie gegeben. Wir hatten einen Verwandten, der seinen eigenen Sohn erschoß, weil dieser recht vernünftige junge Mann als Soldat im Ersten Weltkrieg desertierte; hinterher erschoß er sich selbst, nur durfte man nicht darüber sprechen.
Hätten wir gleich gewußt, wie du bist, hätten wir dich besser gekannt und hättest du auch nur mit einem einzigen Wort darauf angespielt, daß auch du von zu Hause wegstrebst, dann hätten wir von Anfang an auch mit dir die Dinge besprochen, aber wir trauten uns nicht, dir etwas zu sagen, weil du uns anders vorkamst, als wir selbst sind, wir dachten, du würdest erschrecken, dich lieber doch vor der Sache drükken oder gar den Alten etwas sagen, und dann hätte aus dem allen nichts werden können, was wir uns so

schön ausgedacht hatten. Wir glaubten das lange, denn anfangs wollte ja nichts so gehen, wie wir es wünschten, man konnte zuerst nicht an dich heran, du hast mich nicht angerührt, dabei haben sie mich bei euch in der Wohnung vorsätzlich mit dir allein gelassen, die anderen sind weggegangen und haben zu Hause darauf gelauert, mit welcher Nachricht ich wohl kommen würde, ob schon etwas passiert war. Wochenlang geschah nichts, ich schämte mich schrecklich. Als es dann schließlich doch geschah, kam alles irgendwie ganz anders, als Marta es vorausgesagt hatte, es war weder komisch noch ulkig und auch gar nicht lästig wie zwischen ihr und Adam, sondern ganz merkwürdig, irgendwie beglückend und auch traurig. Ich wäre jeden Tag gern mit dir zusammen gewesen, ich hatte Verlangen nach dir und wollte, daß du mich anrührst und daß du mir Dinge sagst, wie ich sie auch von Adam nie gehört habe, und als ich dich an jenem Samstag anlog, es sei nun Schluß von meiner Seite, ich hätte genug, denn ich liebte jetzt Gyuri, und ich wollte jetzt mit ihm gehen, ich könnte nicht dauernd Privateigentum von jemand sein, und du darauf aufstandest und sagtest, dem stünde nichts im Wege und mir die Tür aufmachtest, ging ich heulend nach Hause und wagte ihnen nicht zu sagen, daß nicht du mich hinausgeworfen hast, sondern ich von selbst weggegangen bin, weil du mir leid tatest und ich mich schämte, daß wir dich so an der Nase herumführten. Gyuri hätte mich beinahe geohrfeigt, er brüllte mich an, warum ich unverschämt zu dir gewesen sei, mir Allüren erlaube, ich müsse doch wissen, daß es mit dir noch nicht so weit sein könne. Sie wunderten sich über dich, über deine Energie, und daß du es gewagt hattest, mir einen Fußtritt zu geben. Für alles machten sie mich verantwortlich, beschimpften mich, warum ich nicht geschickter gewesen sei, und Marta sagte, du hättest ja bloß gekniffen aus Angst, es würde etwas passieren, und was du dann wohl deiner Mama sagen solltest, aber die Jungen glaubten das nicht. Sie zerbrachen sich den Kopf, wen man an deiner Statt drankriegen könnte, aber sie kannten niemand, der so geeignet war wie du. Dann haben wir ein paar Wochen lang wieder Lotto gespielt, aber natürlich nichts gewonnen, einmal hatten wir einen Zweier-Treffer.

Dann kamst du eines Tages zu den Bartos', allein, und sagtest, du möchtest mit mir sprechen. Alle sahen dich an wie einen vom Himmel entsandten Engel. Sie schöpften wieder Hoffnung, vielleicht war doch noch nicht alles verloren, und sie brachten dich gleich zu uns. Adam war nicht zu Hause, ich las, und als ich dich sah, glaubte ich, ich werde sterben, ich hatte ja solche Sehnsucht nach dir gehabt. Großmutter guckte mißtrauisch, da aber Gyuri und Marta auch da waren, sagte sie nichts, ließ uns im Eßzimmer allein toben, und Gyuri sagte dann, wozu wir solchen Blödsinn machen, das Leben ist doch so kurz und es wäre wirklich nicht schön von dir gewesen, daß du mich abgeschüttelt hast. Du sahst mich an, und in deinen Augen stand: Wer lügt denn hier? *Ich* hätte dich doch abgeschüttelt und gerade Gyuris wegen, ich hatte es doch selbst zugegeben. Ich zuckte die Achseln, es wäre hoffnungslos gewesen, was immer zu sagen, es den beiden oder auch dir zu erklären. Ich liebte dich und hatte Angst um dich, weil du so ahnungslos in eine Sache hineinschlittertest und überhaupt nichts von der Rolle ahntest, die dir in unserer Komödie zugedacht war, und ich wußte, wenn wir jetzt von vorne anfingen, würde ich nicht mehr zu-

rückkönnen, nur einmal hatte ich die Kraft gehabt, dich stehenzulassen, ein zweites Mal würde ich sie nicht aufbringen.
Beinahe hätte ich dir schon damals alles gesagt. Du hast es verhindert. Ich weiß nicht, was du dir eigentlich gedacht hast, während wir dort nebeneinander im Eßzimmer standen und du meinen Arm hieltest und mich nur ansahst, und als du merktest, daß ich etwas sagen wollte, hast du deine Hand auf meinen Mund gelegt: sag nichts, ich bin nicht neugierig. Hast du gedacht, es hätte gestimmt, was ich dir bei unserem letzten Zusammensein vorgelogen hatte, daß ich zwischendurch tatsächlich Gyuri geliebt und nun auch ihn schon satt hätte? Ich wollte dir damals schon sagen, was ich dir schließlich im Park erzählte, nachdem mein Vater mit deiner Mutter gesprochen hatte, und wir uns zum erstenmal wiedersahen, seit unsere Eltern beschlossen hatten, daß wir heiraten sollten. Ich wollte dir sagen, wie es wirklich stand, aber du hast mich nicht sprechen lassen, und ich hatte keine Zeit, es dir trotzdem zu sagen, wir waren ja nur ein paar Minuten allein, während Gyuri und Marta hinüberrannten, Wein zu holen, damit wir den Frieden begießen konnten. Wir küßten uns, und da kam auch schon Marta mit der Korbflasche. Du erzähltest dann, deine Mutter fahre an die See, du bliebest allein zu Hause; und da fing alles von vorn an, jeder war glücklich, du ganz besonders, nur ich war kribblig und ängstigte mich vor dem Augenblick, wo du erfahren würdest, was dir bevorstand. Als ich dann merkte, daß es mit mir endlich soweit war, wie es – das hatten wir ausgeknobelt – mit einer von uns sein mußte, sagte ich lange Zeit keinem etwas, obgleich sie mich jeden Tag drängten, was denn los sei. Dann mußte ich es einmal doch sagen,

Adam und die anderen tanzten um mich herum und brüllten vor Freude.
Als sich dann herausstellte, daß ihr beide, mein Vater und du, euch in der gegebenen Situation genauso betragen habt, wie Adam es vorhergesagt hatte, war ich sehr traurig, denn ich dachte, sie hätten dich in eine Sache hineingezerrt, die du wissend sicher nie mitgemacht hättest, und jetzt müßtest du ohne zu ahnen, wie es eigentlich dazu gekommen war, mit uns auf die Insel ziehen. Adam hielt mich für verblödet, weil ich keine Freudentänze aufführte, wie er es erwartet hatte, und auch keinen Grund dafür angeben konnte, warum ich es nicht tat. Ich war zum erstenmal in meinem Leben nicht fähig, nur an mich selbst und an sie zu denken, an Adam und die zwei Bartos', denn bis dahin hatte ich immer nur an sie gedacht, ich hatte ja niemanden außer ihnen. Jetzt aber dachte ich auch an dich. Ich ging weg von zu Hause, ging in ein Kino, ich wollte ungestört nachdenken. Ich weiß nicht, was gespielt wurde, ich habe nicht auf die Leinwand geschaut, ich hab die Augen zugemacht. Als ich aus dem Kino kam, wußte ich schon, daß ich dir alles sagen werde, die ganze Sache, so wie sie war, und du solltest entscheiden. Würdest du, nachdem du alles erfahren hast, beschließen, daß es so richtig ist, dann sollte die Insel sein. Solltest du mich aber nicht heiraten wollen, weil wir dich betrogen hatten, dann wollte ich allen zum Trotz, Adam, Gyuri, Marta, Vater, erklären, daß ich nicht heiraten will, lieber zu allen Behörden und Kommissionen gehe und durchsetze, daß man mich nicht zu dieser Heirat zwingt. Ich bin dann nach Hause gegangen, und Adam empfing mich damit, du hättest angerufen und wolltest mich am nächsten Tag um drei dort unten treffen.

Dort ist der Park, in dem wir gesessen haben, auf dieser Bank.
Ich konnte kaum einen Platz finden. Du kamst später als du versprochen hattest, ich mußte lange auf dich warten. Ich setzte mich auf eine Bank und viele setzten sich zu mir, immer andere und redeten allerlei, probierten anzubandeln. Mit einigen ließ ich mich ein, mit Jungens, mit einem Mann und mit einem ganz Alten, so alt wie Vater, weil ich Angst hatte und mich einsam fühlte und nervös war; dann aber gab ich einem keine Antwort, stieß nur mit dem Fuß die Kieselsteine und wartete auf dich. Einmal spazierte auch ein Schutzmann an der Bank vorbei, das war nicht angenehm, ich mag es nicht, wenn mich ein Schutzmann mustert, aber der schaute mich nur an wie ein Mann. Endlich kamst du, den Regenmantel um die Schultern, denn es nieselte ein wenig, deine Haare flatterten, du kamst, bliebst stehen und schautest mich und die Bank so lange an, bis die andern endlich begriffen und davongingen. Du hast sie weggeekelt. Du hast dich zu mir gesetzt, wie du es noch nie getan hattest, dabei lebten wir damals schon seit Monaten miteinander, du hast dich neben mir niedergelassen wie jemand, der nicht für zwei Wochen, sondern wohl für längere Zeit zu mir gehörte. Du hast mich angesehen, hast gelächelt, ich konnte deinem Blick nicht standhalten und senkte die Augen. Ich wußte schon lange, wie du nackt bist, und du hattest mich auch schon oft genug so gesehen. Du hast die Hand nach mir ausgestreckt, was du wolltest, weiß ich noch heute nicht, mich an dich ziehen, mich küssen oder nur mit meinen Fingern spielen, ich leistete Widerstand und duldete nicht einmal, daß du sprichst. Es war zwischen uns etwas Unerledigtes, und ich wollte das wegschaffen, und darum ließ ich nicht

zu, daß du etwas aussprichst, weswegen du dich später hättest schämen oder es vielleicht zurücknehmen müssen. Ich habe gesprochen, nur ich, und während ich sprach, beobachtete ich dich, denn alles hing davon ab, wie du es aufnehmen würdest.

Jetzt weißt du schon, was ich im Eßzimmer hatte sagen wollen, während die zwei Bartos Wein holten, alles das, was ich dir schließlich hier in diesem Park gesagt habe. Wir hatten dich ausgewählt, weil ihr Geld hattet, ein sehr schönes Heim, und es für dich unbegrenzte Möglichkeiten gab. Wir hatten ausgemacht, ich sollte versuchen, von dir schwanger zu werden, denn dir, bei deiner großen Unschuld, war es zuzutrauen, daß du bereit sein würdest, mich zu heiraten, aus Güte und aus Dummheit, oder wenn vielleicht doch nicht, dann würde dich deine Mutter mit Gewalt zu dieser Ehe zwingen, auch gegen deinen Willen, vorausgesetzt, daß unser Vater zum Schutze der Familienehre eine große Lippe riskierte. Einer von euch beiden würde sich so betragen, wie wir es hofften, und war die Entscheidung einmal gefallen, würde deine Mutter mich, die sie nicht ausstehen konnte, sicher nicht in ihrem Heim dulden, und so würden wir endlich eine selbständige Wohnung haben, ohne Alte und ohne Greise, deine Mutter würde schon dafür sorgen. Das hatten wir ausgeknobelt mit dem Würfel, und wenn Herr Bartos deine Mutter nicht so liebte und sie nicht schon seit Jahrzehnten kennte, oder Frau Bartos nicht so aufgeklärt wäre, dann säße jetzt vielleicht Marta hier neben dir im Wagen. Du hättest das aber eigentlich nie erfahren dürfen, vor dir sollte Adams Erfindung geheim bleiben, das streng gehütete Geheimnis der beiden Gáls und der beiden Bartos, denn du warst ja immer so erhaben, so diszipliniert, daß wir so ziemlich sicher waren, du hättest eigentlich nichts mit uns gemein. Nur habe ich dich damals schon geliebt, was überhaupt nicht in Betracht gezogen wurde, als wir die Insel erfanden, wir wollten ja nicht dich haben, nur die Wohnung. Aber ich liebte dich, und darum wollte ich dich nicht in etwas hineinschleusen, was du selbst nicht wolltest, dir nichts aufbürden, was für dich nicht gut war.

Wir wollten eine Insel haben, ohne Alte und ohne Greise, ohne Erinnerungen, ob gute oder schlechte, nichts sollte da sein, nur wir. Wir wollten ein Heim haben, wo sich niemand ängstigt, die Familienmitglieder keine Martern, keine Leiden, keine Entbehrungen, keine Greuel heraufbeschwören, wo wir niemanden zu bedauern und niemandem nachzueifern brauchen, sondern uns geben dürfen wie wir sind, frei und fröhlich oder, wenn es so kommt, eben traurig. Wir wollten ausbrechen aus dem Kreis, in den die Erwachsenen eingeschlossen sind, wir wollten, daß die Irrtümer unsere Irrtümer, die Fehler unsere Fehler sein sollen, nicht die der Alten und der Greise, und auf uns nicht der ganze Bewußtseinsinhalt der Familienmitglieder – Krieg, Mord, KZ, irrsinniges Staatsoberhaupt, feige Staatsbürger – lastet, und daß man uns nichts neidet. Wir wollten tun, was wir wollen und so arbeiten, wie wir es für gut finden, und wir wollten nicht dies und das sein und uns so und so betragen müssen, nur weil das andere so haben wollten, und auf keinen Fall wollten wir die Wiedergutmachung für all das sein, was den Alten und den Greisen schiefgegangen war, und wir wollten nicht hassen müssen, was an sich und natürlicherweise nicht hassenswert ist, nur den Alten und Greisen so scheint, weil sie sich um ihr Brot und ihr Leben ängstigen, und wir wollten auch nichts lieben müssen, was an sich nicht liebenswert ist, nur weil die anderen erklären, wir müßten es lieben, weil es praktisch ist und sich so gehört. Wir wollten einen fixen Punkt haben, an den wir uns halten können, bis wir unseren Platz in der Welt gefunden haben, und dieser Punkt sollte mein Heim sein, unser Heim, in dem es auch für die anderen Platz und Sicherheit geben würde, wenn sie es bei den Alten und Greisen nicht mehr aushielten, wenn sie lustig sein wollten, und auch dann, wenn die Erwachsenen ihnen lustig zu sein befahlen, weil sie ja zu essen bekamen, Schuhe und Zähne hatten und lebten, denn die Dinge sind ja viel verwickelter, und wir bestanden auch auf unserem Recht, traurig sein zu dürfen. Wir wollten Pläne machen dürfen, kolossale oder nichtige, gute oder wahnsinnige, aber es sollten unsere Pläne sein, und wir wollten nicht all das ausführen müssen, was die Alten und die Greise in ihrem Leben versäumt hatten.

Zuerst versuchten wir es mit dem Lotto. Aber das ging nicht. Und auf welche andere Weise hätten wir das Geld für eine Wohnung aufbringen können? Also deshalb mußten wir knobeln, das Netz auf dich und auf alle die Möglichkeiten, die in dir lagen, auswerfen, und das mußte ich dir erzählen und sehen, was du dazu sagst, denn ich mußte wissen, ob du mich auch so haben willst und bereit bist, mit uns auf der Insel zu wohnen. Aber ich habe dir nicht gesagt, daß ich dich liebe, denn das war wieder eine andere Sache, nur meine Sache, zum Glück hast du mich nicht gefragt, überhaupt hast du nichts gefragt. Du hast lange geschwiegen, einmal hast du die Augen geschlossen und den Kopf zurückgelegt, da dachte ich, nun ist es aus, jetzt wirst du aufstehen, mich sitzen lassen, alles deiner Mutter und meinem Vater erzählen. Aber dann hast du doch zu reden begonnen. Du sagtest, du müßtest dich von deiner Mutter losreißen, denn der jetzige Zustand richte euch beide zugrunde. Du hättest dir schon lange den Kopf darüber zerbrochen, wie das zu bewerkstelligen sei, nun ergebe sich diese Möglichkeit, also soll es ruhig dabei bleiben, wie die Eltern es unter sich ausgemacht haben und »wie ihr es euch ausgedacht habt«. Denn so würde deine Mutter dich aus ihren Fängen lassen und ihr könntet beide ein neues Leben beginnen. Und du hast auch noch gesagt, Adam sei ein Genie, dir wäre eine solche Lösung nie eingefallen, ob du das ernst oder spöttisch gemeint hast, konnte ich nicht entscheiden. Du bist aufgestanden, hast mich auch von der Bank aufgehoben, es ist spät, hast du gesagt, laß uns gehen. Ich wartete auf etwas, darauf, daß du mich fragst, warum ich dir das eigentlich alles erzählt habe, ich hätte es ja nicht zu sagen brauchen, und du hättest es dann auch wahrscheinlich nie erfahren, sondern geglaubt, die Liebe hätte uns zusammengeführt, in jüngeren Jahren und unter glücklicheren Umständen, als es anderen beschieden ist, dank meinen närrischen, altmodischen Eltern und deiner nervenschwachen, um euern Namen besorgten Mutter. Aber du hast nichts gefragt, wir schlenderten nur nebeneinander her, als wären wir schon seit Urzeiten verheiratet, und auch ich schwieg. Was hätte ich denn noch sagen können, nach dem, was ich dir mitgeteilt hatte. Du hast mich bis zu unserer Haustür gebracht, ich forderte dich auf, mitzukommen, jetzt könntest du doch schon jederzeit zu uns kommen, aber du sagtest, deine Mutter erwarte dich. Darauf lachte ich und sagte: »Sie wird sich das jetzt abgewöhnen müssen, das Aufdichwarten, wenn wir einmal verheiratet sind.« Du hast den Kopf geschüttelt und gesagt: Deine Mutter werde immer auf dich warten, solange ihr beide lebtet, und hast mich mit diesem Satz vor unserem Haustor stehenlassen, hast mich nicht geküßt, nicht einmal meine Hand berührt. Ich habe nicht verstanden, warum du so gesprochen hast, und verstehe es noch immer nicht.

Wir waren genausooft zusammen wie bis dahin, und nachdem Frau Huszár die Wohnung gekauft hat, waren wir jeden Tag stundenlang zu zweit dort und kümmerten uns um die Einrichtung, du hast mich umarmt wie andere Male und hast mir alles mögliche gesagt, nur das eine nicht, was ich gern gehört hätte und was ich bis heute nicht weiß: Liebst du mich? Bedeute ich dir etwas?

Morgen, wenn du in die Stadt fährst, nimm mich bitte mit im Wagen, ich geh auf Stellungsuche. Ich habe noch nie gearbeitet, bin immer ausgehalten worden. Marta wird unterdessen in unsere Wohnung gehen und saubermachen. Denn wahrscheinlich werde ich erst spät nach Hause kommen, und bitte, gib mir auch Geld, damit wir etwas kochen können. Marta wird kochen, morgen essen alle bei uns zu Mittag.

Sag, nicht wahr, es kann nicht sein, daß ich dir damals im Park, während ich dir alles erzählte, zuwider geworden bin? Nicht wahr, du weißt, daß wir dir nichts Übles wollten, auch dann nicht, als du uns noch nicht so lieb warst wie später, auch dann nicht, als ich dich noch nicht liebte. Mich hat niemand dazu gezwungen, dir von dem Knobeln zu erzählen und alles andere, was du nicht wußtest, und wenn ich es trotzdem tat, so mußt du doch eigentlich daraus sehen, daß für mich nichts mehr von dem gilt, was anfangs Spiel und Berechnung war. Ich habe dir alles gesagt, um dir die Möglichkeit zu geben zurückzutreten, wenn du mich

nicht magst. Warum sagst du nichts, du solltest etwas sagen, auch wenn du nicht weißt, was ich mir denke, während ich neben dir sitze. Warum sagst du nicht ein Wort, das mich beruhigt. Tut dir deine Mutter leid? Hast du sie im Kopf? Auch jetzt?
Glaubst du nicht, daß es auch für sie so besser sein wird? Alle unsere Verwandten werden glücklicher sein ohne uns. Wieviel leichter wäre es für unsere Familie, wenn wir an irgendeiner Kinderkrankheit gestorben wären und nur die Erinnerung an uns fortlebte, eine Locke, ein Schühchen. Du mußt ja wissen, daß sie uns so, wie wir sind, wie wir leiben und leben, nicht leiden können. Wenn sie uns nur ansehen, werden sie gleich wie die Wahnsinnigen. Sie wissen etwas vom Leben, was sie nicht einmal sich selbst einzugestehen wagen und wovor sie uns ständig behüten möchten. Etwas Fürchterliches wartet auf uns, deshalb härten sie uns immerzu ab, und ich glaube, auch ihnen steht etwas Fürchterliches bevor, darum betrachten sie so ängstlich ihre nachlassenden Muskeln, und probieren mal ihr rechtes, mal ihr linkes Auge aus, indem sie immer eins zuhalten, wie weit sie noch sehen können, ob sie auch rechtzeitig das Unbegreifliche, das kommt, erblicken werden. Solange wir mit ihnen leben, können sie ihr Vorhaben nicht aufgeben, uns so hart zu kneten, daß keine Gewalt weder unseren Körper noch unsere Seele bezwingen kann.
Hast du denn eine Ahnung, wie sehr sie sich vor sich selbst ängstigen? Und vor jedem, dem man gehorchen muß. Daß sie alle Hoffnung auf uns setzen, überzeugt, daß wir so gut und vollkommen sein werden wie die Heiligen in alten Zeiten und die Welt aus der Gefahr erretten werden, von der wir nichts wissen, nur sie etwas ahnen, aber den Schutz vertrauen sie uns an,

weil sie müde, elend und schwach sind. Sie wissen, in welche Schlacht sie uns schicken wollen, wozu wir eine unvergleichliche Muskulatur und einen unvergleichlichen Charakter haben müssen. Adam sagt: Warum müssen in den Kriegen immer die Gesunden zugrunde gehen? Das nächste Mal sollen die Blinden gegen die Blinden, die Lahmen gegen die Lahmen aufmarschieren, die Unheilbaren gegen die Krebskranken kämpfen, die Jungen und Gesunden aber sollen von einem Turm aus zusehen. Und gewinnen soll die Partei, deren Krüppel und Kranke die Krüppel und Kranken der Gegenpartei besiegen. Dann ziehen die Gesunden aus dem Turm nach Hause, vermehren sich und haben beide Arme, um die Häuser aufzubauen, auf die die Krüppel Bomben geworfen haben. Der Wiederaufbau geht schnell, denn die Krüppel haben ja keine so großen Verwüstungen angerichtet, dazu waren sie zu schwach. Lachst du nicht? Warum lachst du nicht? Es ist doch wirklich lustig. Wir haben uns kaputt gelacht.
Dir werde ich treu sein, du sollst mir genügen.
Mit dir will ich dulden, mit dir will ich leiden.
Was für fürchterliche Worte, was für ein urzeitliches Gefasel, was für ein Kauderwelsch. Das hätten wir in der Kirche sagen müssen. Warum sprichst du nicht zu mir? Hilf. Wäre Adam hier, er würde etwas sagen, was uns diesen Weg leichter macht. Fällt dir nichts ein? Kann es sein, daß du dich fürchtest?
Fürchte dich nicht. Was kann uns Waisenkindern passieren. Wir haben keine Eltern, sie sind während des Horthy-Faschismus gestorben, im Zweiten Weltkrieg gefallen oder in der Zeit des Personenkults umgekommen. Unsere Verwandten, unsere erwachsenen Bekannten sind alle Kriegsinvaliden. Manchen sieht man

es an, weil ihnen ein Bein fehlt, andere sehen aus wie die Heilen und sind doch Invaliden, die viele Angst, die sie ausgestanden haben, hat sie dazu gemacht, und sie schreien in der Nacht und sind ganz naß geschwitzt, wenn sie aufwachen. Daran hättest du dich gewöhnen können, wir haben uns auch daran gewöhnt. Statt der Eltern haben wir Brüder, alle jungen Menschen der Welt sind unsere Brüder, denn sie alle haben tote Eltern.

Hier ist das Standesamt?

Siehst du, wie sie sich anschauen?
Herr Bartos und der Herr Konrad stehen nebeneinander wie ein Ausrufungszeichen und ein Punkt. Herr Konrad ist das Ausrufungszeichen, Herr Bartos der Punkt. Und je näher sie nebeneinander stehen, fast berühren sich ihre Kleider, ihre Arme, um so spürbarer wird, wie schwer der eine die Gegenwart des andern erträgt. Nicht leicht für die beiden, es so lange auszuhalten, bis sie ihre Namen ins Eheregister eingetragen haben.
Wer von den Anwesenden ahnt, was hier eigentlich gespielt wird, und was geht jedem im Kopf herum?
Herr Bartos denkt sicher an dich und an mich und daran, daß du in ein paar Jahren Marta hättest zur Frau nehmen sollen, weil ihr zueinander gepaßt hättet. Herr Konrad denkt, daß ich eigentlich seine Tochter hätte sein können, und was für eine schöne blonde Tochter er dann hätte, und warum ich eine so sonderbare Ehe schließe und warum so früh. Ich an Mutters Stelle würde den Konrad, nach dem, was er sich geleistet hat, nicht einmal mehr anspucken, ihn aber ganz gewiß nicht zum Trauzeugen rufen. Wie lange will sie es Vater und Großmutter noch heimzahlen, wie lange dauert ihr Haß?
Kannst du hassen?
Ich nicht. Adam auch nicht. Der lacht höchstens. Ich glaube, Marta und Gyuri können auch nicht hassen, das ist so eine Alteleuteeigenschaft, es gehört zu ihren Eigentümlichkeiten, daß sie weder vergessen noch verzeihen können. Sie sind böse. Ich habe in meinem ganzen Leben noch keine so verständnislosen Wesen gesehen wie die Erwachsenen.
Ich möchte nicht erwachsen sein.
Ich möchte nicht? Ich bin es doch schon, durch das Ehe-

tauglichkeitszeugnis bin ich volljährig und kann wählen. Ich möchte ganz andere Verordnungen erlassen als die Alten, aber wer hört schon auf mich?
Wirst du?
Wirst du auf mich hören? Zählt für dich, was ich sage? Glaubst du mir? Wir haben so viel zusammengelegen und so wenig miteinander gesprochen. Die Zeit war zu kurz. Das wird auch jetzt so sein, denn ich werde arbeiten und allerlei erledigen müssen – was Frauen eben so zu tun haben. Man sagt, ich sei unordentlich, unverantwortlich und nachlässig. Es wäre besser für dich, wenn Adam das Mädchen wäre, und du ihn heiratetest. Adam ist ordentlich und unglaublich pünktlich. Das war er immer. Aber ich will mich zusammennehmen, hörst du, mir alle Mühe geben, aber du sollst mich loben, ich bitte dich sehr, lobe mich manchmal, wenn ich besonders nett bin oder mir eine Speise gut gelingt oder wenn ich dich auch nur anlache und auch, wenn ich mir dir zuliebe eine Rose ins Haar stecke und zu tanzen anfange. Denn mich hat zu Hause niemand gelobt. Nur ausgeschimpft. Und niemand außer Adam hat verstanden, was ich mir dachte, was ich eben wollte. Als ich sie noch gern hatte, glaubten sie manchmal, ich sei närrisch, weil ich plötzlich unter dem Klavier zu trommeln anfing oder auf dem Teppich ein großes Monogramm aus Flitter auslegte. Ich kann nicht Hände küssen, und ich weiß auch nicht, wie man es anstellt, daß man verstanden wird. Ich weiß nicht, was sie eigentlich erwarten und was sie getan haben, als sie jung waren und sich glücklich fühlten oder aufgeregt waren, wann sie sich ängstigten und einer Stimmung Ausdruck geben wollten, etwa sagen: diese Minute ist schön oder: Ich weiß, daß er oder sie jetzt traurig ist. Oder: Ich hab dich lieb.

Wie machen es die anderen?
Ich war neun Jahre alt, als mein Vater starb.
Ich weiß das so genau, weil er gerade an meinem Geburtstag starb und ich ihn vielleicht nie so liebte wie an diesem Tag.
Vater ist ein besserer Mensch als Mutter. Besser und trauriger. Mutter tobt, brodelt, hadert, Vater ist meistens still, er fürchtet sich vor immer neuen Erniedrigungen und rührt sich lieber nicht. Schau, wie er jetzt den Konrad anglotzt, der ist ihm doch furchtbar zuwider; seit er verheiratet ist, hört er ja nichts anderes, als daß Konrad der schöne, der gute, der richtige Mann ist, die reine, unerfüllte Liebe, das Ideal. Er dagegen ist der Ehemann, das notwendige Übel, das Opfer ohne Eigenschaften. An dem Tag, meinem neunten Geburtstag, hat er mir nichts als ein Viertelkilo Perlen gekauft, allerlei Glasperlen in einer großen braunen Papiertüte, und er lachte, als er sah, wie sehr ich mich über sie freute. Früher, als er noch jünger war, konnte er manchmal großartig sein, so daß ich schon glaubte, vielleicht versteht er mich und Adam, wenn auch nicht ganz, so doch einigermaßen, vielleicht hat er irgendwann in seiner Kindheit unsere Sprache gesprochen und ist nur später unter Fremde geraten und hat sie dann vergessen, und jetzt versteht er noch ein paar Worte von dem, was wir sprechen, nicht immer genau, aber manchmal versteht er doch, was wir einander und der Welt zurufen. Die Perlen waren Wörter der alten Muttersprache, an die er sich noch ein bißchen erinnern konnte.
Schelte bekamen wir alle beide, Großmutter sagte: So ein Unfug, ich streute die Perlen ja doch nur herum und sie müßte sie dann zusammenklauben, und sie würden ja doch nur zertreten, weil ich viel zu faul sei,

hinter den Perlen her unter die Stühle zu kriechen, und am Ende müßte ja doch nur sie wieder die Splitter aus den Teppichen herausfegen. Die Perlen lagen ausgeschüttet in einer großen Pappschachtel und leuchteten in allen Farben. Mutter sagte: Hugi ist sowieso für Geschmacklosigkeiten empfänglich, sie tut sich allen möglichen Firlefanz auf den Kopf und in die Ohren, die Perlen haben ihr gerade noch gefehlt. Wir schwiegen, ich packte den Karton weg, wir setzten uns zum Abendessen. Der Kronleuchter brannte. Als wir mit dem Essen fertig waren, wurde das große Licht ausgemacht, nur in der Ecke brannte ein Wandleuchter. Vater setzte sich in seinen Sessel und las.

Damals erblickte ich seinen Kopf, nicht den, den ich kannte, sondern den Schatten. Das Licht fiel so, daß sein Schattenbild sich auf der großen Wandfläche klar abzeichnete; jetzt hängt dort die kleine Perserbrücke aus der Gilead; aber vor ein paar Jahren war die Wand noch leer. Und dann fiel mir ein, daß er einmal sterben wird und ich ihn verliere, und ich liebte ihn doch und dachte entsetzt, daß ich ihn nicht bewahren und für mich behalten konnte für die Zeit, wo auch ich schon wirklich leben würde, denn das Gesetz der Natur mußte sich an ihm erfüllen, er wird sterben und das Grab ihn früher verschlingen als mich. Ich mußte ihn retten, mußte verhindern, daß ich ihn einmal nicht mehr würde sehen können, und da holte ich meinen Zeichenstift aus dem Federkasten und zog auf der Wand mit dicken schwarzen Strichen seinen Schattenriß nach, und ich war glücklich und meinte, den Tod überwunden zu haben. Sein Bild war da an der Wand, die dicken fetten Graphitlinien folgten genau seiner Kopfform, ich fuhr immer wieder über die Linien, damit sie sich scharf abzeichneten, und als ich endlich fertig war, blieb ich vor Vater stehen und sah ihn an. Er blickte von seinem Buch auf, er lächelte, und ich stand vor ihm, starrte ihn an und schwieg, ich hatte keine Worte. Was hätte ich auch sagen können? Mir war, als hätte ich ihn vom Tode errettet, und das machte mich glücklich, dabei wußte ich damals noch nicht, wie sehr er sich vor dem Tod fürchtete.

»Was gibts?« fragte er und lächelte nur. »Worüber freust du dich, Hugi?«

Ich sagte nichts. Der Augenblick war viel zu persönlich, zu geheimnisvoll. Ein Augenblick, den man mit niemandem teilen konnte, und ein bißchen schämte ich mich auch wie jemand, der einem Mitmenschen das Leben gerettet hat, aber nichts davon sagt, damit man nicht glaubt, er erwarte den Tod des andern. Ich stand neben ihm und wartete, er mußte es doch früher oder später bemerken, das wußte ich.

Mutter bemerkte die Zeichnung sofort, als sie aus der Küche zurückkam. Sie fragte mich nicht, warum ich das gemacht hatte, und ich hätte es auch nicht erklären können, ich hatte keine genauen Begriffe oder fertigen Worte, ich weinte nur, als sie mich schlugen, und als sie mit dem Prügeln fertig waren, mußte ich einen Schwamm und eine Schüssel holen und mich vor die Wand knien: Wasch den Schmutz ab!

Ich heulte, nicht weil die Schläge weh taten, sondern weil ich Angst um ihn hatte, Angst um Vater, der nicht wußte, was er tat, als er Mutter nachgab und einverstanden damit war, daß das Bild abgewaschen werden sollte, ich hatte Angst, denn jetzt ging die einzige Möglichkeit verloren, daß er irgendwie erhalten blieb. Nicht, schrie ich, bitte nicht! Ich rannte zu ihm, umfing ihn mit den Armen, er befreite sich. Jetzt weiß ich längst, daß er sich vor Mutter fürchtet, immer fürchtete er sich entsetzlich vor ihr, ihm wäre es recht gewesen, sein Bild an der Wand zu belassen, er wagte es nur nicht, mich in Schutz zu nehmen, denn nicht nur ich, zehn Kinder wären es ihm nicht wert gewesen, sich die Hölle auf den Hals zu laden. Während ich das Bild wegwusch, sah er mir zu; er war nicht fröhlich, aber er rettete mich auch nicht, und ich wußte damals schon, ist einmal das Bild weg, dann ist nicht nur die Zeichnung von der Wand verschwunden, dann habe ich auch seine lebenden Züge aus mir herausgewaschen. Mein Abendessen hatte ich schon bekommen, mit Hungern konnten sie mich also nicht bestrafen, aber die Perlen nahmen sie mir weg. Mutter nahm sie mir weg, betrachtete sie lange, schüttelte sie hin und her, dann beugte sie sich zum Fenster hinaus und leerte den Inhalt des Kartons auf die Straße. Wie ein farbiger Regenguß fielen meine Perlen vom dritten Stock hinunter. In unserer Straße ist der Verkehr immer groß, alle Wagen, die zum Friedhof fahren, müssen da vorbei; als ich am nächsten Tag zur Schule ging, sah ich auf dem Pflaster die Spuren der Perlen, die Fahrzeuge hatten sie zu Staub zermahlen, und der Glasstaub glitzerte in der Sonne in allen Farben.

Jetzt fängt es an.
Ich hänge mich bei dir ein, weil mir die Beine zittern. Ich bin sonst nie nervös, aber jetzt habe ich irgendwie Angst. Nicht davor, daß der Mann etwas sagen könnte, was mich aus der Fassung bringt, oder daß er sich denkt: Diese in so überaus jungem Alter geschlossene Ehe muß wohl ihre Hintergründe haben. Ah nein! Solange nicht alles vorbei ist und wir hier weggehen, habe ich Angst, es könnte doch noch etwas dazwischenkommen, und dann könnte ich mich nicht vor ihnen

retten, ich müßte als Kind zu ihnen zurückgehen, und dann würde nichts aus mir, sie würden mich zermahlen wie die Perlen auf dem Pflaster. Neben dir steht Herr Bartos. Herrn Bartos kenne ich, seit ich lebe, ich weiß, was er sich denkt. Jetzt sagt er sich: Nun macht Hugi die Huszárs unglücklich. Er kann mich nicht ausstehen und denkt, alles Übel komme von mir, und dieser Abscheu gegen mich muß ihm sicher schwerfallen, denn im Grunde liebt er Kinder. Mich stört seine Abneigung nicht, hat mich nie gestört. Herr Bartos verabscheut mich aus Anständigkeit, weil er etwas Gutes will, wenn auch auf seine unvollkommene Art. Wieder einmal sucht er den Feind an der unrichtigen Stelle. Ich würde lieber ihn neben mir haben, der mich nicht liebt, als Konrad, der mich angeblich mag. Konrads Sympathie ist beleidigend. Konrad ist ein schlechterer Mensch als alle anderen, die hier versammelt sind, einer, mit dem man sich überhaupt nicht einlassen darf.

Ja, so heißt du.

Und ich auch.

Ja, das sind unsere Geburtsdaten.

Alle schauen uns an, niemand hat ein Auge für Adam, dabei ist der Arme so müde. Für die Müdigkeit von uns Kindern war ›ihr Sinn immer zu‹, für sie ist es ausgemacht, daß wir aus Eisen zu sein haben und daß es unsere Nerven nicht gibt. Wenn das Mittagessen vorbei ist, geht Adam mit den Alten nach Hause, und sie werden ihn ausfragen, noch und noch, aber niemand wird ihn fragen, ob es ihn nicht sehr angestrengt hat. Wenn man ihn an der Uni zuläßt und er es bis zum Diplom bringt, wird er bestimmt kein Lehrer. Wir beide haben Kinder sehr gern, und er wird sich doch nicht vor sie hinstellen und ihnen

allerlei vorlügen, was in der Schule vorgeschrieben ist.
O Gott, für mich gibt es keine Schule mehr.
Ich bin so gern zur Schule gegangen, weil die Schule nicht mein Zuhause war, dort zählte ich mit, im Lernen war ich faul, das weißt du, aber jeder hatte mich gern, und alle waren gut zu mir, Lehrer und Kinder. Und die Klassenlehrerin sagte so schöne sanfte Dinge in der Besprechungsstunde, sie fand für alles eine Erklärung, daß ich immer eine Minute lang sogar glaubte, alles sei so, wie sie es sagte, aber gleich hinterher fiel mir natürlich ein, daß sie auch nur eine Erwachsene war und reden mußte, wie man es ihr vorgeschrieben hat. Und was hätten die armen Lehrer auch tun können? Wenn sie es allen sagten, was aus Kinderträumen wird, würde die ganze Klasse heulend nach Hause gehen. Und trotzdem war es gut, ihnen zuzuhören, es war, als legten sie mit sanften Händen Pflaster auf die Wunden. Die Pädagogen haben immer für alles Zeit, auch für uns, für unsere läppischen Angelegenheiten. Wann sie eigentlich ihr eigenes Leben leben, weiß ich gar nicht. Alle sind sie so reizend, dabei müssen sie doch wissen, wie das Leben ist, was ihnen gelungen oder mißlungen, was aus ihren eigenen Sehnsüchten geworden ist, wie sie mit ihren Männern oder Frauen auskommen, wie viele Enttäuschungen sie schon ertragen haben, aber sie sagten trotzdem unentwegt, wir sollten nur immer schön artig und folgsam sein, am Ende komme bestimmt alles ins Gleis.

Piroska Rozgony, bis ans Herz verdrossen,
Hatte sich zur Buße nunmehr fest entschlossen:
Mag im schweren Joch blutger Schweiß auch fließen,
Ja, sie wird mit Lörinc doch die Ehe schließen –.

Liebst du mich?
Du hast es nie gesagt. Und ich hab dich nie zu fragen gewagt. Liebst du mich?
Wenn nicht, dann werden wir auch auskommen miteinander, irgendwie. Wenn wir uns vielleicht später scheiden lassen, dann so, daß die Wohnung mir bleibt. Sei mir deswegen nicht böse, aber du weißt, welche große Bedeutung in unserer Sache gerade die Wohnung hat, und ihr habt Geld, deine Mutter kann eine andere kaufen, wenn du sie darum bittest, oder man weist dir sogar außer der Reihe eine zu. Aber lieber wäre es mir schon, wenn du mich gern hättest, nur so, und ich dir nichts beweisen müßte, nichts über das hinaus, was du ohnehin weißt oder schon bemerkt hast, und ich nicht gezwungen sein werde, mich jeden Tag von neuem vor dir zu rechtfertigen. Du sollst mich lieben, vielleicht auch dann, wenn du keinen besonderen Grund dafür hast. Mich hat man zu Hause nicht geliebt, ich war nur eine Last für die Erwachsenen. Für mich war zwischen ihren Sorgen und Leiden kein Platz, zu eng war ihr Leben für mich. Nur Adam liebt mich. Und die Pädagogen. Sie wollten mir sogar helfen, aber sie wußten nichts von Konrad und nichts von den Perlen, und darum tasteten sie nur im Dunkeln und konnten mich nicht fassen. Und um mir doch etwas zu geben, mich nicht ohne alles ins Leben zu entlassen, brachten sie mir Orthographie, Grammatik und den Lehrsatz des Pythagoras bei; die Tränen, die jetzt fließen, weine ich um meine armen lieben, lieben Lehrer.
Jetzt kann ich dich nicht mehr ansehen, ich muß den Blick gradaus auf den Tisch richten, ich sehe niemand mehr, errate nur aus den Geräuschen, wo die Leute stehen und was sie machen. Dieses Räuspern kommt von Vater. Er wird immer heiser, wenn er aufgeregt

ist; die Musik, die man gleichzeitig mit dem Hochzeitsmarsch aus dem Lautsprecher hört, kommt von Gyuris Taschenradio, er sagte, daß er es mitbringen und uns eine Sondermusik bieten wird, weil er das Geraunze, das man auf dem Standesamt geliefert bekommt, nicht ausstehen kann. Die Pathétique, erinnerst du dich? Ach nein, du hast ja geschlafen, du warst müde und bist auf Martas Schoß eingeschlafen. Im Petőfi Sender spielte man die Pathétique. Damals hattest du schon die vierte Nacht nicht ordentlich geschlafen, höchstens ein paar Stunden, wegen des Examens. Als du aufwachtest, fandest du nur mich in der Wohnung, mich allein. Gyuri will jetzt mit der Musik sagen: Na, da habt ihrs!
Sag, war es gut? Wenigstens für dich gut?
Du wußtest so gut Bescheid und warst so ganz anders als ich dich mir vorgestellt hatte, nicht so, wie die Jungens dich hingestellt hatten, denn Adam und Gyuri hielten dich nämlich für vollständig unerfahren, sie befürchteten, ich würde es schwer mit dir haben, Marta gab mir allerlei fachliche Ratschläge, auch sie meinte, es werde nicht einfach sein mit so einem Unschuldslamm, und da haben wir sogar besprochen ...
Jetzt hast du das Ja ausgesprochen, das heißt, daß du es willst.
Willst du es wirklich? Willst du? Willst du mich auch dann, wenn du alles weißt, auch das, was ich dir im Park noch nicht erzählt habe? Auch dann, wenn du wüßtest, daß wir lange beraten haben, ob ich es nicht vorher ein paarmal mit Gyuri machen sollte, damit ich wenigstens wüßte, wie, auf welche Weise ich dir helfen könnte, und Gyuri wäre auch bereit gewesen, denn Gyuri ist ein guter Freund, aber Adam entschied, das sollten wir doch nicht, denn so dumm würdest du

wohl kaum sein, nicht zu bemerken, daß ich schon einen anderen gehabt habe, es schade gar nicht, wenn ich mich dabei blöd benehme, so sei doch alles irgendwie glaubhafter, ich könnte dann sogar ruhig heulen und sagen: Was wird nun, wenn etwas passiert ist? Du weißt doch, wie meine Eltern sind.
Natürlich habe ich *davon* nichts gesagt, denn nichts stimmte von dem, was Marta versprochen hatte, es war alles ganz anders, ganz und gar anders.
Das gilt jetzt mir. Spürst du, wie gespannt alles hinter unserm Rücken ist. Die Luft ist wie eine Säule, man müßte sie zerschneiden, und dann fiele uns die Decke auf den Kopf.
Ja. Ich will.
Wenn du es vielleicht doch nicht willst, es dir nur widerstrebt, Schwierigkeiten zu machen, oder du nur aus Mitleid mit mir oder was weiß ich – auch dann sei mir nicht böse, denn jetzt bin ich schon deine Frau.

Jetzt kommt die Rede.
Er muß ja reden.
Das ist im Preis inbegriffen.
Kannst du das auch? Dich ausschalten? Nur schaun, lächeln, die Augen leuchten lassen, und so aussehen, als ginge dir das Herz über vor lauter Aufmerksamkeit, dabei hörst du nichts, kein Wort, deine Gedanken rasen und nehmen von der ganzen Welt Besitz. Ich sehe jetzt nur sein Gesicht, und daß sich seine Lippen bewegen, mein Gehör habe ich ausgeschaltet.
Ich kenne dein früheres Leben nicht, nur von der Zeit an, als wir uns begegneten, und das ist wenig. Von jemandem hast du es doch lernen müssen. Du hast mir nie davon erzählt, mit wem du vor mir zu tun gehabt hast, und überhaupt, wie du es einrichten konntest,

daß niemand etwas ahnte. Hast du jemand geliebt, oder nur so? Du brauchst nicht zu antworten, brauchtest es auch dann nicht, wenn du wüßtest, was ich in Gedanken frage. Meine Gedanken sind wie Wellen, die gegen das Ufer stoßen, zu mir zurückfluten, wieder das Ufer anlaufen und wieder zurück – ich will es gar nicht wirklich wissen, denn, was geht es mich an? Du bist mir keine Erklärung schuldig, nicht nur, was das Vergangene angeht, auch in der Zukunft sollst du es nicht sein. Ein Glück, daß man mich aus Rücksicht auf euch nicht in die Kirche geschleppt hat, und ich nicht dort vor allen Leuten beschwören muß, was ich nicht weiß, ich kenne ja nur mein heutiges Selbst, und nicht einmal für dieses kann ich haften, wie könnte ich es für die Hugi in zehn Jahren, wenn sie dann noch vorhanden ist. Der Schwur würde mich nicht binden, aber es würde mich doch ärgern, daß ich ihn getan habe, und auch, daß du so etwas hättest aussprechen müssen wie: »Treue Liebe bis zum Grabe«, denn auch wenn Gott es von dir forderte, ich fordere nichts von dir. Du gibst, was du geben kannst, und das gilt auch für mich. Was ich kann, weiß ich selbst noch nicht. Vielleicht viel, vielleicht mehr, als du dir vorstellst. Ich liebe dich, und du hast es bisher ertragen, und wenn mir schlecht war, hast du nicht dich bedauert, sondern mich.

Habe ich an der richtigen Stelle unterschrieben?

Fertig. Gib du ihm auch die Hand. Konrad hat mich geküßt. Zum Schießen komisch, mir ist die bloße Berührung seiner Lippen schon ekelhaft. Deine Mutter weint, zum Steinerweichen. Der Standesbeamte glaubt sicher, es seien Freudentränen.

Nein, küß mich nicht. Ich weiß, es ist Brauch, aber tu es doch nicht. Nicht vor den Leuten.

Dort sitzt die gute Therese.
Ich kann nicht aufstehen und zu ihr hingehen, ich weiß nicht mal, ob es klug war, daß ich ihr zugenickt habe. Mutter hat zwar jetzt keine Brille auf, aber vielleicht hat sie sie schon bemerkt, als wir hereinkamen und an ihr vorbeigingen. Jetzt ißt Mutter und hört Konrad zu, und vielleicht zerbricht sie sich inzwischen doch den Kopf, was Therese hier zu suchen hat. Ach was, jetzt denkt sie an nichts anderes als an das einzig Positive bei der ganzen Katastrophe: den Vorwand, Konrad auszugraben.
Liebe der Alten.
Könntest du das? Stell dir vor, du liebst mich so sonderbar, wie es die Alten tun, und ich bin die Frau eines andern und verheirate meine Tochter, könntest du dann in einer Ecke sitzen, separiert von allen, nicht dazugehörig, zu niemandem gehörig, nur um zuzusehen, wie meine Tochter das Festmahl verzehrt? Könntest du mich so lieben, daß du meinetwegen auch mein Kind liebst? Dazu muß man alt sein. Über dreißig. Wie Therese.
Gut, daß du nicht weißt, was mir im Kopf herumgeht, du bist mit dem Essen beschäftigt und mit dem hoffnungslosen Bemühen, auch mit deiner anderen Nachbarin ein Wort zu wechseln. Gib dir keine Mühe, es lohnt nicht. Mutter wird dir nicht antworten. Sie genießt jetzt ihre ganz große Genugtuung, sie hat einfach kein Ohr für das, was du sagst, sie versteht nur Konrads Gesäusel, und Konrad säuselt jetzt ausgiebig, als möchte er das Versäumnis mehrerer Jahrzehnte nachholen, außerdem ist Mutter jetzt schon deine Schwiegermutter, da heißt es beizeiten Brücken bauen, vielleicht läßt sich manches durch dich erreichen.

»... an diesem Tag, der vielleicht gar nicht so weit von jenem entfernt ist, an dem einer sich bei uns einfindet und uns – ripp-ropp – unsere Marta entführt...«

Du, wer zahlt das Mittagessen für Therese?
Vater sicher nicht; Vater zahlt höchstens für uns; woher er das Geld hat, ist mir ein Rätsel. Gestern hat er es noch nicht gehabt, und dieses Menü hier ist irrsinnig teuer, dazu der Wein; und Mutter hat getobt, weil das Geld noch nicht beisammen war. Vater sagte, sie solle sich nicht aufregen, er werde das Geld schon rechtzeitig beschaffen. Daraus, daß wir hier sitzen, Vater ein ganz normales Gesicht macht und mir sogar fünfhundert Forint schenkte, folgere ich, daß er das Geld irgendwie aufgetrieben hat. Sonst hätte er es nicht gewagt, uns hierherzubringen. Wir sind ja ein ganzer Haufen. Da Herr Bartos dein Zeuge war, mußten auch Marta und Gyuri und Frau Bartos eingeladen werden; außerdem sind Adam, Konrad, meine Großmutter und deine Mutter da; und meine Eltern; zwölf Personen sitzen am Tisch. Ein Glück, daß Großpapa Bartos die Einladung nicht angenommen hat, mit ihm wären wir dreizehn. Na, Vater kann ganz schön blechen.

»... wir hatten danach kaum etwas, was wir unseren Gästen anbieten konnten, meine Frau weinte fast, weil wir damals nur drei...«

Ein feines Essen, ich habe heute nicht gefrühstückt. Vater und Adam machte ich Tee, sie mußten fort; Mutter und Großmutter tranken Kaffee; ich hatte überhaupt keinen Hunger, so ein merkwürdiges Gefühl im Magen, Nervosität, dachte ich, besser ich warte, vielleicht vergeht es, und es verging dann auch, aber auch die Zeit, rasend schnell, ich hätte gar nichts mehr essen können, es ging nicht mehr, es machte mich kribblig, daß sie während dieser ganzen Zeit Adam zusetzten, und ich versuchte zu erraten, was sie ihm wohl für Fragen stellten, ob solche, auf die er die Antwort wußte, und dabei spürte ich ganz genau, daß er auch an mich dachte und zu erraten versuchte, was in mir vorging, wie ich mich auf die Hochzeit vorbereitete. So kreuzten unsere Gedanken quer durch Budapest. Wenn zwei Gedanken sich begegnen, stutzen sie sicher, vielleicht grüßen sie sich auch. Fallen dir solche Dinge nicht ein, wenn du abends die Augen zumachst, aber noch nicht schläfst, nur mit geschlossenen Augen auf das Einschlafen wartest? Fühlst du nicht, daß Gedanken in deinem Zimmer schwirren? Sie kommen von irgendwo, um irgendwohin zu gehen, und zwischendurch verweilen sie einen Augenblick, und du liegst da wie eine ins Spinnennetz geratene Mücke, im Schnittpunkt der hin und her schwirrenden Gedanken, und die Speichen halten dich aufrecht, sie zerreißen nicht unter deinem Gewicht, weil sie stark sind, du spürst, wie sie sich spannen, weißt aber nicht, woher ihre Kraft kommt.

». . . das Leder kam ganz unerwartet von hinten, und man konnte hören, daß das Publikum aufbrauste, und wenn ich der Schiedsrichter gewesen wäre . . .«

Therese ißt Gulasch. Sicher ist das hier das Billigste. Was macht Therese mit ihrem Verdienst? Eine einsame Frau gibt wenig aus. Sicher spart sie. Sie hat niemanden. Nur Vater.

Herr Bartos übertrifft sich selbst. Er plaudert. Ich habe ihn noch nie plaudern hören, wußte gar nicht, daß er das kann. Ich möchte mich nicht mit ihm unterhalten, darum fragte ich ihn lieber, wie das Match in Mailand im Fernsehen war, und jetzt erklärt er es. Herr Bartos ist ein großer Fußballfan, er fuchtelt, wird ganz rot und bemerkt nicht, daß ich nur nicke und lächle, hauptsächlich lächle, so viel und so beständig, daß mir schon der Mund weh tut, aber ich gebe keine Antwort. Vater hat Therese jetzt erst bemerkt, hat sie angeschaut und dann erschrocken die Augen abgewendet. Er versucht, freundlich zu deiner Mutter zu sein, ebensogut könnte er einem Ölgötzen Komplimente machen.

»... sie mußten ihn vom Platz schaffen, drei Ärzte ...«

Der Kellner nimmt einen unbenutzten Teller nach dem anderen weg. Deine Mutter ißt nicht, spricht nicht, mir ist es egal, mich stört sie nicht. Wenn jeder an diesem Tisch ausspräche oder zeigte, was er denkt, dann wäre diese Hochzeit ein merkwürdiges Erlebnis. Mutter würde zu schreien anfangen: Konrad! Konrad! Ihm vielleicht sogar den Mund zum Kuß hinhalten, oder sie würde in ganz hohen Tönen fordern, er solle sie sofort von hier weg in die Jugend zurückbringen, wo die Schwertlilien ewig blühen, denn mit Vater leben zu müssen, sei Pein und Opfer. Herr Konrad würde antworten: Das sei ja alles ziemlich traurig, aber es gebe keinen Weg zurück, und übrigens solle sie sich trösten, sie habe doch so vortreffliche Kinder wie Adam und mich und einen so hervorragenden Schwiegersohn wie dich, und während er ihr unter dem Tisch die Hand drücken würde, bekämest du einen Blick zugeworfen, denn offenbar wird er von dir etwas haben wollen, zum erstenmal, seit es keine Gilead mehr gibt, sind wir wieder interessant für Leute, die aus der Patsche gezogen werden möchten. Herr Bartos würde sagen: er habe schon immer gewußt, was ich für eine Göre sei, unerhört, daß ich eine so ordentliche Familie wie die eure unglücklich mache. Und dabei muß er hier neben mir sitzen, neben mir, die er nicht verknusen kann, er kennt mich ja von klein auf. Vater würde brüllen: Therese! Würde hingehen zu ihr, vielleicht auch niederknien und in ihren Schoß weinen – oder sie anschnauzen, was sie hier zu spionieren habe. Adam würde gähnen, ganz ungeniert mit weit aufgerissenem Mund gähnen, er ist ja so müde und hat nur einen einzigen Wunsch: Schlafen! Großmutter ... und so weiter und so weiter. Ich sage es ja, hier ist kein einziger, bei dem es innen so aussieht, wie es sein Gesicht zeigt. Warum kann sich dann deine Mutter keinen Zwang antun? Jeder fühlt doch anderes, als was er zu fühlen vorgibt ...

Was fühlst du?

Fühlst du überhaupt etwas? Wenn du daran denkst, daß ich neben dir sitze, und daß das unser Hochzeitsmahl ist? Seit du mich heute abgeholt hast, schweigen wir beide. Im Wagen hast du kein Wort zu mir gesprochen, warum hätte ich was sagen sollen? Noch nie habe ich so sehr wissen wollen, was in dir steckt. Ich lächle, du lächelst, wir spielen Komödie. Als ich klein war und man mich nicht beachtete, riß ich einmal beim Mittagessen die Tischdecke mit allem, was drauf stand, vom Tisch, denn ich wäre darüber gestorben, wenn man mich nicht sofort angesehen und gefragt hätte, was ich wollte. Alles ging in Scherben, und ich bekam Haue. Was wäre, wenn ich jetzt das Tischtuch herunterrisse und zu quietschen anfinge: Mich sollt ihr ansehen! Auf mich sollt ihr aufpassen, nicht aufeinander und auf euch selbst, denn ich bin hier die Hauptperson, und meinetwegen hat man diesen Tisch so schön gedeckt, und du sollst endlich auch den Mund aufmachen, weil ich nicht weiß, was in dir steckt, und ich bin hier, von elf Menschen umgeben, so einsam, wie ich sonst nie war, denn ich war ja nie allein, ich hatte ja Adam und ich hatte Gyuri, und in der letzten Zeit hatte ich immer auch dich.

Ich bin doch nicht etwa schon so geworden wie die Alten mit all ihren Ängsten und Einsamkeitsklagen? Stecken uns denn die Alten mit ihren irrsinnigen Beklemmungen sofort an, wenn wir in den gleichen Formen zu leben beginnen wie sie? Braucht eine Junge wie ich nur zu heiraten, um ihnen zu gleichen? Ich habe doch Freunde, ich habe doch immer auf alles Antworten bekommen, wenn die Alten verrückt spielten. Ich bin doch wohl dadurch, daß ich meinen Namen ins Eheregister schrieb, nicht schon so geworden wie sie? Es wäre mir schon geholfen, wenn ich nicht auf dem Ehrenplatz säße, sondern weiter unten, bei den Kindern. Adam, Adam, warum hilfst du mir nicht? Du hast mir immer geholfen!

»... jetzt eigentlich kaum noch. Solange ich schlanker war, ging ich öfter in den Verein, jetzt bin ich nicht mehr jung genug und mein Herz ..«

Der Fotograf.
Warum lächelst du nicht? Ich lächle, denn bei einer solchen Gelegenheit lächelt jede junge Frau, und warum soll ich den armen Kerl, der davon lebt, in Verlegenheit bringen, er schaut ohnehin ziemlich ratlos in

die Gegend, um einen Mittelpunkt für sein Bild zu finden. Am meisten nach Braut sieht meine Mutter aus und Konrad nach Bräutigam, wie sie da gurren und schnäbeln, die bejahrten Täubchen. Ich wußte gar nicht, daß Mutter so sein kann. Großmutter sieht aus wie der dräuende Sturm. Was die bloß hat? Deine Mutter ist überhaupt nicht fotogen. Der arme Mann muß seine Kamera umstellen. Deine Mutter macht Augen! Wenn er die auf den Film kriegt und entwikkelt, traut er sich nicht zu Bett zu gehen. Adam, ja. Und Marta und Gyuri. Das sind Fotomodelle. So, und jetzt wir, noch einmal! Frau Bartos, die geht auch. Schade, daß du nicht lachst, du stiehlst dem armen Fotomann nur seine Zeit, deine Mutter rettest du nicht mit der Wichtigtuerei, und wenn du etwa befürchtest, es könne in unserer Wohnung ein Bild sein, auf dem wir uns anlachen und schmausen, und auf dem der gedeckte Tisch mit dem riesigen Blumenarrangement zu sehen ist, so kann ich dich beruhigen: es wird kein solches Bild geben, denn sobald es fertig ist und man es mir gibt, werde ich es genauso vernichten wie die anderen.

Das Album, von dem Mutter gestern abend erzählte, ist nicht mehr da. Die Hugi-Galerie, die sie dir zugedacht hat. Das Album mit dem Aufdruck ›Mein Töchterchen‹, vollgeklebt mit meinen Bildern von meiner Geburt an bis – bis sie begriffen hatten, daß ich das nicht verdiente, daß es eine Materialverschwendung sei, meine Momente aufzunehmen. Das Album ist nicht mehr da; ich habe die vielen einstigen Momente vernichtet, ich will mich an nichts erinnern, an mich selbst auch nicht, nicht an das Haus, in dem ich lebte, an nichts, was hinter mir liegt. Ich geh' mit leeren Händen auf die Insel.

Adam lernte, Großmutter betete, Mutter weinte, Vater ging auf und ab – das war der gestrige Abend. Ich lauschte, in welcher Form jeder seinen Irrsinn des Tages zum besten gab. Auf dem Gang draußen ist es um diese Zeit immer schon still, nur Großvater Bartos lehnte im Fenster seines Zimmers, der hat es gesehen, als ich hinausging und die Albumblätter herausriß, und er konnte auch im Licht des Küchenfensters sehen, daß ich alle Bilder zerriß und in den Mülleimer warf. Er sagte nichts, er spricht nicht gern, aber gesehen hat er es. Es war so still, eine so gute Stille und Blumenduft. Ich habe immer gern auf dem Gang gestanden, von dort sehen die Sterne so unglaublich erreichbar aus. Ich warf die Melonenschalen auf die Bildertrümmer, damit man sie nicht gleich sieht.

»Meine sehr verehrten Damen und Herren, liebe Hochzeitsgäste! Ein freudiger Anlaß hat uns heute hier versammelt . . .«

Konrad hält die Festrede. Stoßen wir an. Ich wußte gar nicht, daß er so ›konstruktiv‹ ist. Aber die Rede war wenigstens kurz, sinnlos zwar, aber ›politisch‹ mit dem Hinweis auf die Familie, in die ich, die Braut, aufgenommen werde, und ›die eine Gewähr dafür ist, daß nun etwas Edles und Schönes beginnt, das die Zukunft noch edler und schöner macht und unser Land vorwärtsbringt‹.
Habt ihr mich denn aufgenommen in eure Familie?
Man muß nur deine Mutter ansehen. Und ich will ja auch keine Mutter haben, auch meine eigene nicht, und erst recht keine andere. Dich will ich haben. Jetzt, während die Gläser klingen, möchte ich schreien, so laut ich nur kann, daß man es auch oben bei der Frei-

heitsstatue hört: Miklós, hast du mich aufgenommen?
Denn ich müßte es ja schließlich wissen, bevor wir auf die Insel fahren und bevor am Nachmittag die anderen hinkommen. Ich müßte es wissen, nicht als ob dadurch alles anders würde, denn die Insel kann auch so Insel sein, nur weiß ich nicht, ob ich dort eine Eingeborene bin. Braucht man mich dazu? Bin ich wichtig? Ist es wichtig, daß die Insel durch mich zustande kam, oder ist sie auch für dich nicht mehr als – wie es sich Adam und die anderen vorgestellt haben –, egal um welchen Preis, egal mit welcher von uns, nur eben ein Ort, wo die Alten nicht mehr mit uns und neben uns leben?

»... recht geschieht ihr, meiner lieben kleinen Schwester, sag ich, denn jeder weiß doch, daß der Krug so lange zum Brunnen geht, bis – einer kommt und ihn sich holt.«

Adam sagt ihm Bescheid. Das ist so rührend und so charakteristisch für Adam, merkst du das? Du paßt nicht auf, starrst deine Mutter an und merkst nicht, was rundum geschieht: Vater bereitete sich ebenfalls zu einer Rede vor, verlegen, lampenfiebrig, immer wieder zu Therese hinüberblickend; Adam merkte es, sprang auf, und jetzt macht er Unsinn. Nicht Vaters wegen tut er das, Thereses wegen, sie soll nicht leiden, nicht mehr zu sehen bekommen, als unbedingt nötig ist. Sie soll Vater nicht in heroischer Pose als Familienoberhaupt erleben, nicht seine Geschmacklosigkeiten hören und zusehen müssen, wie er Mutter vor ihr küßt, die Mutter, die ihm dieses vortreffliche Kind geboren hat, dieses entzückende Mädchen Hugi.

Wir sind dreizehn am Tisch.
Denkst du manchmal an ihn, seitdem du weißt, daß es ihn gibt? Er würde es verdienen, denn ihm verdanken wir die Insel, ohne ihn wäre nichts daraus geworden. Dafür wollen wir ihm auch dankbar sein und ihn töten. Adam sagt, das sei das wenigste, was wir für ihn tun müßten. Ich möchte jetzt keinen Kaffee, danke, auch keinen Wein, nichts.
Therese hat gezahlt und geht jetzt. Vater sieht ihr nicht nach, nicht einmal das tut er, der Feigling. Wenn mich jemand so lieb hätte, wie Therese Vater liebt, dann würde ich mich um nichts kümmern, wozu sich um andere kümmern, die mich weniger lieb haben als die Einzige. So müde geht sie, so traurig.

Alle blickten auf, als sie aufsprang und, einem Gefühl, das stärker war als alle Überlegung, gehorchend, den festlichen Tisch verließ und Therese nachlief. Frau Gál kniff die Augen zusammen, sie hatte ihre dioptrische Sonnenbrille für diese Gelegenheit nicht aufgesetzt, sie sah nur Umrisse und Bewegungen, sah, daß Hugi hinter einer großen, hochgewachsenen Frau in grauem Kleid herlief, sie anhielt, ihr um den Hals fiel und sie küßte.
»Was ist los?« fragte sie verständnislos, nervös. »Wer ist diese Frau? Kennt ihr sie?«
»Vielleicht eine ihrer Lehrerinnen«, antwortete Adam sofort. »Du weißt doch, wie sie ihre Lehrer vergöttert.«
Gál sah seinen Sohn an, Adam erwiderte den Blick nicht, sondern ärgerte Marta: Wenn sie heirate, solle das ganze Hochzeitsmenü aus Hühnern bestehen. Hühnersuppe, Hühnerkartoffeln und Hühnerbrötchen. Ein Witz, Marta konnte Geflügel nicht lei-

den. Gál holte tief Atem, sein Herzschlag fand nur schwer zum normalen Takt zurück. Die einzige, die dem laufenden Mädchen nicht nachsah und von der ganzen Szene keine Kenntnis nahm, war Frau Huszár. Sie saß aufrecht, den Blick auf das Tischtuch gesenkt; es war ein schönes Tischtuch, und sie zog mit dem Fingernagel das Blumenmuster des Seidendamastgewebes nach. Frau Bartos beobachtete sie mitleidsvoll, denn sie erinnerte sich an das strahlende Gesicht der jungen Frau Huszár, an ihren stets lachenden Mund. Sie und Bartos waren die einzigen, die ab und zu doch ein Wort aus ihr herausquetschen konnten, Bartos seltener, denn er glaubte, jetzt Hugi zerstreuen zu müssen, Anna mit mehr Erfolg. Anna hatte am Vorabend Frau Huszár mit Miklós kommen und an Gáls Tür läuten sehen; sie hatte sie angesprochen und wenn auch nicht fröhlich, so doch wenigstens gefaßt gefunden. Heroisch hätte man sagen können. Es mußte heute etwas geschehen sein. Was es war, wußte sie nicht, und auch nicht, mit wem, in welchem Zusammenhang sich eine Szene abgespielt hatte. Mit Hugi? Oder einem anderen Mitglied der Familie Gál? Oder gar mit Miklós selbst? Und bei Gáls mußte auch etwas geschehen sein, mit der alten Frau, die gestern abend noch eine metallische, selbstsichere Stimme hatte, jetzt aber stumm war und rot im Gesicht. Frau Gál benahm sich skandalös, als wolle sie zugleich ihre Mutter, die sie erzogen hatte, und ihren Mann beschämen, indem sie mit dem anderen Zeugen, dem hübschen, unsympathischen, grauhaarigen Kavalier, schäkerte. Anna wußte nicht genau, was sie eigentlich wahrnahm, aber daß etwas nicht stimmte, fühlte sie. Und da sie nie so voreingenommen war wie ihr Mann, lehnte sie auch Hugi nicht ab. Sie sah Hugi mitten im Saal stehen, nun schon allein, so jung und so schutzlos. Und dieser Anblick versetzte Anna in eine unbegreifliche Erregung, für die sie keine Erklärung fand, denn sie war nicht sentimental und ließ sich in ihren Handlungen nicht durch Empfindungen oder Launen beeinflussen. Sie stand auf, wie vorhin Hugi aufgestanden war, ging hin zu dem Mädchen Gál, zog es an sich und küßte es liebevoll.

»Danke«, sagte Hugi. »Vielen Dank.«

Sie bedankte sich wie die Leidtragenden am Sarg für das ausgedrückte Beileid. Nachdem Hugi und nun auch Frau Bartos aufgestanden waren, löste sich die Tafel irgendwie von selbst auf. Der Apotheker verschwand in einer Ecke mit dem Oberkellner und schloß sich dann den anderen an, die schon vor der Tür standen. Niemand verließ den Saal, alle warteten. Endlich begriff Hugi, daß man ihr den Vortritt geben wollte, und zum erstenmal in ihrem Leben trat sie allen Alten und Greisen voran hinaus auf die Galerie, ging die Treppen hinunter und durch die Hotelhalle zum Wagen. Miklós ging neben ihr, eng neben ihr, die Hochzeitsgäste folgten ihnen, einige Meter Abstand haltend.

»Ich möchte etwas wissen, wovon wir bisher noch nicht gesprochen haben«, sagte Hugi unvermittelt, den Blick geradeaus, als hätte sie irgendeine besondere Figur auf der gegenüberliegenden Wand der Halle bemerkt. »Liebst du mich?«

»Nein«, erwiderte Miklós sofort, ohne zu überlegen. »Ist das wichtig?«

Hugi schüttelte den Kopf. »Ach wo, ich hab bloß so gefragt.«

»Die Insel ist da, anderes war nicht drin im Knobelbecher. Man soll die Dinge nicht komplizieren.«

»Das soll man nicht«, sagte Hugi.
»Die Insel ist da«, wiederholte Miklós. »Dein Koffer ist schon hingebracht worden, wenn wir ankommen, kannst du auspacken. Das wolltest du doch – oder?«
»Genau das«, erwiderte Hugi. »Nur das! Ich danke dir.«

»Auf Wiedersehen, Herr Konrad! Vielen Dank, Herr Konrad.«

Ich weiß nicht, was aus Mutter geworden wäre, wenn ... wahrscheinlich dasselbe. Sie hat eine unglückliche Natur und hätte sich dann eine andere Begründung für ihr Unglücklichsein ausgedacht, hätte von einem anderen behauptet, daß alles anders geworden wäre, wenn sie mit dem hätte leben können. Vor Krieg und allem, was nachher kam, hättest du sie auch nicht beschützen können, aber sie hätte vielleicht mit dir das alles leichter ertragen, es kann doch nicht egal sein, an wessen Seite man leidet, sich fürchtet, entbehrt oder den Tod erwartet. Doch, ja, es hätte so sein müssen, wie sie es sich erträumt hatte, niemandem wird sie mehr glauben, daß ihr nicht Unwiderrufliches angetan wurde, sie wird in der Überzeugung sterben, ihr sei für immer etwas vorenthalten worden. Deinetwegen haben wir alle gebüßt, deinetwegen sah mein Vater so unsicher drein und strich sich verlegen über sein spärliches, kümmerliches Haar, tastete sich die unelegante Figur ab, die abfallenden Schultern, alles wegen deines noch immer athletischen Körpers. Denn was zählte es schon, daß dein schön geformter Schädel hohl ist und in dem seinen eine Unmenge guter Wille steckte, er blieb trotzdem die schmähliche Wirklichkeit, die nach Apotheke riechende Gilead, und du, der meine Mutter nicht heiraten wollte, der sich dünne gemacht hat, du bist für immer der Traum, die Illusion geblieben. Lächle mich nur an, Konrad, tätschle mir das Gesicht, man hat es oft genug geschlagen, deinetwegen, auch wenn man deinen Namen dabei nicht aussprach, beide haben mich geschlagen, Vater und Mutter, Mutter, weil sie unglücklich war und Vater, weil er es ihretwegen auch geworden ist, und unglückliche Menschen dürften keine Kinder in die Welt setzen.

»Auf Wiedersehen, Herr Bartos, vielen Dank, Herr Bartos.«

Tut nichts, es hat nicht sehr weh getan. Ich war auf dich nicht böse, hab dich eher ausgelacht. Du warst wie ein in einen Menschen verzauberter guter Bär, ein häßlicher, vierschrötiger Brummbär, mit einer schon menschlichen Seele und mit Instinkten und Ängsten, die du aus deiner Bärenzeit beibehalten hast. Du hast etwas unsagbar Gutes gewollt für alle, für dich, für die Familie, für die Stadt, für das Land, für die Welt, und dann ist es irgendwie nicht so gelungen, wie du es dir vorgestellt hattest, um so ratloser hast du nach allem gegriffen. Ich habe dich verstanden, kannst es glauben, und ich weiß auch, daß du es warst, der mich in seinen Armen getragen hat, als ich vom Schlitten fiel, der mein blutiges Knie wusch und mir Fratzen schnitt, damit ich lache und Schreck und Schmerz vergesse. Siehst du, wie ich mich erinnere? Wenn du nicht solche Angst gehabt hättest, dich gehenzulassen, dich nicht ständig so bemüht hättest, die Welt zu erlösen, sondern damit zufrieden gewesen wärest, nur ein bißchen gut und charaktervoll zu sein, dann hätte ich dich von Herzen lieben können. Aber du warst unerträglich

gut, so gut, daß du vor lauter Güte nicht vermeiden konntest, manchmal ein bißchen schlecht zu sein. Denn du warst es auch, der so lange Zeit meinen Vater überhaupt nicht bemerken wollte, und mein Vater kann ebensowenig dafür, daß er in die Gilead-Apotheke hineingeboren wurde, wie dein Sohn dafür kann, daß er dein Sohn ist. Und du warst es auch, der seinen Kindern verboten hat, mit uns zu spielen. Marta mit mir und Gyuri mit Adam, weil du glaubtest, wir würden zersetzend und zerrüttend auf sie wirken. Wenn du deiner selbst und der Sache, der du dienst, so sicher warst, wie hast du dich dann vor einem kleinen Mädchen und einem schmächtigen klugen Jungen fürchten können? Warum hast du uns nicht erst ›geprüft‹, bevor du uns verworfen hast? Vielleicht sind wir nicht mal schlecht, nur anders als die Kinder zu deiner Zeit, und vielleicht wollen wir auch das Gute für alle, für das Land, für die Welt, genauso wie du, auch wenn wir die Enkel vom Gilead sind? Und siehst du, das, was heute hier geschah, ist doch aus deinem Haus hervorgegangen, und jetzt kannst du dir den Kopf darüber zerbrechen, ob du dich deswegen schämen oder dich freuen sollst, denn vielleicht wird Miklós mir doch etwas beibringen, was ich angeblich nicht weiß.
Was weißt du davon, was ich weiß und was nicht? Ob ich gut bin oder schlecht? Du weißt ja nicht einmal, wie dein Sohn und deine Tochter sind. Kannst du denn wissen, wie Miklós ist, nur weil du seinen Vater kanntest und seine Mutter kennst?

»Auf Wiedersehen, Frau Bartos, vielen Dank, Frau Bartos!«

Ich danke Ihnen, Frau Bartos, daß Sie sich niemals sonderlich mit mir beschäftigt haben, und ich keinerlei Erinnerungen an Sie habe, weder schlechte noch gute, so habe ich etwas weniger mit mir herumzuschleppen in der Zukunft. Ich nehme Gesichter, Gebärden, Ereignisse, Wörter mit mir, als hätte ich eine Herde hinter mir, die sich ständig vermehrt und nicht von mir abläßt, und ich flüchte und renne vor ihr davon wie ein verängstigter Hirt, der bemerkt hat, daß sein Geisterhund statt Schafe Tiger treibt, ich renne und höre, wie sie mir nachpreschen, ich höre ihr Keuchen. Ich danke Ihnen, daß Sie mir nichts gegeben haben, weder Gutes noch Schlechtes, daß Sie nur ein Name sind, ein Schatten, ein eher angenehmer als unangenehmer, denn Sie waren doch so lieb, Marta und Gyuri für mich zu gebären, und ich danke Ihnen, Frau Bartos, daß Sie weder statt meiner, weder meinetwegen, weder durch mich, weder für mich noch gegen mich haben leben wollen. Und ich danke Ihnen, daß Sie frühmorgens von zu Hause weggegangen und erst am späten Nachmittag zurückgekommen sind und die Menschen an Ihrem Arbeitsplatz erlöst haben und so müde und so gesättigt waren von dem vielerlei Leben, daß Sie nicht auch noch mich erlösen wollten, wenn Sie nach Hause kamen. Ich danke Ihnen, Frau Bartos, daß ich Ihnen gleichgültig war, daß Sie sich vor mir nicht einmal fürchteten wie Ihr Mann, und daß Sie nichts dagegen hatten, wenn Sie uns mit Gyuri oder Marta zusammen sahen, so daß ich zum Schluß eigentlich nicht weiß, ob nicht Sie, Frau Bartos, außer Ihren Kindern, die einzige in unserem Haus waren, zu der ich eine Beziehung hätte haben können, darum, weil Sie so freundlich waren, sich nie um mich zu kümmern.

»Wiedersehen!«
»Gute Reise!«
»Schreib uns bald eine Karte.«

Ich kann nicht Mutter zu dir sagen, denn du bist nicht meine Mutter und wirst es auch nicht sein. Sicher glaubst du, du seist eine wunderbare Mutter für Miklós gewesen, bis ich kam und in euer schönes, ruhiges Leben hereintrampelte, und du wirst bis zu deinem letzten Atemzug nicht begreifen, daß du keine Mutter gewesen bist, vielleicht auch keine Gattin, nur eine unbefriedigte Geliebte. Nicht eine Geliebte in dem Sinne wie Therese, die nur wie ein Mäuschen das Leben anderer umschleicht, sich nicht zu rühren wagt und nur aus einer Ecke lugt, ob irgendwo ein Krümel für sie abfällt; du warst eine gewalttätige und stolze Geliebte, du standest bei den Glücklichen oder den Ahnungslosen, wehtest mit deinem Trauerflor, immer schreiend: Seht, das Glück kann auch ein solches Ende nehmen! Die Ahnungslosen und widersinnig Glücklichen sollten dich, immer nur dich ansehen und begreifen, daß jederzeit und für jeden die schwarze Stunde kommen kann, in der der Mensch, den man am meisten liebt, hinweggerafft wird. Für dich wird es besser sein, wenn du allein in der Wohnung bist, alle Räume gehören nun dir, wie praktisch, jetzt kannst du nach Herzenslust brüllen und dich zu Boden werfen, niemand wird dich sehen und trösten, da kannst du dein Unglücklichsein bis zur Vollkommenheit steigern, das ist ja dein Wunsch, das Leid, nicht die Heilung. Haß mich nicht, sei mir dankbar, jetzt hat sich dein Leben erfüllt, deine Trauer war schon fadenscheinig, du gingst den Menschen längst auf die Nerven, nicht dein Mann, der niemals, du aber sehr. Jetzt können sie dich wieder bemitleiden, da ich gekommen bin und dir Miklós weggenommen habe, und wer weiß, in welche Richtung ich ihn lenke, wir werden deine Trauer nicht mehr respektieren, wir werden auf unserer Insel kichern und herumhopsen und leben wie junge Menschen und keine Rücksicht nehmen, auf nichts. Sei nicht gehässig! Warum seid ihr alle so gehässig? Wo nehmt ihr all euern Zorn her, wie hat so viel Leidenschaft und so viel Selbstsucht in euch Platz? Küß mich, tu dir den Zwang an, man sieht uns. Guck, ich halte mein Gesicht hin, lächle, du bist alt genug, könntest mitspielen, hier spielen doch alle dasselbe Spiel – tun, als ob alles in Ordnung wäre. Küß mich, denn Miklós schaut her, er schaut uns beide an, seine zwei nächsten Verwandten. Schrecklich, daß ich deine Verwandte geworden bin, für dich sicher noch schrecklicher als für mich, aber jetzt kannst du daran nichts mehr ändern, finde dich ab! Eine unglückliche Frau bist du. Wäre ich furchtsam, hätte ich Angst vor dir, so aber staune ich dich nur an, wie ich ein Märchenungeheuer anstaunen würde, weil du weder vergessen noch verzeihen kannst.

»Auf Wiedersehen!«

Seit du *das* von mir weißt, hast du für mich nicht mehr gebetet.

Wir haben in einem Zimmer geschlafen, seitdem du bei uns bist, und am Ende eines jeden Tages hast du die Bibel genommen, ein Kapitel gelesen und dann gebetet; wie oft bin ich als kleines Mädchen darüber eingeschlafen, daß ich dich beten hörte, für Mutter, für Vater, für Adam, für dich und für mich. Seit Wochen hast du beim Beten meinen Namen nicht mehr ausgesprochen. Als du gestern zu Bett gingst und zu beten

anfingst, glaubte ich, du würdest mich an diesem Abend vielleicht wieder in dein Gebet einschließen und Gott um Gnade für mich bitten, irgend etwas in meinem Interesse in dein Gebet einflechten, wie immer du auch von mir denken mochtest, ich hielt dich für gütig genug, daß du Gott bitten würdest, gnädig zu mir zu sein und mir beizustehen, da ich ja morgen ein neues Leben beginnen und einen Weg betreten würde, von dem nur der Anfang zu sehen ist, das Ende aber nicht. Du hast für Adam gebetet, daß ihm seine Prüfung gelinge, und lange für dich selbst; dann hast du um Segen für meine Mutter und meinen Vater gefleht; und dann hast du das Licht ausgemacht. Das hat mir weh getan, obgleich ich weiß, daß Gott auch so auf mich herunterschaut und mich lieb hat, wenn mich auch niemand ihm empfiehlt, denn Gott weiß, warum wir euch verlassen wollten und warum wir uns eine Insel wünschten, auf die uns weder eure Tugenden noch eure Sünden begleiten und auch die Erinnerung an eure Ängste nicht.
Wenn ich bete – denn du hast mich doch beten gelehrt, und du hast es zwar nicht bemerkt, aber ich bete, wenn ich mich fürchte, mich glücklich oder unglücklich fühle –, stelle ich mir vor, daß jemand mein Gebet erhört, jemand, der nicht das geringste mit dieser Erde zu tun hat und der deinem Gott überhaupt nicht ähnlich ist, auch dem nicht, von dem man uns in der Religionsstunde erzählt, und ganz gewiß nicht dem Gott, der imstande war, für was immer, und sei es das Heil der Welt, seinen Sohn zu opfern! Wenn ich bete, dann werde ich auch für dich beten, zu meinem Gott, der weder Mann noch Frau ist, kein Kind hat, und wenn er eins hätte, es nicht am Kreuze sterben ließe. Ich werde für dich beten, Großmutter, denn ich bedaure dich, du wirst ja bald sterben.

»Auf Wiedersehen, Mutter!«

Wie dein Gesicht brennt! Das reinste Feuer. Wie sehr hast du mich mit deinem eigenen Gift vergiftet; möglich, daß du meinetwegen so aufgebracht bist und an das denkst, was ich dir gesagt habe, als man mir das Kleid brachte, und daß du deshalb Tränen schluckst. Aber ich glaube es doch nicht. Ich habe so viel von Konrad gehört, daß ich überzeugt bin, es ist seine Nähe, die dich so sonderbar macht, seinetwegen bist du, als hättest du Fieber, nicht meinetwegen, nicht, weil ich nun für immer dein Haus verlasse. Mutter, ihr seid doch im Grunde alle glücklich, ihr habt ja allesamt mit mir nichts anzufangen gewußt. Ist es denn nicht beruhigend, daß ihr ab heute von aller Verantwortung befreit seid?
Was wird aus dir, wenn du einmal auf mich angewiesen sein wirst?
Was wird, wenn Großmutter stirbt, Vater stirbt, und du, eine alte, kränkliche Altersrentenempfängerin bist? Wirst du dann mich bitten, daß ich dich zu mir nehme und dich bei mir wohnen lasse? Und wenn ja, wirst du auf alles, auf die Porzellantassen und das Parkett aufpassen? Du wirst dann wahrscheinlich schon schlecht sehen und deine Hände werden zittern, du wirst Angst haben, daß du etwas verschmierst, mein Porzellan zertepperst, und was ich dir dann tue... Du hast mich immer verhauen, als ich noch klein und ungeschickt war, Flecken auf das Tischtuch machte oder etwas fallen ließ; einmal gerade die Vase von Konrad, die heilige Vase mit den Schwertlilien. Und wirst du es mir einzugestehen wagen, wenn du krank bist, sehr krank, oder wirst du nur im Bett sitzen und nichts sagen, wie wir, Adam und ich, es

gemacht haben, wirst du schweigen, weil du weißt, daß ich den Kopf voller Probleme und Tagessorgen habe, und wenn ich merke, daß du krank bist, zu schreien beginne, ich halte es nicht mehr aus, alle machen mich kaputt, ich habe kein Leben, das ist schon unmenschlich, was man mir zumutet; genauso, wie du es getan hast? Wirst du es wagen, krank zu sein und dir dann anhören zu müssen, daß ich nur an mich denke und nur mich bemitleide, wenn *du* krank bist, nicht dich, die du leidest? Oder wirst du lieber den Fiebermesser unter der Decke prüfen und dich ins Badezimmer schleichen, um dir eine Tablette aus dem Apothekerschrank zu holen? Du warst doch die Frau eines Apothekers und kennst die Mittel, wirst dich selbst kurieren, nur damit du nichts zu sagen, mich nicht aufzuregen und zu verbittern brauchst? Du Unglückselige, du hast ja nicht einmal einen Bruder, hast keinen Gyuri und keine Marta, und deinen Mann hast du nie geliebt. Wirst du es wagen, in meinem Hause zu leben, wenn die Jahre vergangen sind? Dich mir anzuvertrauen, daß ich dir helfe, aus dem Leben zu gehen, so wie du mir zum Leben verholfen hast?

»Auf Wiedersehen, Vater!«

Sei gut zu Therese!
Hab den Mut, eine, die dich liebt, so zu lieben, wie sie es verdient. Noch einmal, zum letztenmal im Leben, will jemand dein Gesicht verewigen. Wie einst das kleine Mädchen, steht jetzt Therese vor dem Himmel und möchte dein Bild auf die Wolken zeichnen. Das Bild wird dir nicht ähnlich sein, du bist nicht so schön und warst es auch nie, nur sie sieht dich so und stellt

dich so dar, deine Stirn ist die Sonne, dein Haar der Mond. Hab den Mut, dich zu ihr zu bekennen. Ich weiß, daß ihr nicht lebt, daß ihr alle gestorben seid, im Zweiten Weltkrieg oder danach, alle seid ihr gestorben und seid nur als Gespenster unter uns zurückgeblieben, weil ihr nicht schuldlos genug wart, um wirkliche Tote sein zu dürfen, denen Ruhe gegönnt ist. Oder ihr wart nach den vielen Leiden nicht mehr so heil, daß ihr eure Seelen hättet zusammenhalten können. Für euch ist es schwieriger zu leben, ja oder nein zu sagen, aber verwische dein Bild auf den Wolken nicht und verjage nicht den letzten Menschen, der noch an dich glaubt und der ahnt, wie du wärest, wenn du nicht Luft, ein Gerippe, ein Popanz wärest, verjage nicht den Menschen, der noch daran glaubt, daß du gut bist. Vater, es gibt nichts, was du nicht verleugnen würdest, wenn man dich anschreit, aber diese Frau verleugne nicht, die letzte, die dich noch lieben kann, denn du hast außer ihr niemanden auf Erden.

»Servus!«
Um fünf bei uns!

»Servus!«
Um fünf bei uns!

»Servus!«
Um fünf bei uns!

»Wiedersehen!«
»Wiedersehen!«
»Wiedersehen!«

Und jetzt bring mich nach Hause. Auf die Insel, wo es weder Alte noch Greise gibt!

Nachdem dieses geschehen war, prüfte Gott den Abraham und sprach zu ihm: Abraham, Abraham! Er aber antwortete: Hier bin ich. Und Gott sprach zu ihm: Nimm deinen einzigen Sohn, den du liebest, Isaak, und zieh ins Land des Gesichtes und opfere ihn daselbst zum Brandopfer auf einem der Berge, den ich dir zeigen werde. Also stand Abraham des Nachts auf, gürtete seinen Esel und nahm mit sich zwei Knechte und seinen Sohn Isaak. Und als er das Holz zum Brandopfer gespalten, zog er nach dem Orte, den Gott ihm anbefohlen hatte. Am dritten Tag aber erhob Abraham seine Augen und sah den Ort von ferne. Und er sprach zu seinen Knechten: Wartet hier mit dem Esel; ich und der Knabe wollen dorthin eilen und zu euch zurückkehren, wenn wir angebetet haben. Er nahm auch das Holz zum Brandopfer und legte es auf seinen Sohn Isaak; er selber aber trug das Feuer und Schwert in seinen Händen. Und als beide miteinander gingen, sprach Isaak zu seinem Vater: Mein Vater! Dieser aber antwortete: Was willst du, mein Sohn? Siehe, sprach er, hier ist Feuer und Holz, wo ist das Schlachtopfer zum Brandopfer? Abraham aber sprach: Gott wird sich ein Schlachtopfer zum Brandopfer ausersehen, mein Sohn! Also gingen beide miteinander. Und sie kamen an den Ort, den Gott ihm gezeigt hatte; daselbst baute er einen Altar und legte das Holz darauf. Und als er seinen Sohn Isaak gebunden hatte, legte er ihn auf den Altar über die Lage des Holzes. Und er streckte seine Hand aus und ergriff das Schwert, um seinen Sohn zu schlachten.

Da nahm Isaak das Schwert aus seines Vaters Hand, und er sagte: Nur dich kannst du opfern, mein Vater, wenn du dem Willen Jehovas gehorchen willst, denn siehe, ich will nicht sterben für deinen Gott. Ich werde einmal für meinen Gott sterben, so laß mich denn gehen, auf daß ich ihn suche.

Und Isaak machte sich auf, ging allein den Weg zurück. Abraham aber blieb an der Stätte des Altars und weinte.

8/1/2.88

suhrkamp taschenbücher materialien

Paul Celan. Herausgegeben von Werner Hamacher und Winfried Menninghaus. st 2083

Die deutsche Kalendergeschichte. Ein Arbeitsbuch von Jan Knopf. st 2030

Deutsche Lyrik nach 1945. Herausgegeben von Dieter Breuer. st 2088

Diskurstheorien und Literaturwissenschaft. Herausgegeben von Jürgen Fohrmann und Harro Müller. st 2091

Dramatik der DDR. Herausgegeben von Ulrich Profitlich. st 2072

Marguerite Duras. Herausgegeben von Ilma Rakusa. st 2096

Hans Magnus Enzensberger. Herausgegeben von Reinhold Grimm. st 2040

Max Frisch. Herausgegeben von Walter Schmitz. st 2059

Frischs ›Andorra‹. Herausgegeben von Walter Schmitz und Ernst Wendt. st 2053

Frischs ›Don Juan oder die Liebe zur Geometrie‹. Herausgegeben von Walter Schmitz. st 2046

Frischs ›Homo faber‹. Herausgegeben von Walter Schmitz. st 2028

Geschichte als Schauspiel. Deutsche Geschichtsdramen. Interpretationen. Herausgegeben von Walter Hinck. st 2006

Geschichte der deutschen Lyrik von der Frühen Neuzeit bis zur Gegenwart. Band 2: Von Goethe bis Heine. Von Gerhard Kaiser. st 2087

Peter Handke. Herausgegeben von Raimund Fellinger. st 2004

Friedrich Hölderlin. Studien von Wolfgang Binder. Herausgegeben von Elisabeth Binder und Klaus Weimar. st 2082

Ludwig Hohl. Herausgegeben von Johannes Beringer. st 2007

Ödön von Horváth. Herausgegeben von Traugott Krischke. st 2005

Horváth-Chronik. Von Traugott Krischke. st 2089

Horváths ›Geschichten aus dem Wiener Wald‹. Herausgegeben von Traugott Krischke. st 2019

Horváths ›Jugend ohne Gott‹. Herausgegeben von Traugott Krischke. st 2027

Horváths ›Lehrerin von Regensburg. Der Fall Elly Maldaque‹. Dargestellt und dokumentiert von Jürgen Schröder. st 2014

Horváths Prosa. Herausgegeben von Traugott Krischke. st 2094

Horváths Stücke. Herausgegeben von Traugott Krischke. st 2092

Peter Huchel. Herausgegeben von Axel Vieregg. st 2048

Uwe Johnson. Herausgegeben von Rainer Gerlach und Matthias Richter. st 2061

Johnsons ›Jahrestage‹. Herausgegeben von Michael Bengel. st 2057

Joyces ›Dubliner‹. Herausgegeben von Klaus Reichert, Fritz Senn und Dieter E. Zimmer. st 2052

8/2/2.88

suhrkamp taschenbücher materialien

Juden in der deutschen Literatur. Ein deutsch-israelisches Symposion. Herausgegeben von Stéphane Moses und Albrecht Schöne. st 2063

Der junge Kafka. Herausgegeben von Gerhard Kurz. st 2035

Kafka. Der Schaffensprozeß. Von Hartmut Binder. st 2026

Marie Luise Kaschnitz. Herausgegeben von Uwe Schweikert. st 2047

Alexander Kluge. Herausgegeben von Thomas Böhm-Christl. st 2033

Wolfgang Koeppen. Herausgegeben von Eckart Oehlenschläger. st 2079

Franz Xaver Kroetz. Herausgegeben von Otto Riewoldt. st 2034

Landschaft. Herausgegeben von Manfred Smuda. st 2069

Lateinamerikanische Literatur. Herausgegeben von Michi Strausfeld. st 2041

Einladung, Hermann Lenz zu lesen. Herausgegeben von Rainer Moritz. st 2099

Literarische Utopie-Entwürfe. Herausgegeben von Hiltrud Gnüg. st 2012

Literarische Klassik. Herausgegeben von Hans-Joachim Simm. st 2084

Friederike Mayröcker. Herausgegeben von Siegfried J. Schmidt. st 2043

Karl May. Herausgegeben von Helmut Schmiedt. st 2025

E. Y. Meyer. Herausgegeben von Beatrice von Matt. st 2022

Moderne chinesische Literatur. Herausgegeben von Wolfgang Kubin. st 2045

Adolf Muschg. Herausgegeben von Manfred Dierks. st 2086

Paul Nizon. Herausgegeben von Martin Kilchmann. st 2058

Die Parabel. Parabolische Formen in der deutschen Dichtung des 20. Jahrhunderts. Herausgegeben von Theo Elm und Hans H. Hiebel. st 2060

Plenzdorfs ›Neue Leiden des jungen W.‹. Herausgegeben von Peter J. Brenner. st 2013

Rilkes ›Aufzeichnungen des Malte Laurids Brigge‹. Herausgegeben von Hartmut Engelhardt. st 2051

Rilkes ›Duineser Elegien‹. Band 1: Selbstzeugnisse. Herausgegeben von Ulrich Fülleborn und Manfred Engel. st 2009

Rilkes ›Duineser Elegien‹. Band 2: Forschungsgeschichte. Herausgegeben von Ulrich Fülleborn und Manfred Engel. st 2010

Rilkes ›Duineser Elegien‹. Band 3: Rezeptionsgeschichte. Herausgegeben von Ulrich Fülleborn und Manfred Engel. st 2011

Rilkes ›Duineser Elegien‹. Drei Bände in Kassette. Herausgegeben von Ulrich Fülleborn und Manfred Engel. st 2009-2011

Schillers ›Briefe über die ästhetische Erziehung‹. Herausgegeben von Jürgen Bolten. st 2037

8/3/2.88

suhrkamp taschenbücher materialien

Die Strindberg-Fehde. Herausgegeben von Klaus von See. st 2008

Karin Struck. Herausgegeben von Hans Adler und Hans Joachim Schrimpf. st 2038

Über das Klassische. Herausgegeben von Rudolf Bockholdt. st 2077

Martin Walser. Herausgegeben von Klaus Siblewski. st 2003

Weimars Ende. Prognosen und Diagnosen in der deutschen Literatur und politischen Publizistik 1930-1933. Herausgegeben von Thomas Koebner. st 2018

Ernst Weiß. Herausgegeben von Peter Engel. st 2020

Peter Weiss. Herausgegeben von Rainer Gerlach. st 2036

Peter Weiss' ›Die Ästhetik des Widerstands‹. Herausgegeben von Alexander Stephan. st 2032

8/4/2.88